40일간의 남미 일주

최민석
에세이

# 40일간의 남미 일주

내 책상에는 세계지도가 한 장 있다. 처음 샀을 때, 그 지도는 국경에만 선이 그어져 있었다. 모든 국가는 아무런 색칠이 돼 있지 않았다. 나는 언제부턴가 해외여행을 다녀오면, 방문한 국가를 지도에서 찾아 연필로 칠했다. 기념으로!

지도를 산 지 약 20년이 흘렀기에, 지금은 꽤 여러 국가가 칠해져 있다. 하지만, 아직도 '청정 지역'처럼 보존된 곳이 있다. 그 하얀 대륙을 볼 때마다 마음이 일렁였다. 한국에서 가장 먼 곳. 한국과 시차가 대략 열두 시간 나는 곳, 바로 중남미였다.

몇 해 전 작가로서의 앞길이 막막했다. 책조차 낼 수 없을 것 같았다. 하여, 출판사가 제안하면 가리지 않고 계약을 했다. 시간이 흐르자 고스란히 부담으로 돌아왔다. 그중 한 권은 쓰려니까 애초에 구상한 바와 달리, 흥미가 전혀 일지 않았다. 그대로 출판한다면, 빈약한 내 작가적 기반을 더 황폐하게 만들 것 같았다. 고심 끝에 계약금을 돌려주고 계약을 해지하려고 했다. 끝내러 나간 자리에서 편집자는 오히려 새로운 제안을 했다.

"지금 쓰는 게 재미없다면, 스스로 재미를 느낄 만한 걸 써보지 그래요?"

머릿속에 세계지도가 떠올랐다. 흰 여백으로 남아 있는, 20년 전에 샀을 때처럼 여전히 내 연필로 칠해지길 바라는 세계지도. 그 지도는 멕시코부터 브라질까지 자신의 일부분이 내 연필로 채색되길 바랐을 것이다. 그래, 나는 언제나 중남미에 가보고 싶었다. 그곳은 미지의 세계였고, 호기심의 대상이었으니까. 즉석에서 대답했다.

"그럼, 중남미 기행문은 어떨까요? 써봐야 알겠지만요."

다음 날 곧장, 스페인어 개인 교사를 알아봤다. 열 시간 교습을 받기로 했고, 멕시코로 가는 항공권도 샀다. 첫날에 묵을 멕시코시티의 숙소, 그리고 물가 비싸다는 부에노스아이레스의 숙소를 예약했다. 나머지는 모두 가서 해결하기로 했다.

그리하여 나는 3주 후인 2019년 7월 2일, 멕시코시티행 비행기에 몸을 실었다.

　이 기행문은 모두 하루가 지난 후에 쓴 것이다. 그 탓에 종종 서술한 사건의 배경 시간과 서술을 하고 있는 실제 시간이 뒤섞여 있기도 하다. 별로 중요한 이야기는 아닌데, 헷갈린다면 '아. 이 작자는 원래 이렇게 횡설수설하는구나' 정도로 생각해도 관계없다. 실제의 나는 상당히 논리적이지만, 이 정도 오해에는 개의치 않을 만큼 대범한 사람이기 때문이다.

차례

프롤로그 5

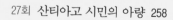

## 첫날

7월의 멕시코가 의외로 춥다.

어젯밤에 공항에 도착했는데, '너 여기 더운 줄 알았지. 얕보면 큰코다친다'라고 말하듯 장대비가 쏟아졌다. 하나밖에 챙겨오지 않은 외투를 서둘러 꺼내 입어 추위는 때웠지만, 주룩주룩 내리는 비까지 피할 순 없었다. 비 맞은 쥐처럼 공유 숙소에 도착하니, 숙소 주인은 "웰컴 투 멕시코" 하며 나를 반겨줬다. 혼자 여행을 왔기에 심심할까 봐 공유 숙소를 잡았는데, 주인장이 내 마음을 알았는지 밤 10시 넘어 도착한 나와 함께 한 시간 반 동안 맥주를 마셔주었다.

4년 반 동안 공유 숙소의 호스트로 지냈는데, 내가 세 번째 아시안이라 했다.

남자 중에는 첫 번째라고 했다.

알고 보니 '이제 우리 집에 동양인도 온다'는 걸 자축하기 위해 마시는 것이었다. 아니나 다를까, 자신의 자축 파티에 함께해 줘서 고맙다는 말로, 주인장의 진심은 확인되었다.

이야기를 어디서부터 시작해야 할까. 그래, 나는 할 말이 많고, 시간은 많으니, 인천 공항에서부터 시작해보자.

한평생 설국열차의 꼬리 칸에 탑승한 서민으로 살아왔던 나는 공항에 도착해 습관적으로 긴 행렬의 마지막 자리에 섰다. 도착하자마자 바로 발권해가는 옆줄의 사람들을 부럽게 바라보며, 삼십 분을 기다렸다. 마침내 내 차례가 되어 직원에게 여권을 보여주니, "손님, 왜 기다리셨어요? OO 등급이시잖아요"라 했다.

아니, 가뜩이나 공항에서 볼일이 많은데! 공항에 오기 직전까지 진행하는 라디오 녹음을 하고, 연재하는 칼럼의 원고를 모두 미리 마감하느라, 여행 준비를 전혀 못 했다. 그래서 공항에서 닥치는 대로 이것저것 사고, 로밍 서비스도 알아보고, 국제운전면허증도 발급받아야 하는데, 귀중한 삼십 분을 날려버린 것이다. 하지만, 멍청하게도 "아~ 그래요?" 하며 마치 한국어를 모르는 외국인처럼 되물었다.

"네. 돌아오실 때도 기다리실 필요 없어요"라고 알려줬는데, 어쩐지 또박또박 말해주는 게 내가 한국어를 잘 못하는 게 아닐까 의심하는 것 같았다. 직원에게 '저는 모국어로 벌어먹고, 그 돈으로 대출 이자도 갚고, 술도 마시고, 너무 마셔서 약도 사 먹는 소설가입니다'라고 말하려다가, "아. 그래요?" 하고 또 대답하고 말았다.

"네. 그렇다니까요(너 한국어 못 하지?)."


25년간 마일리지를 충실히 쌓아왔음에도 불구하고, 그걸 제대로 활용할 줄도 모르는 것은 내 서민 본능 때문만은 아니다. 말했다시피, 글쟁이로 살아가는 게 너무 바쁘기 때문이다. 나는 매일 아침 카페로 출근해 크루아상 하나와 커피로 식사를 때운 후, 직장인처럼, 아니 직장인보다 더 바쁘게 글을 쓴다. 그렇게 살지 않고서는 전업 작가로서 버틸 수 없다. 전업 작가로 10년을 살아왔는데, 지난 10년간 내가 누릴 수 있는 혜택이 무엇인지 챙겨볼 여유도 없이 지내왔다.

그렇기에, 지금에라도 그런 혜택을 챙겨보려 하지만, 어서 국제운전면허증을 발급받으러 가야 한다. 사실 이번 여행에서 가고 싶은 유일한 곳은 콜롬비아에 있는 작은 호수인데, 그곳의 물은 에메랄드 빛깔이고, 그 물 뒤에는 설산이 펼쳐져 있다. 그곳까지 가는 비행기는 없고, 버스는 대도시에서 적어도 스무 시간이 걸린다. 직접 운전을 해서 가는 수밖에 없다. 그 호수를 생각하며 치안 센터로 달려가 서둘러 신청서를 작성하고, 수수료를 결제하니, 직원이 국제운전면허증을 내주며 물었다.

"어디서 운전하시게요?"

"콜롬비아요."

순간, 치안 센터 직원은 아까 만난 항공사 직원과 같은 표정을 지었다(맙소사. '하지 마요. 하지 마요. 그 말 하지 마요'). 그러고선 (내 절규와 같은 내부의 외침에 상관없이) 내가 수십 년간 들어왔던 유의 대사를 했다.

"콜롬비아에선 운전 못 하는데……."

그 순간, 내 머릿속의 호수가 에메랄드빛에서 핏빛으로 급속히 변해갔다. 그럼에도 직원은 인간 자동 응답기처럼 설명을 해줬는데, 우리 정부와 콜롬비아 정부는 협약을 맺지 않았기에 콜롬비아에서는 한국 면허증이 인정되지 않는다고 했다. 하지만 과테말라와 파라과이, 에콰도르에서는 운전을 맘껏 할 수 있으니, 걱정 말라고 했다.

모두 내가 가지 않을 곳들뿐이었다.

그 말을 하자,

"아. 그럼 아르헨티나와 브라질은요? 여기엔 많이 가시잖아요."

맞다. 나도 아르헨티나와 브라질에는 간다. 단지, 비행기로 가서 운전할 일이 전혀 없을 뿐이다. 다들 잘 몰라서 하는 말인데, 내가 이토록 국가 재정에 기여하는 게 몸에 밴 작가다.

로밍 센터 역시 오랜 시간 기다려서 상담을 받았지만, 비슷했다. 한 달 넘게 여행하려면, 그냥 버티는 수밖에 없었다. 한 달에 10만 원짜리 로밍 상품이 있긴 했지만, 열정적이고 흥겹고 수다스러운 중남미에는 적용되지 않았다.

나는 이 모든 일을 좋은 징조로 받아들이기로 했다. 내 가방 속에 있는 유산균 가루가 마약으로만 의심받지 않는다면, 그래서 멕시코시티 국제공항에서 억류된 채 '한국의 소설가, 카르텔의 마약 운반책으로 밝혀져' 유의 기사로 신문 지면만 장식하지 않으면 된다. 프랑수아즈 사강이 공항에서 마약 소지로 체포돼, 법정에서 '나는 나를 파괴할 권리가 있다'는 폼 나는 말도 이미 해버렸기에, 내가 오해받아 체포되더라도(멕시코는 우리와 달리, '유죄 추정의 법칙'으로 체포를 한다), 딱히 길이 남을 법한 말도 할 수 없다.

그저 "그거, 유산균이에요. 유산균! 봉투에 쓰인 lg 그거 1그램이 아니고, LG예요. LG 생활건강. 흐허흐어." 이렇게 말할 뿐이다. 사실 이 '유산균'이라는 스페인어를 몰라, '약'이라고 말할 수밖에 없는데, 공교롭게 스페인어로 약인 '드로가(droga)'는 마약과 동의어다.

이 말을 왜 길게 했느냐면, 이런 불안감이 내 안에 계속 있다. 여행은 언제나 호기심과 불안감이 엎치락뒤치락 공존하는 것이니까.

이야기로 돌아가자. 공항에서 굳이 설 필요 없는 줄까지 왜 섰느냐면, 그건 내가 외국 항공사의 티켓을 샀기 때문이다. 지난 25년간 착실히 쌓아온 마일리지는 모두 국내 항공사의 것이었다. 그런고로, 한국 항공사를 이용할 때만 줄을 서지 않아도 되는지 알았지, 그 혜택을 외국 항공사를 이용할 때까지 받을 수 있는 줄은 몰랐다. 말했다시피, 나는 직장인보다 더 바쁘게 써야만, 직장인처럼 살 수 있는 전업 작가이니까.

어쨌든, 이번에 산 티켓은 미국 항공사의 것이었다. 그런고로, 멕시코로 가는 도중에, 잠시 환승을 위해 머물렀을 뿐인데도, 샌프란시스코는 좋은 도시라는 인상을 줬다. 공항의 분위기만으로도 말이다(물론, 예전에도 이 도시는 좋은 인상을 줬다). 예컨대, 밀라노에서는 말없이 뛰어와서 새치기하는 사람들 때문에 삼십 분이나 더 기다려야 했다. 그 탓에 뒤에서 줄을 선 사람들도 비행기를 놓치겠다며 싸우는 바람에 피난민 같은 신세가 돼버렸었다. 하지만 샌프란시스코에서는 급한 사람이 자기 보딩패스에 적힌 탑승 시간을 대기자들에게 한 명씩 일일이 보여주며, 제일 뒤에서부터 동의를 구해 한 칸(?)씩 앞으로 갔다. 상하이와 밀라노에서는 볼 수 없는 풍경이었다.

샌프란시스코에 단점이 있다면, 그건 비싼 월세와 거품을 따라주지 않는 맥주뿐이다(써놓고 보니 결정적인 단점이 있는 것 같지만, 넘어가자. 이게 이 책의 논점은 아니니까).


드디어 멕시코시티행 비행기의 탑승구에 도착했다. 그러자, 갈빗집을 지날 때 환풍구 사이로 느껴지는 갈비 향처럼, 멕시코의 향이 강력하게 느껴졌다. 대기석에 열 명 남짓한 사람들, 그러니까 '우리 마야인 직계 후손 38대손이야'라고 써놓은 듯한 사람들이 잔뜩 앉아 열정적인 대화를 나누고 있었다. 게다가, 스페인식

스페인어는 '나'를 '요'라 발음하는데, 곳곳에서 '조'라 발음하는 멕시코식 스페인어가 들렸다. 사실 이건 약과다. 비행기에 탑승하자마자, 내 양옆으로 큰 멕시코식 중절모를 쓴 남자들이 와서 앉았다. 내 뒤에도, 내 앞에도……. 마치 나를 제외하고, 모두가 카우보이 페스티벌에 참가하기로 약속이나 한 듯했다. 뭐랄까. 몇 해 전에 멋을 좀 아는 한국 고등학생이라면 노스페이스 패딩을 입어야 했듯, 패션에 조금이라도 신경 쓰는 멕시코 남자라면 카우보이모자를 쓰기로 한 듯했다. 좀 더 멋을 추구하는 남자는 구레나룻을 기르고, 더 추구하고 싶다면 턱수염까지 기른다. 이렇다 보니, 멋을 완전정복하고 싶은 남성은 코 아래를 죄다 털로 덮어버리기로 한 듯했다(따라오지 마! 응?).

당연한 말이지만, 이런 식의 '카우걸 스타일'도 존재했다. 역시 약속이나 한 듯 모두 가죽 부츠를 신었다. 특이하게도, 이런 스타일은 백인 여성만 소화하고 있었다. 어쨌든, 뭐든지 쉽게 영향 받는 내가 입국할 때 카우보이모자를 겹겹이 쓰고 갈까 봐 벌써 걱정된다.

*

해골과 시체 형상을 사랑하는 '죽은 자의 나라' 멕시코에 가는 기념으로, 기내에서 몇 시간 동안 죽은 듯이 자버렸다. 착륙했다고 흔들어 깨우기에 정신을 차리고 공항 밖으로 나가보니, 서두에 말한 대로 장대비가 내리고 있었다. 순간, 다시 안으로 들어가 (우산 대용으로) 카우보이모자를 하나 살까 싶었지만, 막상 찾으니 멕시코 전통 악단이 쓰는 화려한 장식의 모자밖에 없었다. 비 오는 날에 쓰기엔 너무 이질적인 것 같아, 결국 비 맞은 중처럼 숙소에 도착했다.

이 글을 썼으니, 이제 슬슬 하루를 시작하러 나가봐야겠다.

# 멕시코 여행에서
# 가장 필요한 것

이 글은 스페인어로 더듬거리며 샌드위치와 커피를 주문해놓고, 쓰는 것이다.

숙소 바로 앞에 조식을 파는 빵집이 있기에 눈을 뜨자마자 옷을 챙겨 입고 나왔는데, 오전 11시 30분이다. 그래도 어제보다 낫다. 어제 자 기행문 마지막 문장에 야심 차게 '이제 슬슬 하루를 시작하러 나가봐야겠다'라고 쓴 뒤, 곯아떨어져 오후 2시 반에 일어났다.

열정의 나라 멕시코에 와 있지만, 내 몸은 여전히 열정 없이 지낸 한국에서의 시간에 매여 있다.

멕시코에 온 강력한 이유 중 하나가, 휴양지인 칸쿤에 가보려 한 것이다. 어제 집주인과 짧은 대화로, 현재 칸쿤의 푸른 바다는 카리브해 전역에서 떠내려온 김이 점령했다는 사실을 깨달았다. 집주인은 스마트폰을 가볍게 터치한 후, 현재 칸쿤의 사진을 보여 줬는데, 맙소사, 여행사의 각종 광고 사진을 통해 내가 간직해온 상상력을 무참히 짓밟아버렸다. 해변 1킬로미터 정도를 김이 뒤덮고 있었다.

집주인은 내게 농담이랍시고 "여기서 수영하고 나오면 온몸에 김이 착 달라붙어 있을 거야"라며 부장님처럼 말했다. 그러더니 스스로 이런 표현을 떠올렸다는 것에 몹시 흡족한 표정을 지으며 첨언했다.

"씨위드 휴먼 민숙 초이(김인간 최민석)."

참고로, 집주인은 나보다 열 살가량 많은 멕시코 여성 소설가인데, 쓴 책은 한 권밖에 없다. 열 권을 쓴 소설가로서 말하는데, 그런 표현력으로는 한국에 와서 밥도 못 먹는다(알레한드라. 당신이 좋아하는 타코 몇 조각도 서울에서는 만 원 한다고. 정신 바짝 차려).

이 글을 쓰는 카페 밖의 차들이 일제히 경적을 울려댄다. 비로소 멕시코에 와 있다는 실감이 난다.

집주인 알레한드라는 비록 책은 한 권밖에 안 쓴 풋내기 소설가이지만, 영화는 열 편 가량 찍은 프로듀서라 한다. 그래서인지, 그녀의 집은 폴랑코라는 지역에 있는데, 알고 보니 이곳이 멕시코시티의 청담동 같은 곳이었다. 숙소 공유 사이트에 그저 '슈퍼 호스트'라 쓰여 있기에 예약했을 뿐인데, 오후에 관광 일번지인 멕시코시티의 명동 격인 '소칼로(Zocalo)'로 가려고 집을 나서니 집 앞에 '루이비통', '롤렉스', '몽블랑' 점포가 연이어 등장했다.

특기할 만한 점은 각 점포 앞을 모두 경찰들이 무장한 채 지키고 있었다는 점이다. 사실 더 인상적인 것은 내가 이 동네가 이런 곳이라는 걸 전혀 눈치채지 못했다는 것이다. 왜냐하면, 이 명품 매장이 집중된 곳을 빼고는, 전체적으로 을지로 뒷골목 같기 때문이다.

소칼로 광장에 도착하니, 멕시코 대학생 두 명이 내 얼굴에서 발산되는 호구 기질을 감지했는지 내게 다가와 '설문 조사에 응해 달라' 했다. 당연한 말이지만, 오 분이면 된다 했지만, 해보니 삼십 분짜리 심층 면접이었다. 이들이 내게 물은 주제는 '과연 멕시코는 외국인에게 안전한가'라는 것이었는데, 나는 '아쉽게도 여기에 도착한 지 열여섯 시간밖에 되지 않았고, 그중 아홉 시간은 시차 적응을 못 해 자버렸다' 하니 학생들은 매우 상심한 표정을 지었다.

20대 초반으로 보이는 두 학생이 너무 실망했기에, 산전수전 다 겪은 40대 아저씨인 내가 "하지만 인간이 가진 첫인상은 2.5초 만에 결정되고, 이 첫인상은 좀처럼 바뀌지 않으며, 이를 심리학에서는 '초두효과'라고 한다" 하니, 그는 "고맙습니다. 미스터" 하며 내게 질문을 퍼붓기 시작했다. 그 결과 나는 수만 명이 오가는 소칼로 광장 번화가에서 마치 버팀목처럼 삼십 분간 서서, 학생에게 틀린 영문법까지 고쳐줘 가며 응답해야 했다. 부디 이들의 과제가 좋은 점수를 받기 바랄 뿐이다.

아, 이 일화를 언급한 이유를 빼먹을 뻔했다. 그는 "그래도 어젯밤 묵은 곳의 첫인상이 있을 것 아니냐"며 마치 군부 시절 안기부 보안 요원처럼 추궁했는데, 나는 "폴랑코라는 데서 잤는데, 딱히 위험 요소를 느끼진 못했다" 하니, 그는 더욱 실망에 젖은 것처럼 "거긴 멕시코시티에서 가장 안전한 곳이다"라고 했다. 카페 밖에서 경적이 오케스트라처럼 울려대고, 루이비통 매장은 물론, 세븐 일레븐 입구에까지 경찰이 지키는 이곳이?

어쩌면 내가 지나치게 비관적인지 모르겠다. 나는 위험 요소가 있기에 경찰이 지킨다고 여겼지만, 학생은 반대로 경찰이 지키기에 위험 요소가 없을 것이라 여긴 것이다. 시간이 흐르고 보니, 학생으로부터 멕시코 여행에 중요한 하나의 자세를 배운 것 같다.

가능하면 긍정적인 면만 볼 것. 머릿속에 떠오르는 부정적인 염려와 두려움을 지울 것. 그리고 친절하게 웃을 것.

학생이 호구 아저씨를 만나 심층 면접 과제를 오 분짜리 설문이라 속여 원하는 것을 얻었을 때 지은 함박웃음처럼.

삼십 분 전에 주문한 전통 샌드위치가 이제 나왔다. 삼십 분을 조리한 것 치곤, 대체 어디에 공을 들였나 싶을 만큼 식빵 안에 햄과 치즈 한 장이 있을 뿐이다. 시간이 생명인 서울역의 던킨도너츠에서는 1분 만에 나오는 것이지만, 나는 다시 이 현상의 긍정적인 면을 보기로 했다. 덕분에 기다리는 삼십 분 동안, 나는 이 글을 다 쓸 수 있었다. 멕시코는 나를 진정 작가로 거듭나게 하는 곳이고, 이곳에서 나는 긍정적인 인간으로 거듭나게 될지도 모른다.

어쩌면, 어제 소칼로 광장에 있는 대성당에서 내가 한 기도가 다른 식으로 실현된 건지도 모른다. 나는 십자가에 못 박힌 예수상 앞에서 '부디 안전하고, 건강하게 여행을 마칠 수 있게 해달라'

한 뒤, '기왕이면 글도 좀 잘 쓸 수 있게 해달라'고 했다. 그런데, 이런 식으로 주문한 음식이 늦게 나와 글에 집중할 수 있게 된 건지도 모르겠다.

참고로, 식당에는 손님이 나밖에 없었다. 내 주문을 받고 난 뒤, 매니저는 직원 세 명을 불러 모아 갑자기 조회 같은 것을 십 분간 했는데, 긍정적으로 생각해보면 이렇게 해석할 수 있다.

"이봐. 저 손님한테 우리의 '전통식 샌드위치'의 맛을 제대로 보여주자고. 멕시코의 전통을. 자, 각자 어떻게 할지 아이디어를 내봐."

이렇게 생각하니, 기다린 보람이 있다. 1분 만에 찍어내는 서울역의 던킨도너츠보다 몇 배는 맛있다.


하루밖에 안 됐지만, 멕시코 여행에서 가장 필요한 것이 무엇인지 알겠다.

'빠시엔시아(Paciencia)'.

인내심이다. 이들은 나의 느리고 말도 안 되는 스페인어를 인내심 있게 들어준다. 우버 기사도, 집주인도, 카페 직원도, 모두 인내심 있게 들어준다. 어쩌면 멕시코에서 인내심은 한 명의 공동체 구성원이 지녀야 할 기본 품성이자, 공동체 생활을 하는 데 필요한 사회적 약속인지도 모르겠다.

어제 이 나라 수도에서 가장 번화한 소칼로 광장에 있는 '애플 매장'에 들어갔었다. 맨해튼에 있는 애플 매장이라 해도 좋을 만큼, 모던하고 깔끔한 매장이었다. 그 안에서 구멍 나고 떨어진 옷을 입은 아이 세 명이 때가 잔뜩 묻은 손으로 새 아이패드를 쥐고, 활짝 웃으며 게임을 하고 있었다.

아이들은 거리의 악사였다. 자신들의 발 옆에 놓인 때 묻고 낡은 기타가 그 사실을 방증했다. 아이들은 깔깔 웃으며 아이패드로 게임을 했고, 매장 안에는 그 웃음소리가 가득했다. 그 웃음을 배경으로 직원들은 각자 할 일을 했고, 경비원들은 여전히 밖을 주시하며 다른 어떤 위험 요소를 대비하며 지키는 듯했다. 그 자세와 표정이 너무나 진지해 어쩌면 아이들이 맘 놓고 놀 수 있도록 지키는 듯했다.

멕시코가 좋아질 것 같다. 직원도, 경비원도, 누구도 내게 단 한마디 하지 않았지만, 이들은 내게 멕시코가 어떤 곳이라는 것을 조금 가르쳐준 것 같다.

## 3회

7월 4일 목요일



# 세탁에 관하여




역시 멕시코는 많은 것을 가르쳐줬다.


아침에 눈떠보니, 집주인은 없고 아주머니 한 분이 청소하고 있었다.

'슈퍼 호스트는 아무나 되는 게 아니었구나. 이렇게 전문적으로 청소를 해주는 분이 있다니.'

감탄은 잠시 뒤로 미루고, 아주머니에게 "세탁기를 쓸 수 있느냐?"고 물었다. 나는 항상 빨래가 시급한 장기 여행자이니까.

사실, 호텔족인 내가 공유 숙소를 이용하는 것은 빨래 때문이다. 공유 숙소에 묵으니 더블린에서도, 포틀랜드에서도, 오키나와에서도 세탁기를 쓸 수 있었다. 당연히 "뽀르 수뿌에스토(Por supuesto, 물론이죠)"라는 답을 기대했는데, 예상외로 긴 답변이 나왔다.

"띠에네스 께(OO 해야 해)······ (알아들을 수 없는 말)······ (여전히 스페인어)······ 루이도소(시끄러워)······ 페소스(멕시코 화폐 단위)······."

이해한 스페인어를 조각 삼아 퍼즐을 맞춰보니, 세탁기를 작동하면 너무 시끄러워져 돈을 내야 한다는 것 같았다.

"아니! 그럼 호텔을 예약하죠. 숙박비도 차이 안 나는데!"라는 말은 내 안의 또 다른 자아에게만 했고, 정신을 추슬러 다시 쏟아지는 스페인어에 집중했다. 아주머니의 입에서 '도스(2)'라는 말이 들려서, "2페소요?" 하니, 아주머니가 "노. 노" 하며 또 길게 스페인어로 빠르게 말했다. '아, 20페소(1,200원)구나' 하고, 세탁기를 쓰겠다 한 뒤 빨래를 가져왔다. 양말 세 켤레와 속옷 세 벌을 세탁기에 넣으니, 아주머니가 "이게 전부야?" 하며 재차 확인했다.

'네. 맞아요. 저 참 게으르죠? 하하하. 제가 생각하기에도 이 정도는 손으로 빨면 그만인데, 사실 어젯밤에 한 시간 동안 티셔츠와 속옷에 운동화까지 빨았거든요. 그런데, 여전히 축축하지 뭐예요. 그래서 이젠 건조기를 쓸까 해서요'라는 복잡한 사정을 내가 할 수 있는 "로시엔또(죄송합니다)"로 압축해 거듭 사정을 구했다.

내가 연신 미안하다고 한 탓인지, 오히려 아주머니가 "미안하다"라며 세탁이 끝나면 자신이 건조기에 넣어주고, 빨래를 개어 주겠다고까지 했다. '아아. 어머니 같은 이 멕시코 아주머니.' 친절에 새삼 감탄하며 방에서 20페소를 챙겨와 드리니, 아주머니가 돌연 정색했다.

"도스 시엔토스 페소스(200페소)."

순간, 멕시코가 노르웨이로 변했다. 내 영혼도 잠시 흔들렸다. 현재 환율에 따르면 200페소는 12,322원이다. 참고로, 내가 어제 마신 커피 값은 25페소(1,540원)다. 그러니, 25페소를 한국 커피 값인 5천 원으로 환산하자면, 200페소는 여기서 거의 한국 돈 4만 원 이상의 가치를 한다. '양말과 속옷을 드라이클리닝 해도 4만 원은 안 나온다고요.' 노르웨이가 아니라, 물 귀한 사하라 사막에서도 이렇게는 안 할 것이다.

하지만 내 속옷과 양말은 한 방울에 백 원 정도는 할 멕시코 물로 젖고 있었고, 내 여행 예산안도 폭우에 젖고 있었다. 물론,

내 입에서는 습관처럼 "무차스 그라시아스(대단히 고맙습니다)"가 나오고 있었고, 내 손은 자동으로 지갑에서 뺀 200페소를 아주머니 손으로 공손히 옮겨드리고 있었다.

그러니, 아주머니가 "이게 전부냐?"며 재차 물었던 건, '정말 이 돈을 내고 양말 세 켤레와 속옷 세 벌을 빨 거냐'는 뜻이었고, 마음 아프지만 의역하면, 그건 '너 국제 호구냐'는 뜻이었다. 200페소를 받은 아주머니는 "쁘리메라. 쁘리메라"를 연발했는데, 이렇게 세탁을 한 사람은 내가 '최초'였다는 것이다. 고로, 지난 4년간 슈퍼 호스트인 이 집을 거쳐 간 수천 명의 투숙객 중 내가 세계에서 제일 호구라는 영예로운(?) 타이틀을 거머쥐었다.

멕시코에서는 청소부 아주머니까지 타인에게 관심이 있는지 모르겠지만, 아주머니는 내 이름을 물어보고, 직업도 물어봤다. 그러고선 비누를 부으며 혼자 읊조렸다.

"세뇨르 민숙. 노벨리스타 꼬레아노(최민석 선생. 한국인 소설가)."

아주머니의 강권 덕에 어제 내가 열심히 손세탁한 티셔츠도 다시 세탁기에 넣었다. "마스! 마스(더! 더)!"라고 하시기에, 티셔츠 두 장도 더 넣었다.

"무이비엔. 무이비엔(잘했어. 잘했어). 세뇨르 민숙."


멕시코는 역시 가르침의 나라다.

간단한 빨래를 하는 순간에도 방심해선 안 된다는 교훈을 심어준다.

그러고 보니, 첫날에 내 단출한 짐을 보고 집주인 알레한드라는 "무이비엔. 무이비엔(잘했어. 잘했어)"을 연발했는데, '그래. 그래. 빨래하겠군'이란 뜻이었는지도 모르겠다. 어쩌면 그녀가 멕시코시티의 청담동 격인, 이곳 '폴랑코'에 사는 이유도 이런 생활의 자세 덕인지도 모르겠다. 역시 멕시코는 여러모로 배울 점이 많다.

그나저나, 집주인 알레한드라는 첫날에 '웰콤 드링크(?)'라며 맹물과 함께 선물을 줬는데, 바로 '살사 소스' 한 통이었다.

"멕시코인들은 항상 이 소스를 뿌려 먹어. 너도 뿌려 먹어봐! 단, 방에서 음식을 먹으면 벌레가 생기니까, 들고 다니며 외식할 때 써."

나는 또 자동으로 가장 잘하는 스페인어 "그라시아스(고맙다)"를 연발했지만, 사실 그 살사 소스는 세계 각국 여행자의 "땡큐" "그라치에" "당케쉔" "아리가토 고자이마스"를 들으며, 지난 4년간 제자리에 놓인 채 개봉되지 않은 것 같았다. 예상했겠지만, 도저히 들고 다닐 만한 크기가 아니었다. 게다가, 장기 여행자는 항상 짐을 줄여야 하지 않는가. 챙겨갖고 떠날 수도 없었다.

하지만, 그녀의 말은 맞았다. 멕시코는 '소스의 나라'이기에, 멕시코인이 있는 곳이라면 항상 이 소스가 있다. 마치 공기 같다. 어디에 가든 이 매운 소스가 테이블 위에 놓여 있다(그렇기에 더욱 이 무거운 소스 통을 들고 다닐 필요가 없다. 비유하자면, 고추장 맛에 반한 외국인이 '순창 고추장 대형 통'을 항상 손에 들고 미술관에 가고, 예술의 전당에도 가고, 국립박물관에도 가는 것이다). 멕시코인들은 정말 모든 음식에 이 소스를 뿌려 먹는다. 어제는 '차풀테펙(Chapultepec)'이라는 멕시코시티에서 가장 큰 산림 공원에 갔는데, 예닐곱 살 또래 소녀가 팝콘 위에 살사 소스를 뿌려 먹고 있었다. 한국인도 고추장을 사랑하지만, 영화를 볼 때 팝콘을 고추장에 찍어 먹진 않는다. 하지만 멕시코인들은 찍어 먹는다. 멕시코인의 정체성을 규정하는 하나의 조건처럼, '모든 멕시코인은 살사 소스를 능숙히 먹을 수 있어야 한다'는 교육이라도 받은 것 같다.

이건 약간 다른 이야기지만, '살사'는 스페인어로 소스라는 뜻이다. 그러니 우리가 말하는 '살사 소스'는 사실 '양념 양념'인 것이다. 하지만 우리는 수십 년째 '양념 소스'라는 말도 쓰고, '닭도리탕'이란 표현도 쓰고 있다(닭도리탕의 '도리', 즉 '토리'가 일본어로 닭이므로 사실 '닭닭탕'이라 하는 것이다). 그러니, 이 역시 어찌 보면 한국적이라 할 수 있다. 단, 우리가 이렇게 말하므로, 어느 날 한국어 공부 좀 했다는 영국인이 식당에 와서 "이모 여기 '밥 라이스' 한 공기 추가요" 하더라도, 당황하지 말아야 할 것이다.

다시 이야기로 돌아오자. 멕시코에 소스 말고 편재한 게 또 있다. 음악이다. 식당의 산소가 소스라면, 자동차의 산소는 음악이다. 나만 경험한 건지 모르겠지만, 우버를 타건, 택시를 타건, 버스를 타건, 언제나 라틴음악이 이미 탑승해 있었다. 멕시코에선 자동차 엔진이 시동 걸릴 때, 음악도 함께 재생되도록 제조해놓은 게 아닐까 싶을 정도다.

멕시코에는 술에 관한 격언이 있다.

'나쁜 일이 있으면 메스칼(전통주)을 마셔라. 하지만 기쁜 일이 있을 때도 메스칼을 마셔라.'

이 말을 내가 경험한 방식으로, 음악에 변용하면 이와 같다.

사랑에 빠지면 음악을 들어라.

사랑을 놓쳐도 음악을 들어라.

시동을 걸면 음악을 들어라(당연하다).

속도를 높이면 음악을 들어라.

길이 막히면 음악을 들어라.

똥이 마려우면 음악을 들어라.

한국 손님이 타면 음악을 들어라.


그 탓에 어제 택시에서 잠깐 조는 동안, 제니퍼 로페즈가 내 귓가에 노래 한 곡(노 메 아메스, 날 사랑하지 마)을 계속 불러대는 악몽을 꿨는데, 깨보니 차 안에서 그 곡이 무한 재생되고 있었다. 차마 꺼달라는 말을 못 해, 완곡하게 "저 이 노래 알아요(한국에서도 많이 들어 지겨우니 꺼주실래요)"라고 하니, 기사는 "아. 그래? 그럼 같이 부를까!" 하며 삼십 분 동안 따라 불렀다. 덕분에 멕시코에서는 택시가 언제나 가라오케로 변할 수 있다는 중요한 사실을 깨달았다. 빨리 스페인어로 완곡하게 거절하는 법을 터득해야겠다.


모레에는 장기 여행자의 성지인 '산 크리스토발 데 라스 카사스'로 떠난다. 이제 멕시코시티에 익숙해지려는데 말이다.

여행이란 이런 것이다. 조금이라도 적응이 되면, 곧장 떠나야 한다. 그렇기에 어제 손으로 빨았지만 마르지 않았던 내 티셔츠처럼 느긋하게 햇볕을 쬐며, 삶의 우울을 바짝 건조시킬 여유가 없다. 그건 생활자에게나 가능한 법인데, 아이러니한 점은 나는 한국에서 생활하며 이런 여유를 누리지 않는다는 것이다. 여행을 와서 비로소 '한국에 돌아가면 여유를 누려야지' 다짐하지만, 사실 그렇게 되지 않으리라는 것을 잘 안다.

나는 직장인보다 바쁘게 살아야, 겨우 직장인처럼 살 수 있는 '세뇨르 노벨리스타 민숙 초이'이니까 말이다.

## 4회

# 얼굴의 일부

멕시코시티에 관한 이야기를 좀 해야겠다.

차풀테펙 공원은 마치 도쿄의 우에노 공원 같아서 그 안에 오리 배를 탈 수 있는 거대한 호수부터 시작해, 미술관과 동물원과 박물관을 거쳐, 그 정점이라 할 수 있는 차풀테펙 성도 있다. 나는 이중에 차풀테펙 요새, 현대미술관(Museo de Arte Moderno), 국립인류학박물관(Museo Nacional de Antropologia)을 방문했다. 집주인 알레한드라의 강권에 반해 인류학 박물관은 볼거리가 빈약했다. 그래도 추천을 했으니 뭔가 있겠지 하는 맘으로 꼼꼼히 보고 나오니, 폭우가 쏟아지고 있었다(그럼에도 끝까지 내 개인적 취향에 부합하는 게 하나도 없었다는 사실이 놀라웠다).

그 탓에 현지인들은 너 나 할 것 없이 박물관 1층 로비 바닥에 앉아 날이 개길 기다렸는데, 비가 하염없이 내리자 하나둘씩 대리석 바닥에 눕기 시작했다. 남자건, 여자건, 노인이건, 아이건, 백인이건, 메스티소(백인과 인디오의 혼혈)건, 인디오건, 어느 순간 보니 8할 이상의 멕시코인들이 온통 바닥에 드러누워 대형 침대식 DVD방에 와 있는 듯한 착각이 들 정도였다. 물론, 벽에 허리를 기대어 일종의 반신욕 자세로 다리만 뻗은 이들도 있었지만, 대부분 요령 좋게 벽 쪽에 가방을 놓은 뒤, 그걸 베개 삼아 능숙하게 누워 있었다. 핸드백이건, 배낭이건, 메신저 백이건, 꽤 많은 이들, 특히 젊은이들이 가방을 베개로 활용하고 있었다.

순간, 혹시 저 안에 '진짜 베개가 들어 있는 게 아닐까' 하는 착각이 들 정도였다. 고작 5일밖에 지내지 않았지만, 내가 지낸 5일 동안 하루도 빠짐없이 비가 왔다. 나는 아마존이나 사바나 기후의 손아귀에 있는 줄 알았지만, 멕시코시티도 그 손길 아래 있는 듯했다. 하지만 누구도 우산을 들고 다니지 않는다. 그렇기에 소나기가 쏟아지면 '아! 또야' 하는 심정으로 3단계 행동을 취한다.

a. 바닥에 앉거나, 벽에 기댄다.
b. 전날 밤 숙면을 하지 못한 누군가, '에라, 모르겠다'는 식으로 제일 먼저 바닥에 벌러덩 눕는다.
c. 그럼 그 누군가의 친구가 의리상 따라 누워주고, 그 분위기에 한두 명 눕다 보면 어느새 절반(에서 8할) 이상이 드러눕게 돼버린다.

놀랍게도, 이 과정이 십 분 안에 일어난다. 마치 사바나 여신이 대기에 마취 가스라도 살포한 듯, 어느새 하나둘씩 쓰러져, 결국은 대형 침대식 DVD방이 된다.

이야기를 끊어서 미안하다. 지금 이 글을 비행기에서 쓰고 있는데, 놀랍게도 내 뒷좌석 옆자리 멕시코 청년이 휴대 전화기로 자신이 사랑하는 여가수의 애절한 라틴 발라드를 틀어서 듣고 있다. 멕시코에서는 비행기에서도 음악이 공기처럼 존재한다. 참고로, 오늘 최초로 음악을 틀지 않은 우버 기사의 차에 탔는데, 그는 말이 상당히 많았다.

내가 문을 연 순간부터 "비엔베니도세뇨르(잘왔어요손님)"부터 시작해서 "에스테코체훈다이(현대차예요)…… 에스테모빌삼숭(삼성전기예요)……"를 거쳐 "레아엘아모르엔로스띠엠뽀스델꼴레라(「콜레라시대의사랑」을읽어라!)"라며 정말이지 띄어쓰기 없는 문장처럼 한숨도 쉬지 않고 말했다. 그 장면이 만약 카툰의 한 컷이었다면, 그와 나 사이의 허공에는 "트럼프, 멕시코 정부, 장벽, 소설가 마르케스, 멕시코 인구, 도시화, 수도 인구 2천만" 등의 스페인어 단어가 대사로 빽빽이 차 있을 것이다. 아마 한 컷을 그리기 위해서는 만리장성 중 한 성(省) 정도 길이의 벽이 필요할 것이다.

역시 멕시코는 가르침의 나라다. 멕시코 차에서는 라틴 음악이 나올 때가 평온한 순간이라는 것을 비로소 깨달았다.

우버 기사와 함께한 삼십 분간, BPM 200의 삼바 뮤직이 명상 음악처럼 그리워졌다. 고로, 지금 이 비행기에서 흘러나오는 청년의 댄스 뮤직—오 분 전에 장르가 바뀌었다—이 평화의 상징이라는 것을 잘 안다.


다시 평온하게 이야기로 돌아오자.

이처럼 멕시코인들은 어딜 가나, 잘 드러눕는다는 인상을 주는데, 햇살 좋은 날에 잔디밭이 있다면, 십중팔구 일단 눕고 보는 것 같다. 오늘 방문한 국립영화관(Cineteca Nacional-México)에 잔디밭이 있었는데, 부모 형제, 남녀 커플, 게이 커플, 친구 사이, 너

나 할 것 없이 드러누워 있었다. 마치 원수지간이라도 만나면 "그래. 일단은 어디(!) 눕고 이야기할까?!!!" 하는 듯한 분위기다. 그러니 스터디 모임이라면 당연히 초면이지만, 인사 정도만 한 뒤 "그럼, 우리 누울까요" 하며 본격적으로 공부를 하는 게 아닐까 싶을 정도다.

사실, 오늘 애초에 쓰려고 한 인류학 박물관에서의 경험은 한 문장이었고, 현대 미술관과 차풀테펙 요새에서 느낀 점이 핵심 소재였는데, 보다시피 그 한 문장이 이렇게 돼버렸다. 혹시 독자 중에 행사 기획자가 있다면, '이래서 소설가에게는 마이크를 건네면 안 된다'는 사실을 나를 통해 잘 깨달았길 바란다. 가르침의 나라 멕시코에 와서인지, 어쩐지 나도 가르침을 전하게 되는 것 같다.

참고로, 독자 중에 행사 기획자가 있는데, 도무지 콘텐츠는 없고 예산도 부족하다면 소설가 한 명만 부르기 바란다. 당신이 할 일은 소설가에게 마이크를 건네며 "선생님. 딱 한 말씀만 부탁드립니다"라고 하면 그만이다. 그럼, 그 소설가는 어느 순간 머리를 긁적이며 "아. 정말 한마디만 하려 했는데"라고 할 텐데, 예상했겠지만 그때는 이미 행사 종료 시간을 한 시간쯤 넘긴 후이다.

참고로, 나는 글 쓰느라 바쁘므로, 되도록 '최후의 보루'로 남

겨주길 바란다(돈은 됐고, 글이나 쓰고 싶다).


　자, 이제 본론으로 가자.

　차풀테펙 요새는 이름에서 눈치챌 수 있듯이, 침략을 막아낸 지역 군인과 굴곡진 멕시코 역사 아래 억압받아오던 멕시코 민중들을 기념하고 있다. 하지만, 요새라는 이름에서 풍기는 이미지와 달리, 내부에는 미술 작품이 상당히 많다. 이 작품들의 특징은 유럽의 성안에 걸린 그림과 정반대로, 피 흘리고 억압받는 민중이 주인공이라는 것이다(부디, 고가의 세탁비로 인한 고통까지 겪지 않았길 바란다).


　이 작품들에 표현된 미술 기법이 상당히 독창적이라, 멕시코의 예술 수준에 실로 감탄했다. 나 역시 한 명의 예술가로서 일종의 문화 충격이라 할 수 있을 정도의 강력한 인상을 받았다. 그 충격은 현대 미술관에 가서는 배가 되었는데, 진정 왜 이런 작가들이 세계적인 예술가로 인정받지 못했을까 탄식했다. 사회적 메시지도 담겨 있고, 날카로운 비판 정신도 있고, 번뜩이는 재치도 있고, 예리한 통찰력도 있었다. 왜 이런 작가들이 변기를 전시했던 마르셀 뒤샹 이름의 'ㅁ' 자만큼도 안 알려졌을까.

슬프지만, 뉴욕 태생이 아니기 때문이다. 런던 출신이 아니고, 파리 출신이 아니고, 미국인이 아니고, 유럽인이 아니고, 멕시코인으로 태어나 여전히 멕시코인으로서 멕시코에서 살아가기 때문이다. 한국에서 태어나 한국에서 소설가로 살아가는 나로서는, 제1세계로만 편중된 예술 시장의 관심을 한탄할 수도 있다. 하지만, 현대 미술관에서의 경험은 오히려 더 겸손해져야 한다는 것을 내게 때리듯 알려줬다. 이처럼 훌륭한 예술가들도 알려지지 않았는데, 나는 이들에 훨씬 못 미치지 않는가.

유독, 인상적인 그림이 있었다. 멕시코 화단의 3대 거장 중 한 명인 다비드 알파로 시케이로스(David Alfaro Siqueiros, 1896~1974년)의 자화상은 내게 가르침을 선사했다. 그의 자화상은 '얼굴의 한 부분'만 보여주고 있었는데, 그의 개성을 어떤 방식보다 강렬하게 강력하게 느끼게 했다. 그의 사진을 보고, 자화상을 보니 더욱 그러했다.

무슨 말이냐고? 나 역시 내가 경험한 것 중 일부만 내 기행문에 쓰기로 했다는 뜻이다. 그럼, 다음부터 짧게 쓰느냐고? 믿기 어렵겠지만, 오늘 그렇게 썼다.

이것이 내 멕시코시티 경험의 지극히 작은 일부다. 뭐랄까. 무대에서 마이크를 잡은 소설가의 '한 말씀'이랄까.

정말이라니까요. 오늘은 인사말만 했는데, 왜 시간이……

"혹시 저 시계 고장 났나요?" (긁적긁적)

*

참고로, 비행기의 음악은 꺼졌다. 역시 믿기 어렵겠지만, 청년은 들으면 춤을 출 수밖에 없는 〈We No Speak Americano〉를 듣다가 잠들어버렸고, 동승자가 그의 휴대 전화기를 껐다.

산소가 희박해진 느낌이다.

## 레종 데트르

아아. 마이크 테스트. 오늘의 한마디 시작.

오늘, 멕시코시티를 떠난다. 그래서 도시를 좀 더 보려고, 어제 '로마 노르테(Roma Norte)'라는 동네에 가봤다. 이곳을 어떻게 설명해야 할까.

계급적 시각에서 보자면, 원래는 유럽 이주민을 포함한 상류층이 살던 곳이었는데, 1985년에 지진이 발생하자 그들이 떠난 자리에 중산층이 들어와 사는 곳이다. 건축학적 시각에서 보자면, 수세기에 걸친 스페인 식민지의 영향이 남아 있어, 바르셀로나나 마드리드의 주택가 같은 분위기가 느껴지는 곳이다. 문화적으로 보자면 기본적으로 미국의 영향을 받은 멕시코 문화에, 오랜 세월을 지배한 스페인 문화, 그리고 요즘 들어 관광객이 불어넣은 문화가 뒤섞여버린 독특한 곳이다.

결과적으로 어떻게 됐냐고? 힙스터 천지가 돼버렸다. 굳이 서울에 비유하자면, 주택, 카페, 대사관, 한국인, 외국인이 뒤섞인 한남동 같다고 할까.

아무튼, 이런 역사적, 문화적 배경과 관계없이, 내 관심을 끈 것은 주민들의 표정이었다. 대개 이런 동네에 가면 사람들은 잘 웃는다(당연한 말이지만, 한남동 제외. 한국에서는 행인에게 미소를 건네는 사람은 전단 배부자와 '도를 아십니까'밖에 없으니). 약간 문학적 양념을 보태자면, 포틀랜드의 '노스웨스트'에서는 10킬로 전방에 손님의 인기척이 느껴지면, 가게 점원은 일단 웃으며 인사말을 준비하고 있다.

"아이 라이크 유어 재킷(네 재킷 멋지다— 의역: 네 취향이 내 취향이야. 그러니 우리 가게에서 옷 사. 알았지?)."

베를린의 '로자 룩셈부르크'에서는 무뚝뚝한 독일인들의 저조한 평균 웃음 횟수를 모두 이 한 동네가 만회하겠다는 듯, 웃는다. 그런데, 비슷한 느낌을 주는 멕시코시티의 '로마'에서 한 명도 웃지 않았다. 몇몇은 미간을 찡그린 채 걷기도 했다. 중산층 동네라면 주민들이 생계 문제로 몸부림치지도 않을 텐데, 이들은 왜 인상을 찌푸릴까.

멕시코시티에서의 내 경험이 일천하기에, 지난 5일간의 모든 시간을 복기했다. 그리고 나는 '멕시코인들의 드러눕기 과정'처럼 하나의 추론을 했다.

일단, 공유 숙소에서 세탁기 소리를 들어보니, 실제로 소음이 굉장했다. 한국 아파트에서의 윗집 에어컨 설치 소음 정도였다. 그런데, 공유 숙소는 멕시코시티의 부촌이라는 '폴랑코'에 위치한다. 즉, 멕시코에선 나름의 건축 방식 때문에 아무리 부촌에 지어놓은 건물이라 해도, 세탁기를 돌리면 이웃에게 소음이 전해지는 것이다. 이것이 세탁기 회사의 문제인지, 건설 회사의 문제인지는 모르겠지만, 결과적으로는 소음이 발생한다. 그래서 한국의 아파트에서 층간 소음에 시달리듯, 멕시코에서는 세탁 소음에 시달리는 게 아닌가 하는 가설을 세운 것이다.

가설이 맞다면, 문제는 꽤 심각하다. 이 도시는 고도가 높아 항상 물이 부족하다. 게다가 수압도 4세 아동 소변 줄기처럼 약하다. 이러니 세탁을 하려면, 시간이 오래 걸린다. 하지만 이웃이 모두 퇴근한 저녁에 세탁기를 돌리면 소음 탓에 갈등이 생긴다. 그렇다고 세탁 때문에 월차까지 낼 수는 없다. 결국, 토요일 오전이나 공휴일에 몰아서 빨래해야 하는 상황인 것이다. 어허.

　사실, 육체 노동자라면 세탁 스트레스를 덜 받을 수 있다. 깨끗이 빨아도 어차피 땀에 젖거나, 기름때가 묻을 테니. 하지만, 화이트칼라라면 말 그대로 '옷깃이 하얘야 한다.' 즉, 자신의 정체성을 규정하는 것이 '하얀 옷깃'인데, 빨래를 맘껏 못 하니 세탁 스트레스가 상당한 수준으로 올라갈 수 있다. 야근할 위기에 처할수록, '야아. 어서 퇴근해서 빨래해야 하는데' 하며 신경을 쓰게 되고, 그러다 보면 업무에 집중을 못 해 결국 야근을 하고, 세탁을 못 하게 되는 '중산층 세탁 딜레마'를 겪게 되는 것이다. 그러니, 이 중산층 동네 사람들이 유독 웃지 않는 게 아닐까, 하고 생각했다(소설가는 대개 이런 식으로 시간을 때웁니다).


　그나저나 어제 숙소에 돌아오니, 알레한드라가 나에게 세탁 얘길 꺼내며, 잘했다고 칭찬해줬다. 이 집에 들어온 후, 그녀가 보인 표정 중 가장 밝은 것이었다. '로마'에 다녀와 멕시코 중산층의 수심 가득한 표정을 보니, 알레한드라가 세탁비를 1만 2천 원으로 정한 게 이해가 된다. 눈치 빠른 독자는 예상했겠지만, '로마'에 가 보라고 강권한 이 역시 알레한드라였다.

참고로, 나는 공유 숙소 페이지에 "알레한드라는 최고의 호스트고, 그녀의 집에서 경험한 모든 것이 나에게 가르침을 줬다"고 남겼다. 이래서 공유 숙소 후기란은 면전에 대고 "하고 싶은 말 있으면 맘껏 해봐"라고 말하는, 부장님과의 대화와 다를 바 없다.

체크아웃을 하려고 작별 인사를 하니, 알레한드라가 내게 "안 챙긴 게 있다" 했다. 그녀는 손가락으로 침대 옆 선반에 놓인 '살사 소스(양념 양념)' 통을 가리켰다. 나는 마음만으로 충분하다며 사양했다. 내가 그 소스를 챙겨 가면 앞으로 그녀가 투숙객들에게 낼 생색 거리가 사라질지 모르거니와, 그 소스는 이 방이 '소스의 나라' 멕시코의 숙소라는 것을 증명하기 위해 눈에 가장 잘 띄는 곳에 가구처럼 있어야 한다. 그래야 자신의 '레종 데트르(존재의 이유)'를 실현할 수 있을 것이니까.

아, 화가 시케이로스의 영향을 받아 부분만 쓰기로 했지.
이제 정말 마지막 인사.
그러니, 마이크 테스트.

"콜롬비아, 사루비아, 아싸라비아."

(잘 나오네요.)


다른 부문에 대해서까진 모르겠지만, 멕시코는 적어도 공중 화장실에 관해서만은 투명하다는 인상을 준다. 공항의 화장실 개인 칸 문이 모두 반투명이었다. 물론, 내부가 보이진 않는다. 하지만, 화장실을 설계한 원래의 용도 외에 다른 무언가를 하면 밖에서 알아챌 수 있을 만큼 반투명하다(팔에 얇은 바늘의 주사기만 꽂더라도, '어어. 저 친구! 여기서, 거 참!'이라 할 수 있는 구조다). 위아래가 한국 화장실보다 상당히 뚫려 있어 개방감(?)이 훌륭하고, 남자 화장실 칸에 앉아 있어도 화장실 밖 여성들의 대화, 아이들의 울음소리까지 다 들릴 정도다.

참고로 내 옆 칸의 남자는 무슨 심산인지, 용무를 보며 아내와 스피커폰으로 통화를 했는데, 덕분에 나는 그가 양고기로 만든 케사디아랑 아내가 만들어준 오르차따(전통차)를 좋아한다는 사실까지 알게 됐다.


멕시코인들은 확실히 숨기는 거 없이, 투명하다는 인상을 준다.


참고로, 그의 아내는 그가 "출장에서 돌아올 때 가방을 사 오면 더 잘생겨 보일 거라고 말을 할 계획이 있다"라는 것을, 옆 칸의 내게도 알려줬다.

멕시코에서는 확실히 남편이건 아내건, 속내까지 투명하게 드러내준다는 인상을 준다.

부창부수란 이럴 때 쓰는 말이다.

하지만 이런 화장실에서의 소득도 있었다. 소리를 공유하는 것 외에 이미 외부 공기를 충분히 공유한 덕에 이전 사용자가 나온 직후에 입장해도, '타인의 냄새'를 전혀 느낄 수 없다.

확실히 멕시코는 '적어도 화장실에서만큼은 깨끗하다'는 인상을 준다.

이렇게 갑자기 끝내 미안하지만, 시케이로스 선생의 가르침을 받아 오늘은 이만 줄이려 한다.

"저 시계 오늘도 안 고치셨나 봐요?"

## 미련의 영역

어젯밤 9시쯤 국내선을 타고 멕시코시티를 떠났다.

산 크리스토발 데 라스 카사스(이하 '산 크리스토발')의 숙소에 도착하니 자정이 넘었다. 그러니 엄밀히 말하자면, 지금 내가 쓴 것은 모두 오늘 일어난 일이다.

몸은 축나고 배는 고팠지만, 너무 찌뿌둥해 일단 샤워를 하고 간단히 짐을 푸니 새벽 1시. 혹시 아직도 영업 중인 가게가 있을까 싶어 나갔는데, 중심가는 을지로 만선호프 골목처럼 문전성시였다. 역시 '음악의 나라'답게 골목엔 나보다 한 세기쯤 미리 도착해 자리 잡았을 법한 라틴음악이 울려 퍼지고 있었다.

참고로 이 글을 쓰는 곳은 '자신들의 주장에 따르면 4성급 호텔'인데, 아침 6시 반부터 호텔 전체가 진동할 만큼 유로댄스 음악을 틀어놓는다. 고로 시차 적응을 못 해 아침 6시가 되면 겨우 눈이 감기는 나로서는, 사정해서라도 제발 음악을 꺼달라고 하고 싶지만, 알다시피 그건 이들에게 이렇게 말하는 것과 같다.

'죄송하지만, 숨 좀 쉬지 말아주실래요?'

그래서 나는 지금, 눈이 붉게 충혈된 채 이 글을 쓰고 있다. 다시 말하지만, 멕시코 여행의 필수품은 신용카드가 아니라, '빠시엔시아(인내심)'.

개인적으로 멕시코인들과 가장 유사한 유럽인들은 아일랜드인이라 여기는데, '가재는 게 편이고, 초록은 동색'이라는 듯 '아이리시 펍'이 있었다. 나는 한때 단지 기네스 맥주를 현지에서 마셔보기 위해 아일랜드까지 가본 사람이므로(기네스 본사에서 운영하는 스토어 하우스에서, 본사가 인증한 마스터가 정성 들여 따라주는데, 마셔보니 그 맛이 눈이 동그래질 만큼 편의점 맥주와 같았다), 반가운 맘으로 '아이리시 펍'에 들어갔다. 멕시코가 '음악의 나라'이듯, 아일랜드도 '음악의 나라'인데, 역시나 무대 위에서 4인조 밴드가 연주하고 있었다.

밴드 보컬은 트럼프가 타깃 지지자로 삼은 러스트벨트 내 공장 노동자와 할리데이비슨 열성 회원 이미지의 중간쯤 되는 스타일의 소유자였는데(대머리에 수염을 기른 거구의 백인 남성), 지축을 흔들 만한 성량으로 '야 테 노 키에로(더 이상 널 사랑하지 않아)'라며 상처받은 영혼처럼 노래하고 있었다.

그 순간, 하나의 익숙한 기분이 내게 악수하듯 손을 건넸다. 코에는 수년간 맥주에 젖어온 듯한 바닥 나무 냄새가 닿았고, 눈에는 실내를 주인처럼 차지하고 있는 뿌연 연기가 보였다. 낯선 나라에 가서, 그곳에서도 더 낯설고 외진 곳으로 왔는데, 기이하게도 집에 온 느낌이 들었다. 소설가가 되기 전부터 밴드 뮤지션으로 활동해온 내게, 이곳은 내가 예전에 섰던 무대와 다를 바 없었다. 특히 베이스 저음이 실내 구석구석을 돌아 마침내 내 배에 부딪혀 쓱 훑고 내려가는 그 느낌은 너무나 익숙한 것이었다. 게다가 우리는 초창기에 단지 밴드명이 '시와 바람'이라는 이유만으로 무대에서 블루스 연주음을 배경으로 원태연의 시를 낭독했는데, 마침 이 디트로이트 자동차 공장 노동자 같은 보컬이 블루스를 배경으로 시를 낭독

하고 있었다. 우리는 관객 두어 명을 세워놓고 시를 낭독했지만, 이 디트로이트 밴드는 이 펍에서만큼은 메탈리카 이상의 환호를 받고 있었다. 그 사실이 너무나 고마웠다. 아무리 무대에서 외면당한 뮤지션이라도, 지구를 돌고 돌다 보면 적어도 어느 한구석에는 나와 같은 이가 존재한다는 걸 여행이 알려주는 것 같았다. 게다가, 그들은 사랑받지 않는가. 고로 언젠가 무대로 복귀한다면, 사랑받기 위해 디트로이트 노동자 스타일이 되어야 한다는 교훈을 얻었다.

할 게 점점 늘어난다. 멕시코 전통 모자도 사야 하고, 무대로 돌아가려면 수염도 기르고, 머리도 면도해야 한다.

펍은 모든 게 홍대의 여느 클럽 같았지만, 다른 게 하나 있었다. 종업원은 테킬라 병에 분홍색 칵테일을 담아 들고 다녔다. 이 종업원이 지나갈 때 손님이 고개를 젖히고 입을 벌리자, 종업원이 그 입에 칵테일을 쏟아부어줬다. 남자도 여자도, 20대 초반도 30대 후반도, 메스티소도 인디오도, 이렇게 입에 술을 쏟아부어주면 꿀꺽 삼키곤 하나같이 깔깔깔, 호호호, 히히히, 이히히히 하며 간질임이라도 당한 것처럼 웃었다. 그 광경이 내게는 너무나 낯설었다. 신기한 건 급사가 돈을 받지도 않았다. "예~!!" 하며 테킬라 병을 들고 다니면(밴드 연주음 때문에 이렇게 하지 않으면 인기척조차 느낄 수 없다), 손님들이 "저요!" "저요" 하며 손을 든다. 그럼 '어. 저기군' 하며 가서 칵테일을 입에 '찌익' 하고 부어준다.

멕시코 전체에서 이런 건지, 산 크리스토발에서만 이런 건지는 모르겠다. 계속 지켜보니, 고객에게 베푸는 일종의 사은 행사 같았다. 조금만 '찍' 부어줘도 다들 '까르르' 하며 웃어대니, 나도 맛이 궁금해 "저요"라고 하고 싶었는데, 그때엔 급사의 손에 빈 병만 들려 있었다.

확실히 멕시코는 '여행을 하려면 인내심을 가져야 하지만, 새로운 경험을 할 땐 1초도 주저하지 말라'는 인상을 준다.

여전히 맛이 좋아 웃었는지, 벌린 입에 칵테일을 찍 부어준 게 재밌어서 웃었는지는 모르겠다.

하지만, 이럴수록 멕시코는 더 알고 싶은 나라라는 인상을 준다.

정리하면 이렇다. 어차피 일상을 떠나서 새로운 경험을 하겠다고 왔으니 주저하지 않는 게 낫다. 그 경험이 자신에게 안전하고 타인에게 피해를 주는 것이 아닌데도, 시도하지 않는다면, 미지의 영역에 있는 그 경험은 결국 미련의 영역으로 갈 것이다.

어차피 배는 출항을 했다. 집은 저 멀리 내가 떠나온 육지에 있다. 뭘 더 망설이는가.

하여, 내일부턴 새로운 음식 새로운 장소 새로운 것들에 입과
눈과 귀와 손과 발을 더욱 던지기로 했다.

이제야 여행을 제대로 시작하는 기분이다.

## 건물의 역할

여행 중엔 물론, 일상 중에도 하지 않는 행동을 하고 있다.

스타벅스에 앉아 이 글을 쓰고 있다.

왜 아침 8시부터 이곳에 앉아 있느냐면, (자신들은 4성급이라 주장하는) 호텔 레스토랑에서 튼 음악이 너무 시끄럽기 때문이다.

이곳 시간은 한국과 완전히 반대다. 시차 적응을 하느라 밤새 내내 뒤척이다, 아침 7시가 되고서야 겨우 눈을 붙일 수 있는데,

그러면 기다렸다는 듯 호텔 레스토랑에서 음악을 튼다. '이야, 활기찬 아침이야'라는 식으로 라틴댄스 뮤직, 삼바 뮤직, 유로댄스 뮤직을 재생한다. 음악을 틀지 않을 때는, 라디오로 아침 방송을 트는데, 무슨 영문인지 매일 나오는 출연자가 멕시코에서 가장 열정적으로 정치 문제를 논하는 다변가인 듯하다. 게다가 상대 토론자 역시 그에 버금가는 다변가여서, 아침이면 이러나저러나 아픈 머리를 부여잡고 침대에서 몸부림칠 수밖에 없다. 하여, 그저께엔 잔머리를 굴렸다. 잠을 두 시간밖에 안 자면 결국은 몸이 못 버텨 완전히 곯아떨어질 것이고, 그러면 시차 적응에 성공할 것이라 여긴 것이다. 그 결과, 이틀을 합쳐 세 시간밖에 못 잤다.

하지만, 레스토랑 직원에게도 억울한 면은 있다. 왜냐하면, 이들이 틀어놓은 음악의 볼륨은 (멕시코 기준으로) 그다지 높지 않기 때문이다. 무슨 말이냐면, 이 호텔은 멕시코 전통 건축 양식으로 지어진 석조 건물이다. 그렇기에 음악을 아주 조금만 틀어도 동굴처럼 울린다. 즉, 건물 전체가 하나의 거대한 스피커 역할을 한다. 이 호텔에는 육십여 개의 침대가 배치돼 있는데, 영예롭게도(?) 내 침대가 음악이 생산되는 레스토랑에서 가장 가깝다. 공연장으로 치자면 저음용 스피커 바로 앞자리인 것이다.

Lo que sé del ol
lo aprendí de la

Joaquín

거대한 스피커에 갇힌 파리만이 내 심정을 이해할 것이다.

그 파리가 겨우 출구를 찾아 스타벅스로 피신을 했지만, 간과한 게 있다. 이곳은 '멕시코의 스타벅스'다. 들어오자마자 직원이 우렁찬 목소리로 "올라(안녕하세요)!" 하며 인사했는데, 그건 아침 8시부터 온 손님이 반가웠기 때문이 아니라, 이곳의 음악 역시 크게 울리고 있었기 때문이다.

아까 한 말을 취소한다. 밤새 스피커에 갇혀 있다가 탈출했는데, 하필이면 옆 스피커로 피신한 파리만이 내 심정을 이해할 것이다.

이제 이러한 '피신 비행'이 소용없다는 것을 안다. 어쩌면 멕시코에선 모든 건물이 스피커 통이고, 멕시코에서의 여행은 스피커와 스피커 사이를 반복해서 드나드는 것이다. 물론, 이곳 산 크리스토발에서도 일제히 스피커를 꺼버리는 시간이 있다. 바로 내가 시차 적응을 못 해 잠 못 드는 시간이다. 나는 새벽 6시까지 붉게 충혈된 눈으로 신에게 제발 내게 잠을 달라며 침대에 누워 애원한다. 그러다 아침 6~7시가 되면 '자, 기다렸죠? 이제 신나는 새 하루입니다'라는 듯, 건물이 스피커 통으로 둔갑한다.

사실, 건물만이 아니다. 밤에는 산 크리스토발 중심가 곳곳이 스피커 통이 된다. 우선은, 나이트클럽이 문을 열어놓고 영업하기 때문이다(심지어 1층에 있다). 그렇기에 다른 업소도 '아, 질 수 없지. 우리 음악이 안 들리잖아'라는 심정으로 역시 성량 좋은 스피커 통으로 둔갑한다. 마치, 한국 유흥가 상점이 간판 크기 경쟁을 하듯…….

그나저나, 나이트클럽 문이 열려 있어, 우연히 내부를 보고 말았다. 손님은 젊은 멕시코인들이고, 음악도 흥겨운 라틴 뮤직인데(당연하다. 다른 업소가 나이트클럽 음악 소리 때문에 음악을 크게 틀기에, 나이트클럽은 그에 지지 않으려 더 크게, 더 빠른 라틴 댄스 음악을 튼다), 어쩐지 기시감을 느꼈다. 입구를 바라보는 내게 문지기가 "어서 오세요"라며 호객하는 순간, 비로소 알았다.

저 문지기는 송해 선생이고, 손님들은 〈전국노래자랑〉의 방청석의 제일 앞줄에서 일어나 춤추는 이들과 같다는 것을. 한국방송 1TV의 〈전국노래자랑〉을 보면 방청석 제일 앞줄부터 무대 사이에 춤을 출 수 있는 '댄싱 존(Dancing Zone)'이 존재한다. 방송이 시작되고 어느 정도 시간이 흐르면, 항상 '새마을 운동 점퍼' 같은 걸 입은 누군가가 앞으로 나와 춤을 춘다(흥이 넘치는 지역으로 가면, 오프닝 화면인데도 이미 누군가 춤을 추고 있다). 방송 초반부에는 대개 각자 춤을 추고 있다. 그러다 카메라가 무대를 열심히 비춘 후 어느 순간 '댄싱 존'으로 돌아오면, 각자 춤추던 이들은 함께 '부르스'를 추고 있다. 지금 이 클럽의 멕시코 손님들이 그런 분위기 속에서 부둥켜안고서 '부르스'를 추고 있다. 〈전국노래자랑〉을 제외하고는 이런 광경을 본 적이 없다.

멕시코의 산 크리스토발 주민과 한국 농어촌 주민 사이에는 통하는 점이 있는 것 같다. 어느 지역 정부가 발 벗고 나서, 자매결연이라도 맺으면 좋겠다(단, 출장을 올 경우, 대형 스피커 통 사이를 날아들 각오를 해야 한다).

눈치챘겠지만, 사실 오늘 내가 하려던 말은 이게 아니었다. 그저 '호텔의 음악 소리를 피해 스타벅스로 피신 왔다'는 한 문장을 쓰려다, 이렇게 돼버린 것이다.

"저 시계는 안 고쳐지나 봐요?"
오늘은 정말 한마디만 하려 했는데 말이죠.
산 크리스토발 풍경 묘사는 또 내일로 미뤄야겠다.

*

　중남미 작가들이 왜 그토록 글을 길게 썼는지 이제야 알겠다. 단지 굴곡진 역사 때문이라 여겼는데, 와 보니 이곳이 현실적으로 거대한 스피커 통이기 때문이다. 음악 템포가 빠르면 마음이 급해져 말을 빨리하게 되고 말도 많아지듯, 이런 환경에서 글을 쓰니 수식도 길어지고 계속 무엇이라도 쓰게 된다. 안 그래도 역사적 이유로 할 말이 많은데, 환경마저 이러하니 그들은 그토록 긴 글을 쓸 수밖에 없었던 게 아닐까.

　애초에 쓰려던 한 문장으로 오늘 분량을 다 채워버리니, 중남미 작가가 된 기분이다. 중남미 여행을 하는 동안만큼은, 내가 바라는 담백한 문체의 글쓰기는 접어둬야 할 것 같다.

7월 9일 화요일

## 산 크리스토발에 대해

멕시코에 오니, 거리 곳곳에 흐르는 음악처럼, 쓸 말이 끊임없이 밀려온다. 모든 식당에 비치된 소스 수만큼, 수시로 쏟아져 내리는 빗방울 수만큼, 현지인들이 기른 입 주변을 뒤덮은 터럭 수만큼 밀려온다. 지면이 부족할까 걱정이다.

그러니, 어서 어제 못 한 말 '산 크리스토발'에 대해!

내 청바지와 티셔츠 네 벌, 반바지와 러닝복 상·하의, 각종 속옷과 양말 전부를 빨래방에 맡겼는데, 30페소(1,800원)만 받았다.

거대한 스피커 통에 갇힌 파리에게도 행복은 찾아오는 것이다.

낯선 도시에 머무는 여행자가 참고할 만한 생활 물가지수는 많다. 빅맥 지수도 있고, 스타벅스 지수도 있고, 요즘엔 김치 지수도 있다. 하지만, 아직 없는 게 있으니 바로 '세탁 지수(훗날, 누군가 이 용어를 쓴다면, 그건 소설가 최민석이 최초로 쓴 용어라는 걸 기억해주길 바란다)'.

산 크리스토발의 세탁 지수를 '1'이라 가정하면, 멕시코시티의 세탁 지수, 그중에서도 '알레한드라의 숙소 세탁 지수'는 얼마일까. 산 크리스토발의 빨래방에 16개의 세탁물을 맡기니, 30페소를 받았다. 즉, 30페소를 16으로 나누면 개당 1.87페소의 비용을 지불하고 빨래를 한 셈이다. 반면, 알레한드라의 소음 심한 세탁기에 내가 넣은 세탁물은 7개, 지불한 비용은 200페소이다. 같은 방식으로 계산하면, 알레한드라의 집에서 개당 28.57페소를 지불하고 빨래를 한 것이다. 단순히 세탁물 수로만 비교해도, '복잡하고 경찰 많고 심지어 우버 기사도 말 많은' 멕시코시티 내 알레한드라 숙소의 세탁 지수는 '공기 좋고 물 좋고 인심 좋은' 산 크리스토발의 세탁 지수보다 무려 '15.27배'가 높은 것이다.

하지만, 좀 더 입체적으로 분석해볼 필요가 있다. 양말 몇 켤레, 속옷 몇 장을 빼는 것과, 목동 현대 백화점에서 세일 때 그것도 3개월 할부로 산 내 청바지와 베를린에서 사서 3년째 행사 때마다 즐겨 입는 벨기에산(産) 셔츠를 빼는 것에는, 엄연한 차이가 있다. 당연히, 후자를 세탁할 때 더 주의를 기울여야 한다. 그런데도 산 크리스토발의 빨래방에선 단 30페소에 흔쾌히 '책임지겠다'라며 세탁물을 맡아줬다. 이런 세부적이면서, 중대한 요소까지 반영해서, 알레한드라 숙소의 세탁 지수를 따져보면 그것은 '측정 불가' 수준이 된다. 저울로 치자면, 바늘이 한 바퀴를 돈 뒤에도 어딘가에 정착하지 못한 채, 끊임없이 괘종시계 추처럼 흔들리는 상황인 것이다. 중산층임에도 불구하고 인상을 쓰고 다녔던 로마 노르테의 주민도 이곳에 오면 표정이 바뀔지 모르겠다.

뜬금없이 진지해져서 미안하지만, 사실 로마 노르테의 중산층이 세탁 스트레스를 받았다 쳐도, 그들이 인상을 쓴 것은 그 때문만은 아닐 것이다. 근원적으로는 그런 세부적인 삶의 스트레스를 알고 있음에도, 그곳을 차마 떠날 수 없는 자신의 상황 때문일 것이다. '뉴요커'는 뉴욕보다, '런더너'는 런던보다, '밀라니즈'는 밀라노보다, 지방이 싸다는 것을 알고 있다. 나 역시 서울을 떠나면 스트레스를 덜 받는다는 것을 알고 있다. 하지만, 그 사실만으로 간단히 떠날 수 없는 게 바로 우리의 삶이다. 그렇기에, 어쩌면 나

는 여행을 다니는지 모르겠다. 내가 관광지라 불리는 곳에 별로 안 가는 이유는, 청년 시절에 많은 곳을 다녀본 후 결국은 비슷하다는 깨달음을 얻었기 때문이기도 하지만, 어쩌면 나도 모르는 마음 한구석에 '서울 이외에서의 삶을 짧게나마 체험해보고 싶은 욕구'가 있는지도 모르기 때문이다.

그래서, 나는 멕시코에서의 삶이 거대한 스피커 통 안의 삶이라는 사실을 깨달았다.

물론, 그 스피커 통 안에 갇힌 파리가 행복할 수 있다는 것 역시 이곳 산 크리스토발에서 깨달았다.

한편, 이 글을 쓰고 있는 식당에선, 들어올 때부터 음악 채널의 뮤직비디오 프로그램이 왕성하게 방영 중이었다. 이런 측면에서 보자면, 멕시코 식품청은 '모든 식당은 음악과 소스를 항상 갖춰둬야 영업허가를 내준다'라는 방침이라도 정한 게 아닐까 싶다. 마찬가지로 '모든 바는 축구 경기를 틀어놓아야 영업허가를 득할 수 있다'라는 조항도 있을까 싶다. 어쨌든 한 시간 동안 '나는 행복한 파리다'라며 나만의 만트라를 되뇌며 식사를 가까스로 마쳤는데(물론, 식사는 15분 했고, 기다린 시간이 45분이다), 때마침 뮤직비디오를 줄곧 틀어주던 프로그램이 끝나버렸다.

'아아. 드디어 휴식 시간이구나' 하고 안도하니, 웨이터가 미안한 표정으로 뛰어와 곧장 다른 음악 채널로 바꿔버렸다. 나를 향해 산 크리스토발 사람 특유의 낙천적인 웃음을 띠며. "세뇨르. 로시엔또(손님 죄송해요―이런, 음악이 멈췄네요. 즐겁게 삽시다!)."

만약 당신이 음악을 사랑하는 이라면, 산 크리스토발은 더할 나위 없는 지상낙원일 것이다. 반대로 당신이 음악을 싫어하는 이라면, 산 크리스토발은 더할 나위 없는 스승이 될 것이다.

물론, 그 스승은 하나만 집중 교육한다. '빠시엔시아(인내심) 교육'.


방금 내가 쓰고 있는 글을 보고, 부자지간의 멕시코인들이 다가와서 "한자를 쓰고 있냐?" 하고 물었다.

"아니. 이건 한글인데요."

아빠 멕시코인: "한글이 뭐냐?"

(이하 대화체.)

"한국인이 쓰는 글자요."

"그럼, 너희는 글은 한글로 쓰고, 말은 중국어로 하는가?"

"우리는 말은 한국어로 하고, 글은 한글로 쓴다. 이 둘은 같은 것이고, 우리의 글과 언어는 유일하다. 중국어와 다르다."

"대단하다."

"이렇게 대단한 나라에서 온 너는 가족 사항이 어떻게 되냐? 직업이 무엇인가? 무슨 자동차를 타는가? 아내는 건강하냐?"

아빠 멕시코인은 멕시코시티의 우버 기사 친척이 아닐까 싶을 만큼 이십 분 동안 무수한 질문을 쏟아냈다. 이때 내가 처한 상황을 카툰의 한 컷으로 표현하자면, 우리 사이에는 "세종대왕", "이건 ㄹ이라 읽고, 이건 ㄱ이라 읽고요……", "네? 합쳐서요?", "……글쎄…… 늑……?", "스페인어 몰라요", "오기 전에 열 시간 개인 교습……", "……아……멕시코 음악 최고예요!" 등의 대사가 허공을 가득 채웠을 것이다. 그러다 그는 자신과 우버 기사 사이의 관계를 궁금해하는 내 의중을 파악이라도 했다는 듯, 이윽고 마야의 정통 후손인 자신들이 정성스레 만든 무거운 토산품을 살 수 없느냐 했다.

"아쉽게도 저는 경비행기의 수화물 무게 제한 때문에 무거운 건 살 수 없습니다"라고 하니, 곧장 가버렸다.

그 덕에 무엇을 쓰려 했는지 잊어버렸다.


맞다. 산 크리스토발의 풍경!

이곳의 거리엔 식민지풍의 건물이 골목마다 들어서 있고, 그 건물들은 이곳의 강렬한 햇살을 받아 보기 좋게 퇴색돼 있다(사실 '식민지풍의 건물'이라 표현하긴 싫지만, 그렇다고 '스페인식 건물'이라 칭하고 아름답다 하면 어쩐지 지배의 역사를 미화하는 것 같다. 하여, 있었던 일은 있었던 대로 인식하자는 측면에서 이리 썼다). 형형색색의 건물, 여러 피부색의 사람, 그리고 세계 각국의 음식점이 산 크리스토발의 거리를 채우고 있어, 걷다 보면 내가 '지구인 중 한 명'이란 점을 그야말로 실감한다.

카페에 앉아 있으면 토산품 판매인이 다가오는 것은 물론, 금박으로 장식한 검은색 바지, 코가 뾰족한 가죽 구두, 커다란 전통 모자로 멋을 낸 악단이 다가와 연주를 시작한다. 이들은 하나같이 웃으며 연주를 해주고, 그 대가로 아주 적은 돈을 받고 웃으며 떠난다. 하지만 관광객이 시선을 주지 않으면, 금세 '형제, 이건 아니지!'라는 식으로 연주를 뚝 멈추고 떠나버린다.

확실히 멕시코인은 토산품을 파는 마야 후손이건, 거리의 전통 악단이건, 아니다 싶으면 재빠르게 돌아선다는 인상을 준다.


그리스의 '산토리니'와 이탈리아의 '카프리'가 굽이진 골목에 상점이 연이어 있는 '섬 버전'이라면, 이곳은 그러한 섬들의 '산골 버전'이다. 멕시코 특유의 세월의 때가 묻은 건물과 클래식 카, 세계 각지에서 몰려온 히피가 빚어내는 풍경은 태국의 히피 마을 '빠이(Pai)'와 유사하다. 물가가 싸고, 여행자들이 잠시 들렀다 떠나지 못하고, 먹고 싶은 웬만한 음식을 다 먹을 수 있다는 점도 비

숫하다. 한식도 판다. 그 탓에 거리에는 〈벚꽃 엔딩〉도 우렁차게
흘러나온다.

그렇기에 산 크리스토발에서는 한인들도 현지 적응을 아주 잘
마쳤다는 인상을 준다.

내 여행의 기록이 가이드북은 아니니, 산 크리스토발의 묘사는
이 정도로만.

"그런데 오늘 하려 했던 말이 이게 맞느냐고요? 글쎄요. 실은,
본격적으로 하려 한 말은 왜 7월의 멕시코가 춥냐는 것이었는데
요……. 그건 내일 하죠. 내일은 또 어떻게 될지 모르겠지만 말입
니다. 아아. 마이크 *끄지 마세o*……."

……(정적)……

……(정적)……

## 휴식의 가치

오늘은 이곳에 온 후, 처음으로 휴식을 취하려 한다.

사실 아무리 펜 가는 대로 쓰더라도, 작가에게 글쓰기는 어떠한 방식이 됐든 항상 노동이다. 수면 부족에, 배탈에, 추위에(7월에 오한이라니!) 몸은 이미 지쳐 있다.

애초에 나는 중남미 여행을 하며 총 40편의 에피소드를 써볼까 싶었는데, 오늘 이런 식으로 쓰더라도 하나의 에피소드로 인정하기로 했다. 휴식의 가치는 노동의 가치와 동등하니까. 레크리에이션의 철자가 'Recreation'이듯, 레크리에이션의 시간을 가져야 'Re-Creation' 즉, 재창조를 할 수 있으니 말이다.

그런 연유로 배탈은 났지만, 향 좋은 와인을 한잔 하려 한다. 휴식할 시간은 짧고, 이 시간은 소중하니까.
"살루트 빠라 요 미스모(나 자신을 위해 건배)."

*

이래 놓고 다른 원고 마감해야 한다. 이래서 글쟁이에게 여행은 여행이 아니다. 노동의 장소만 바뀔 뿐.

## 계산에 대하여

나는 지금 노량진 수산시장보다 번잡한 '툭스틀라 구띠에레즈 공항' 대합실에 앉아 있다.

이제 닷새에 걸친 산 크리스토발 체류를 끝내고, 멕시코시티로 돌아간다. 산 크리스토발은 언젠가 다시 오고 싶은 곳이다. 오늘 이곳을 떠나야 하기에 도시의 전경이나 보자는 마음으로 산 중턱에 올랐는데, 가는 길에 '스페인어 학원'이 있었다. 1주일 단위로 수강료를 내고, 하루 세 시간 주 5일 교육을 해주는데, 미화

109달러밖에 하지 않았다. 게다가, 현지인 집에서 하루 세 끼를 먹으며 지내는 홈스테이(일요일엔 식사 제외)도 미화 150달러에 가능했다. 역시 주 단위. 내 생에 언제 기회가 올지 모르겠지만, 가능하다면 가족과 함께 와서 짧게나마 함께 공부하며 지냈으면 좋겠다.

산 크리스토발의 전망을 보고 내려오니, 고도가 높아 갈증이 났다. 그래서 탄산수 중독자답게 한 병을 샀는데 10대 초반으로 보이는 소녀가 내 목에서 탄산수 기포가 백만 번 터질 때까지 잔돈을 주지 않았다. 당연한 말이지만, 땡고 께 빠시엔시아(Tengo que paciencia, '인내심을 가져야 해').

소녀는 새로 한 병을 더 마시고 싶어졌을 즈음, 잔돈을 줬는데 1페소, 2페소, 5페소짜리 동전으로만 40여 개를 주는 것이었다. '아. 그래서 이토록 꼼꼼히 확인했구나' 싶어 즉석에서 나도 세어 보니, 받아야 할 잔돈보다 더 많이 받았다. 내가 "잔돈을 더 받았다"라며 소녀에게 돌려주자, 옆에 있는 아버지는 '거참. 우리 딸 인심 좋네'라는 식으로 껄껄껄 웃고, 소녀 역시 '이게 다 산수 못하는 아빠 닮아서 그렇잖아요'라는 표정으로 까르르 웃었다. 내 입장에서는 도무지 무엇이 웃긴지 모르겠지만.

사실, 멕시코에서 계산이 틀린 적이 한두 번이 아니다. 내 기억이 맞는다면 다섯 번이다. 그런데, 신기한 건 다른 나라에선 계산이 틀리면 항상 거스름돈을 적게 줬는데, 멕시코에서는 전부 다 내게 줘야 할 돈보다 더 줬다. 물론, 내 책이 대부분 1쇄에서 끝나는 건 인정하지만, 한화로 6백 원, 2천 원, 많게는 8천 원 더 받는다 해서, 내 인생이 달라지는 건 아니다.

'에르마노(형제어), 이건 아니잖아요'라는 표정으로 돌려주면, 딱히 고맙다는 말도 않는다. 그냥 '아. 그래? 내가 더 줬군. 거. 귀찮은데 그냥 가지지 그랬어?'라는 듯한 분위기로 무표정하게 받고, 고개만 한 번 끄덕한다. 길에서 마주치면 상냥하게 웃는 멕시코인들인데, 잔돈을 정확하게 다시 돌려주면 유독 무뚝뚝하다. "이봐. 형제. 자네 지금 나 산수 못한다고 지적한 거야"라며 기분 나빠하는 게 아닌가 싶을 정도다. 그러고 보면, 아까 언급한 부녀는 무안해서 오히려 까르르 웃은 것 같기도 하다.

멕시코시티에서도 비슷한 일을 겪었다. 소칼로 광장 옆에 있는 '엘 까르데날(El Cardenal)'이라는 꽤 전통과 격식이 있는 레스토랑(양복 입은 노장 피아니스트가 올백 헤어스타일을 하고, 연주도 하는 곳)에서 식사를 했는데, 거기선 주문하지도 않은 '칵테일'을 갖다 줬다. 내가 칵테일을 돌려보내니, 오 분 후 옆 테이블 아저씨가 "음. 왔구나" 하며 마셨다. 게다가, 계산서에는 내가 주문한 맥주가 빠져 있었다. 정말 신기한 건 맥줏값을 다시 포함해도 계산이 이상했다는 점이다. 다시 살펴보니 내가 주문한 음식은 제대로 나왔는데, 계산서에는 내가 먹은 수프보다 값싼 수프가 입력돼 있었다.

멕시코에 온 게 열흘째인데, 이런 일을 크고 작게 다섯 번 겪었다. 조심스럽게, 멕시코의 경기 침체가 받아야 할 돈을 받지 않는데 그 원인이 있지 않을까 염려해본다.


'시케이로스' 선생의 가르침을 받아, 오늘은 이만.


\*


"아아. 이거 마이크가 왜 계속 나오죠?"

"네? 아쉽다고요."

"하하하. 저도요. 이거 쑥스럽네요……. 그럼, 하나만 더."


산 크리스토발에서 툭스틀라 구띠에레즈 공항까지는 한 시간 이십 분간 미니버스를 타고 가야 했는데, 버스에 승객이 한 명 올라탈 때마다 사람들은 "올라(안녕하세요)!"하며 인사했다. 모두 낯선 사람일 텐데, 승객이 한 명 오를 때마다 차내에 "올라!"가 울려 퍼졌다. 나는 이런 가족적인 분위기의 미니버스가 실로 생경했고, 내 생을 곰곰이 되짚어봐도 거의 처음인 것 같았다(물론, 미니버스를 탄 적은 많다).

더 생경한 것은 그 버스에는 음악이 나오지 않았다는 것이다. 대신 "승객 여러분, 산소 부족하시죠?"라는 느낌으로, 영화 〈와일드〉가 상영되고 있었는데, 당연한 말이지만 볼륨은 '차라리 음악을 틀지'라고 바랄 만큼, 우렁찼다.

이런 점에서 멕시코에서는 손님을 정적에 빠뜨리게 하는 것을 서비스를 제대로 하지 않았다고 여기는 것 같다.


여하튼 저녁 버스라 실내의 불빛은 TV 스크린이 유일하고, 볼륨 또한 크니, 다들 닭 쫓던 개처럼 천장에 매달린 모니터를 주시하고 있는데, 리즈 위더스푼이 애팔래치아 산맥을 걷다가 지치고 외로웠는지 갑자기 어떤 남자와 나눈 뜨거운 정사를 회상하기 시작했다.

그 탓에 좁은 미니버스는 스페인어로 쏟아내는 리즈 위더스푼의 신음으로 가득 찼다.


'허허. 에르마노(형제). 이건 저도 당황스럽네요.'

아나나 다를까, 뒤를 돌아보니 어린 딸과 함께 탄 엄마는 갑자기 눈을 감고 자는 척을 했다.

이런 표정을 하고 말이다.
'노 메 쁘레군따. 노 메 쁘레군따.
(묻지 마, 묻지 마, 질문하지 마!)'

7월 12일 금요일

## "Hasta Luego!"

(다음에 또 봐!)

당연하다는 듯, 비행기가 한 시간을 연착했다. 그 탓에 멕시코 시티의 공유 숙소에 도착하니 새벽 2시가 다 돼갔다. 옷장에 옷을 넣고 자려고 문을 여니, 옷장 문이 와르르 쓰러졌다. 당황해 옆 옷장 문을 여니, 그것도 무너졌다. 아, 우리도 빠지면 섭섭하지, 라고 하듯 마지막 남은 옷장 문도 기어이 무너졌다.

멕시코에서는 확실히 옷장 문도 동료 의식이 출중하다는 인상을 준다.

이십 분간 옷장 문을 문틈에 걸쳐놓다시피 겨우 끼워놓고 침대에 눕자, 이곳이 F1 그랑프리 대회 경기장인지 차들이 지나가는 굉음이 들렸다. 창문을 열고 보니, 새벽 2시인데도, 차들이 바람을 가르며 내 침대 바로 옆을 질주하고 있었다.

강변북로 한가운데에 침낭을 펼쳐놓고 자본 사람만이 내 심정을 이해할 것이다.


나는 이 기행문을 수첩에 쓰고 있다. 혹시 누군가 이 수첩을 주워서 읽는다면, 나를 불만뿐인 염세주의자로 오해할까 봐 써둔다. 나는 '비판 정신을 잃지 않은 현실주의자일 뿐'이라는 것을.


냉장고, 세탁기, 전자레인지가 대우전자 제품이라는 점(이 숙소의 환경을 보여주는 상징적인 대목이다), 전등을 켜도 화장실이 여전히 암흑이라는 점, 옷장에는 주인장의 체취가 풍겨 나오는 운동화가 가득하다는 점, 이 셋을 빼고는 모든 게 좋았다. 숙소 주인은 같은 아파트의 위층에 살았는데, 12월에 서울에 갈 거라며 내게 호감을 표했다. 훌륭한 식당을 추천해줬고, 자기 친구들과 함께 술을 마시자며 파티에도 초대해줬다.


하지만 나는 그들의 초대에 응하지 못했다.

사연은 내가 아침에 대우 냉장고 문을 열었을 때부터 시작된다.

냉장고 안에는 내 얼굴만 한 유리통에 김치가 가득 담겨 있었다. 양으로 추정컨대, 단기 여행자의 것이 아니었다. 주인은 옆방을 석 달째 쓰고 있는 'H군'의 것이라 했는데, 만나보니 30대로 보이는 백인이었다. 그는 현재 멕시코시티에서 레스토랑 개업을 준비 중인 셰프였는데, 나를 환대하며 자기 김치를 얼마든지 먹어도 좋다 했다. 그러며 멕시코시티의 역동성, 다양한 인종 구성, 다양한 문화를 스페인어로 찬양했는데, 이십 분쯤 듣다 보니 머리가 아파지기 시작했다.

해서 혹시나 하는 마음에 "Habla Inglés(영어 하세요)?" 하니, 그가 "Sí(네)" 하고 대답해, 이번에는 답답했던 내가 꽤 오랫동안 영어로 멕시코 스페인어와 스페인 스페인어의 차이점을 말했고, 그러자 그는 스페인어와 영어를 섞어가며 자신은 "스코틀랜드에 갔는데 에든버러에서 세 시간 떨어진 곳에 가니, 무슨 말을 하는지 하나도 못 알아듣겠더라"라며 영어의 어려움을 호소했다. 그래서 나는 스코틀랜드, 아일랜드, 영국 영어의 차이점을 그에게 영어로 설명하다가, 문득 궁금해져 "그런데, 어느 나라에서 왔죠?" 하니, H군은 호주 사람이라 했다.

메시 앞에서 드리블한 조기 축구 회원만이 내 심정을 이해할 것이다.

아울러 멕시코에선 장기 체류 중인 외국인마저 인내심이 출중하다는 인상을 준다.

외출하는 그와 어색한 인사를 나눈 뒤, 손으로 쓴 이 글을 타이핑하러 인근 커피숍으로 갔다. 도착하니, H군이 바로 옆 식당에서 한 여성과 열정적으로 대화하고 있었다. 그는 자신의 친구라며 모델처럼 화려한 메스티소(백인계 혼혈) 여성을 소개해줬다. 당연한 말이지만, 이번에는 영어를 하지 않았다. 좀 전의 경험을 반면교사 삼아서. 그러고 보면, 확실히 멕시코는 가르침의 나라다.

숙소로 돌아와 휴식을 취한 후, 천천히 걸어서 주인이 추천해준 식당에 가보니, 그곳은 멕시코시티 중산층이 세탁 딜레마를 겪는 바로 '로마 노르테'였다. '허허. 이 동네는 나랑 인연이 있나봐. 거참' 하며 산책을 마치고, 인기 좋은 타코 식당에서 입장 대기를 하고, 가까스로 주문하고 나니, 아침에 작업한 커피숍에 돈을 안 내고 왔다는 사실이 떠올랐다!

이미 세 시간이 지났고, 영업 종료 시간은 한 시간밖에 안 남았고(오후 6시 폐점), 검색해 찾아낸 번호로 전화를 아무리 걸어도 받지 않았다. 허겁지겁 식사를 끝내고, 우버를 타고, 다시 커피숍으로 가며 나 자신을 반성했다. 바로 어제, 내 손으로 '멕시코인들은 계산을 잘 못 한다'라고 썼는데, 나는 계산을 아예 안 해버린 것이다.

이 여행을 시작할 때 기도를 드렸던 신이 내게 겸손의 자세를 요구하는 것 같은 기분이 내내 들었다. 설상가상으로 교통체증까지 겹쳐 내가 뛰어갔을 때는 거의 가게 문을 닫기 직전이었다. 나는 주인에게 연신 미안하다며, 그에게 오직 스페인어로만 말하기 위해 차 안에서 사전으로 검색한 단어를 총동원해 사과하니, 그가 내게 영어로 심플하게 답했다.

"댓츠 올라잇, 브로(괜찮아. 형제).

아이 뉴 유 우드 컴 백(난 네가 다시 올 줄 알았어)."

그 말이 너무나 고마워, 눈시울이 뜨거워질 뻔했다. 멕시코에 다시 오고 싶다는 생각이 내 안에서 강하게 피어올랐다.

그리고 놀랍게도, 그 광경을 H군이 지켜보고 있었다. 이번에는 그가 오른편 가게의 의자에 앉아 내게 손을 흔들었다. 이번에도 역시 그는 친구를 기다리고 있다 했고, 나와 대화를 나누는 사이 친구가 택시를 타고 도착했다. 이번에도 역시 화려한 모델의 오라를 풍기는 또 다른 멕시코 여성이었다.

오전에 그가 한 말이 떠올랐다.

"나는 호주로 돌아가지 않을 거야. 거긴 사막밖에 없어."

(나는, '캥거루가 있지 않으냐?'라고 반문했다.)

호주 땅덩어리는 유럽 크기인데, 전체 인구는 프랑스 인구 절반에도 못 미쳐 한적하다 못해, 따분하다 했다.

(물론, 나는 '코알라도 있지 않으냐'라고 반문했다.)

그는 아침에 만난 인물과는 다른 이 여성과 거의 안다시피 팔짱을 낀 채, "아스타 루에고(또 봐)!" 하고 가버렸다.

그의 말은 맞았다. 숙소에 있으니 그가 여자 친구(라고 해두자)와 함께 "올라(안녕)!" 하며 들어왔고, 내가 화장실을 가려고 방에서 나오니 둘은 마침 문간에서 격렬한 키스를 나누는 중이었다. 내 인기척을 느끼자마자 입술을 떼지도 않은 채 방 안으로 황급히 들어가며 문을 닫았기에, 내가 할 일은 한시라도 급히 이 집을 떠나는 것뿐이었다. "나, 나간다"라는 말 대신 현관문을 소리 나게 닫고 나와보니, 이를 어쩌나.

휴대전화 배터리가 10퍼센트 남았다. 이런 상태로는 이방인인 내가 지도 앱을 보고 어딘가를 찾아갈 수도 없고, 방향치인 내가 길을 잃었을 때 우버를 불러 숙소로 돌아올 수도 없다. 이십 분을

고민한 뒤에, 어쩔 수 없이 숙소로 가니 실내는 툭스틀라 구띠에 레즈 공항으로 가는 미니버스가 되어 있었다. 우퍼 스피커로 퍼지던 리즈 위더스푼의 소리만큼이나 커다란 신음이 집 안에 가득했다.

조심스럽지만, 멕시코에서는 미니버스건, 공유 숙소건 신음도 공유한다는 인상을 준다. 물론, 김치도 공유한다.


가까스로 보조 배터리를 챙겨, 아까 커피값을 내려고 돌아가던 중 봤던 한국식 중식당 '하림각'에 갔다. 실내에 은은하게 퍼진 단무지 향, 한국인이 동석자의 잔에 소주를 따르는 소리, 벽에 걸린 TV에서 흘러나오는 한국 대중가요가 반가웠다. 그리고 형광등 빛을 반사하며 고운 캐러멜색 자태를 뽐내는 자장면을 보니, 어쩐지 돌고 돌아 이곳에 왔다는 향수 같은 게 밀려왔다. 그 때문일까. 나는 자장면을 한입에 넣을 수 없을 만큼 젓가락으로 가득 집어 후루룩, 후루룩 빨듯이 먹었다. 아마 내 안에 채우지 못한 허전함과 가족에 대한 그리움을 한국식 자장면으로나마 메우려 했던 것 같다.


그리고, 심각한 배탈이 났다. 배 안에서 세계 3대 서핑 명소인 하와이, 발리, 그리고 푸에르토 에스콘디도(멕시코)에 버금갈 만

한 파도가 쳤다. 폭정에 성난 군중처럼 동요하는 내장을 진정시키기 위해, 멕시코시티의 광화문 격인 후아레스 거리를 한 시간 걸었지만, 소요가 진정되기는커녕, 성난 군중을 더 자극할 뿐이었다. 하여, '아. 나온 지 세 시간이 지났으니 괜찮겠지!' 하고, 숙소로 돌아갔는데, 실내는 여전히 미니버스 안이었다.

'허허. 에르마노(형제). 아직도 이러면 어쩌자는 건가.'
확실히 멕시코는 현지인은 물론, 방문자마저도 열정이 넘친다는 인상을 준다.

어쨌냐고? 급한 불만 끄고, 또 나왔지 뭐.

겨우 밤 10시쯤, 나는 가까스로 내 방 침대에 누웠다. 물론, '내부의 폭동'과 '외부의 폭동(허허. 형제자매님, 열정이 부럽네요. 하하)'이 또 일어날까 조마조마하며.

그래도 오늘 아침(이 글은 어제의 일을 회상하며 콜롬비아 보고타행 비행기 안에서 쓰는 것이다), H군은 7시에 공항으로 가는 나를 배웅하러 나왔다. '멕시코를 사랑한다'며 멕시코 국가대표 축구 유니폼인 녹색 저지를 입고서.

집주인 에밀리오도 어제 배탈이 난 나와 함께 파티를 하지 못해 너무 아쉽다며, 환송해주었다. 그럴 필요도 없는데 "너는 아프지 않으냐"며 내 여행 가방을 직접 들어, 우버 안에 실어줬다. 어제 내가 아파서 파티에 못 간다고 하니, "그럼 내가 들어갈 때 뭐 사갈까?" 하며, 몇 번이나 문자로 물어봤다(지금 나랑 연애하자는 거야?).

이러니, 멕시코에 다시 오고 싶을 수밖에.

비록, 강변북로에서 자는 것 같고, 암흑 속에서 샤워하는 것 같고, 사라진 '대우' 냉장고가 있지만, 그 안에는 김치가 있으니. 그리고 허공에는 신음이 가득하지만, 아침 7시부터 졸린 눈을 비비며 환송해주는 사람들이 있으니.

그래서 다들 이렇게 인사하나 보다.

"Hasta Luego(아스타 루에고, 다음에 또 봐)!"

*

"네. 시간은 넘겼지만, 행사비는 똑같다고요?"

"저런." (긁적긁적)

"그럼, 내일은 짧게 할게요. 죄송합니다. 아스타 루에고."

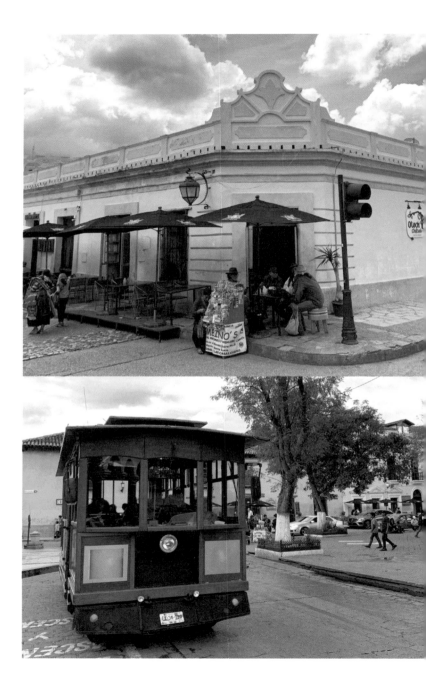

# 원색의 도시, 보고타

콜롬비아에 오니 모든 게 형형색색이다.

오기 전에 본 여행 다큐멘터리에 출연한 교수는, 멕시코가 '메스티소'의 나라라고 했다. 메스티소, 즉, 혼혈, 혼합, 혼종성…… 인종은 물론, 음식, 건물, 문화까지 모든 게 이곳저곳의 영향을 받고, 이런저런 것들이 뒤섞여 있다 했다. 흔히 멕시코의 건물 외벽이 원색이라 생각하지만, 일부일 뿐이다. 건물 대부분은 파스텔색조, 즉 혼합된 색상이다.

하지만, 이곳 콜롬비아 보고타는 그렇지 않다. 국기에 노란색을 쓰는 것에서도 알 수 있듯이 이들은 노란색을 사랑한다. 집들은 노란색, 파란색, 빨간색으로 칠해져 있어, 마치 어떤 심술궂은 미술 선생이 "학생, 3원색은 빨강, 파랑, 노랑이에요. 잊지 말아요"라는 식으로 온통 칠해놓은 것 같다.

내가 묵은 숙소는 산타페라는 곳이었는데, 그곳은 약간 서울의 서소문처럼 회색, 갈색, 베이지색의 톤 다운된 건물뿐이었다. 하지만 이곳, 구시가지 'La Candelaria(라 칸델라리아)'는 총천연색 건물의 향연을 펼치고 있다. 그 탓에 나도 평소에 내가 글을 쓰는 카페에 들어와 연신 셔터를 눌러대는 힙스터 같은 행동을 하고 말았다(심지어 어떤 이는 사진만 찍고 나간다). 나는 음식을 주문하고, 양해를 구하고, 차를 주문했다는 사실에서 스스로 면죄부를 얻으려 했지만, 어쨌거나 이는 평소에 내가 선호하지 않는 행동임에는 분명하다.

그만큼 콜롬비아 구시가지는 한 사람의 철학을 바꿀 만한 마력이 있다.

여행자는, 특히 관광객은 이처럼 도시와 주민들에게 피해를 준다. 어제는 편의점에 가서 맥주를 한 캔 사려 하니, 점원이 갑자기

계산대 직원을 "이봐!" 하며 불렀다. 그러자 계산대 직원이 '이번에는 한국인 아저씨야?' 하는 표정으로 다가오더니, 냉장고에 채워진 자물쇠를 풀었다. 나는 배탈이 나서 맥주를 못 마시지만, 혹시 내일은 괜찮아질까 싶어 일단 때깔 좋은 '클럽 콜롬비아 네그로(흑맥주)'를 하나 골랐다.

그런데, 맥주는 또 라거 아닌가. 하여, 옆 칸에 있는 '안디아(Andia)'라는 현지 라거를 한 캔 꺼내려니, 그 역시 잠겨 있었다. 그러자 아까 그 점원이 "어이! 이리 와봐(이 사람 결정 장애 있는 것 같아)!" 하고 부르니, 아까 그 계산대 직원이 '또 너야(한 번에 안 살래)?' 하는 표정으로 옆 칸 냉장고 자물쇠도 풀었다.

참고로, 멕시코에선 밤 11시부터 아침 7시(나 8시)까지 술을 살 수 없다. 산 크리스토발에서는 그 시간에만 냉장고에 자물쇠를 채워놓고, 멕시코시티에서는 채워놓지 않는 편의점도 있다(대신 계산을 안 해준다).

그런데, 보고타에서는 판매 금지 시간이 밤 11시부터 오전 11시까지다. 멕시코보다 더 길다. 게다가, 판매 가능한 시간에도 냉장고에 자물쇠를 일일이 채워놓고 있다. 마치, 남산 N타워 앞의 사랑의 자물쇠처럼(지금 나랑 연애하자는 거예요?).

단 한 캔이라도 사려면 이 귀찮아하는 표정의 점원에게 신세를 져야 한다. 내 입장에서는 혹시 정부에서 손님이 원할 때마다 일일이 성가시다는 표정으로 열어주도록 교육을 해서, 국민 음주량을 줄이려 한 게 아닐까 싶을 정도다. 이 점은 사실 상징적이다. 맥주 한 캔 사는데, 이처럼 허락을 받아야 한다는 것은 이곳의 사회적 긴장도가 높다는 것을 의미한다.

아니나 다를까, 이래저래 산 걸 카드로 계산하려 하자, 여권을 보자 했다(아. 이번엔 신용카드야? 이 녀석). 그러더니, 카드에 찍힌 내 이름과 여권에 찍힌 내 이름을 철자까지 하나하나 확인했다. 그 후 카드를 단말기에 그었는데, 계산대 직원과 내가 토론을 해도 좋을 만큼 긴 시간이 흘렀다(선생은 배탈도 났다면서 도대체 맥주는 왜 사려 하시는 거요? ─ 죄, 죄송합니다. 한번 사보고 싶었어요).

내가 엄청난 실수를 하고 있다는 것을 콜롬비아에서의 첫날에 실감했다.

밤에는 역시 아직 해결되지 않은 내부 소요를 진정시키기 위해 적당한 산책을 했는데, 은행이며 회사며 상점 앞에 이미 셔터가 내려져 있는데도, '군인(경찰 아닌 군인)'이 전투복을 입고, 군용 헬멧을 쓰고, 기관총을 메고 지키고 있었다.

'지금 여기가, 1980년 봄의 서울인가요?'

마약왕 파블로 에스코바르가 법무부 청사를 공격하고 200명을 인질로 잡은 게 1984년의 일이다. 무려 30년이 흘렀지만, 아직도 긴장감이 소멸하지 않은 건가 싶었다.

그런데 산책하는 와중에 기관총을 멘 군인이 나를 향해 고함을 쳤다. 들어보니, 손을 기관총에 얹은 채 영어로 "Get Out(꺼져)!" 하고 말하고 있었다. 내가 외국인이기에 스페인어 못할까 봐, 영어로 윽박지르는 건가. 대체 왜?


직장인 시절 케냐 나이로비로 출장을 갔는데, 도로를 지키던 군인들이 검문한다며 여권을 본 뒤, 돌려주지도 않고 차단기를 열어주지도 않았다. 결국 '통행료' 명목으로 돈을 주니 여권을 돌려줬다. 호텔 직원한테 물어보니, 부패 군인이 외국인을 대상으로 돈을 뜯어낸 것이라 했다.

그때 기억이 떠올라 잽싸게 호텔로 돌아가려니, 이번엔 내 뒤편에 있던 군인이 내게 다가오며 역시 '뭐라, 뭐라' 고함쳤다. '아. 움직이면 안 되겠구나' 싶어 그 자리에 서서 "소이 운 투리스타 후스토(전 그냥 관광객이에요)" 하며 몇 번이나 말했는데, 군인은 내게 다가오더니 '거 자식. 거참 말 많네' 하는 표정으로 동료 군인에게 가버렸다. 그러니 나에게 최초로 고함쳤던 군인은 내 뒤

쪽에 멀리 떨어져 있는 동료를 힘껏 부른 것이었고, "Get Out"은 뭔가 발음이 비슷한 스페인어를 위축된 내가 지레짐작으로 착각한 것이었다.

그럼에도 나는 '서울에 오면 눈 깜짝하는 사이 코 베어 간다며, 긴장했던 시골 김 서방' 신세가 됐다. 그도 그런 게 한국의 포털 사이트에는 콜롬비아 페소 환율이 안 나온다(KEB 하나은행도 공시하지 않는다). 그 탓에 구글에서 달러와 콜롬비아 페소 환율을 찾아, 어렵사리 한국 환율에 적용해 계산하고 있는데, 일단 뭘 사든지 1만 페소, 2만 페소는 훌쩍 넘어간다. 멕시코에서는 기껏해야 100페소, 200페소를 냈으니, 갑자기 100배 이상을 내는 기분이 든다. 어리둥절하고, 혼란스럽다(물론, 적응되면 콜롬비아가 약간 비쌀 뿐이다. 라틴아메리카에선 대개 남쪽으로 갈수록 비싸진다).

가뜩이나 헷갈리는데 공항에서 유심 카드를 사려니, 굉장히 친절하게 설명하더니 데이터 7기가짜리가 몇만 페소라 했다. 감이 안 잡혀 미화로 얼마쯤 하냐고 물으니, 88달러라 했다. 유심 카드 며칠 쓰는데, 10만 원이 넘다니(1달러를 1,170원으로 계산하면, 102,960원이 된다). 여기가 두 개의 정부가 충돌하는 베네수엘라도 아니기에, "혹시 공항이라 비싼 거냐?"고 하니, 그렇다 했다. 이 와중에 웃으며 "그럼 딴 데 가서 사라"고 하니, 콜롬비아 사람들은 시스템과 상관없이 일단은 친절하다는 인상을 준다.

그 결과, 숙소 앞 마트에서 사니 미화 12달러에 개통까지 할 수 있었다(한 달 사용, 4기가. 역시 그 와중에 직원이 한국 드라마 팬이라며, 개통할 때 화면에 뜬 한글 메시지 "잠시만 기다려주십시오"를 직접 읽었다).

시스템은 억압적이지만, 사람은 친절하다. 혼란스럽다. 이러니 이래저래 신경 쓰지 않을 수 있나?

사실 보고타는 수도이기에 국제선을 타면 들를 수밖에 없다. 원래 목적지는 '메데인(Medellín)'인데, 아까 말한 마약왕 '파블로 에스코바르'의 본거지였다. 참고로 메데인에서 떠나는 항공권을 살 때, 내 정보를 다 입력하지 못했지만, 카드 정보만 적은 상태에서 실수로 클릭을 하니 결제가 돼버렸다. 다른 나라 항공사 같으면 "정보가 입력되지 않았으니, 확인 바랍니다" 정도의 메시지를 띄우기 마련인데, 콜롬비아 항공사는 '고맙습니다. 선생님이 누군지는 모르겠지만, 일단 계산부터 해갈게요'라는 식으로 결제가 끝나버렸다. 그 탓에 난생처음 '실시간 채팅'이라는 시스템으로 가까스로 항공권을 받았는데, 그마저도 다음 날에 왔다.

멕시코가 그리워진다.
객회도 밀려온다.
따뜻한 손만두가 먹고 싶어진다.

콜롬비아에 온 근원적인 이유는 언젠가 범죄소설을 써보기 위해 취재를 하려는 것이었는데, 과연 취재를 제대로 할 수나 있을지 모르겠다. 또한, '카르타헤나(Cartagena)'라는 해안 도시에 가서, 짧게나마 여름 휴가를 보낼 요량이었는데, 역시 제대로 보낼 수 있을지 의문이다.

부디, 콜롬비아에서의 9일이 안전하고, 평화롭고, 생산적이길 바란다.

자국의 불안한 정세와 질곡의 역사 탓에 현실적으로 쓰기엔 너무 슬플까 봐, '마술적 사실주의'를 창시한 소설가 마르케스만이 내 심정을 이해할 것이다(그나저나, 이 나라에서는 '마르케스'가 5만 페소의 모델입니다. 두 번째로 큰 화폐인데 말이죠. 이처럼 예술을 사랑하는데, 시스템은 통제적이라니, 참 헷갈리죠? 저도 좀더 지내봐야 알 것 같습니다).

오늘은 왜 진지하냐고요?

그럼, "콜롬비아, 사루비아, 아싸라비아."


아, 이것도 콜롬비아가 들어가니, 느낌이 달라지네요.

7월 14일 일요일

## 통과의례

애덤 스미스의 '보이지 않는 손'이 가격을 결정했다면, 내 머리를 짓누르고 있는 '보이지 않는 손'은 내 여행 일정을 결정했다.

오늘 모든 일정을 포기했다. 중남미에 온 뒤로 왜 이리 식욕이 없고, 춥고, 소화도 안 돼 배탈이 나는가 싶었는데, 이제 알겠다. 고산병을 앓는 것이다.

초기부터 증세는 조금씩 보이기 시작했는데, 어제의 일이 결정적이었다. 어찌 된 일인지, 숙소 앞 대로에 차가 한 대도 없고, '자전거족'들과 러너들이 맘껏 달리고 있었다. 대회인가 싶어 보니, 아무도 참가 번호표를 달지 않았다. 알고 보니, 시 차원에서 시민들에게 도로를 개방해준 것이었다. 하여, 풀코스 마라톤 1회를 포함, 하프코스 마라톤을 수차례 완주한 나로서는 뛰지 않을 이유가 없었다. 챙겨온 러닝복을 입고 몸을 풀고 뛰니, 그야말로 산뜻한 기분이 들었다. 전날에 보고타에서 느꼈던 긴장감이 일소되고, 대지에 발이 닿을 때마다 이 도시와 가까워지는 느낌이 들었다.

교통이 통제된 차도를 달려본 사람은 안다. 순간적으로, 도시의 주인이 된 듯한 착각에 빠진다는 것을.

나는 '아아. 이 맛에 여기 사는군요. 기관총 맘껏 들고 다니세요. 우리를 안전하게 지켜주시는 거잖아요. 하하하. 긍정적 마인드!'라며 들뜬 채 숙소에서부터 10킬로미터 넘게 뛰었는데, 폭우가 쏟아졌다.

기온 17도에 폭우를 맞으며, 고도 2,700미터에서 달려본 사람만이 내 심정을 이해할 것이다.

옷과 머리는 흠뻑 젖고, 찬바람이 불어오니, 몸이 으슬으슬해지기 시작했다. 우버도 부를 수 없었는데, 그건 바로 내가 불과 한 시간 전에 광분하듯 좋아했던 이유 때문이었다.

'교통 통제됐잖아. 멍청아(앗. 이건 독백. 오해 마시길)!'

안경을 낀 사람은 안다.

안경이 빗방울에 흠뻑 젖으면, 눈에 보이는 세상이 온통 젖어 세상이 흐릿해 보이고, 그건 내가 무언가를 제대로 볼 수 없다는 뜻이고, 내 눈이 제대로 기능을 못한다는 것은 내게 서글픈 감정을 안겨다 주고, 그러다 보면 이렇게 착각한다.

'나 지금 우는 거야?'

더 자세한 말은 않겠다.

그냥 우리 집 앞에서 파는 따뜻한 손만두가 너무 먹고 싶어졌다.

하여, 비에 젖어 차갑고 축축해진 옷을 입고, 내 얼굴에 흐르는 액체가 빗물인지 눈물인지 분간할 수 없는 상태에서, 내 미래처럼 흐릿하게 번져 보이는 보고타 대로를 달려갔다. 약 사십 분을 달렸을까. 이미 나는 지나온 40년 남짓한 생을 통틀어, 길에 쓰레기라도 하나 버렸는지, 담배 피우는 중학생에게 인상이라도 한번 썼는지, 초등학생에게 무턱대고 반말이라도 한 적 없는지, 모든 걸 뉘우치며 빗속에서 달리던 중이었다.

어제 콜롬비아인들은 친절한데, 콜롬비아 시스템은 엄격하다고 쓰지 않았던가.

그 관찰이 맞았다는 것을 증명이라도 하듯, 갑자기 내 뒤에서부터 차들이 달려왔다. 이때까지 통제가 풀리기만 기다렸다는 듯, 순식간에 도로에 차들이 쏟아졌다. 시간을 보니, 오후 2시 1분이었다. 개방 시간은 딱 2시까지였던 것이다.

운전자들은 '세뇨르(선생님), 아직도 적응 안 되십니까? 2시에서 자그마치 1분이 지났잖아요?'라는 표정으로 차도 위의 나를 향해 쌩쌩 달려왔다. 다행히 인도로 올라가 우버를 불렀지만, 이미 몸은 '보이지 않는 손'이 냉찜질을 한 것 같았다. 그 탓에 고산병에 장염까지 겹쳐, 이 글을 지금 어떻게 쓰고 있는지, 의식조차 못 할 정도다.


그럼에도 이대로 끝내면 아쉬울 테니, 하나 더.

콜롬비아에 온 후 느낀 몇 가지 문화 차이에 대해.


첫 번째, 환전.

환전할 때마다 지문을 찍는다. 서명은 당연히 해야 하고, 어디에 사는지도 묻는다. 여행자이기에 숙소에 묵는다고 하면, 숙소 주소를 적으라 한다. 내가 기억을 못 해 전화기를 꺼내, 이메일을 찾아―이 와중에 셀룰러 속도는 몹시 느리다―쓰려는데, 아뿔싸. 이건 멕시코 주소네. "로시엔또, 로시엔또(죄송해요, 죄송해요)"를 무한 반복한 후(아마, 이 말을 중남미에 온 뒤로 제일 많이 쓴 것 같다), 그제야 주소를 적으려니, "노. 노. 쎄뇨르(선생. 선생. 거, 어디서 꼼수 부리시오!)" 하기에 보니, 아뿔싸 이번엔 '보고타 주소'를 썼네.

'하하하. 또 로시엔또.'

참고로, 내가 이 일을 겪은 곳은 '메데진(현지인들은 '메데인'이 아니라, '메데진'이라 한다. 그러니 나도 이제 '메데진'으로)'.


"세뇨르. 차로 열한 시간 걸리는 보고타에서 환전하러 오셨습니까. 환전만 하고 돌아가실 겁니까?"

다시 메데진 숙소 주소를 찾아서 적으면, 끝. 이라면 좋겠지만, 이번엔 직업을 묻는다(아니, 환전하는데 대체 직업은 왜 묻는데?).


"소설가요."

그럼, 돈을 꺼내주려다 내 직업을 들은 후, 잠시 멈춘 뒤 물어본다.

"책은 냈고?"

"아이씨. 열 권 냈어요. 열 권!"(내가 이 말을 몇 번 하는지 모른다.)

홧김에 "한국의 마르케스예요"라고 하니, "오오. 쎄뇨르. 마르케스. 무이비엔(아주 좋아)!" 하며 환전을 해준다.

확실히 콜롬비아는 마르케스의 나라라는 인상을 준다.


가려 하면, "에스페라(기다리시오)!"라며 영수증을 주는데, 내 온갖 정보가 빽빽이 적혀 있고, 그 과정이 워낙 길어 '환전 대학교' 졸업장이라도 받은 것 같다.


두 번째. 화장실.

멕시코 화장실이 적어도 냄새만큼은 공유하지 않는다는 인상을 준다면, 콜롬비아 화장실은 가급적이면 함께하자는 인상을 준다.


오늘 아침 보고타 공항에서 내게 할당된 공간에 서서 방뇨의 기쁨을 만끽하고 있었다. 그런데, 갑자기 남자 화장실에서 들리지 않을 법한 소리가 들려 옆을 돌아보니, 내 옆 칸 남자가 선 채로 오줌을 누며 여성과 대화를 나누고 있었다. 오해 마시길. 화장실 밖의 여성과 큰 소리로 대화를 나눴다는 게 아니니. 그 여성은 내 옆 칸 남자 바로 옆에 서서 가족 토론이라도 하듯, 용무 중인 남편에게 대소사를 집 안 거실에서처럼 논했고, 남자 역시 "아. 그래" 하며 느긋하게 대답하고, 껄껄껄 웃기도 했다. 이 광경이 너무나 이질적이라 그 둘을 보지 않을 수 없었는데, 여성은 용무 중인 나와 눈이 마주치니 눈웃음까지 보냈다.

외부적 요인 때문에 용무가 중단된 사람만이 내 심정을 이해할 것이다.

그러다, 여자는 "까밀라! 어서 와!" 하며 네댓 살 된 딸까지 데려왔다. 이 생경한 문화 탓에 서둘러 밖으로 빠져나와 화장실을 보니 이렇게 쓰여 있었다.

'Hombre(남자 화장실)'.

그리고 그 옆엔 'Baño Familiar(가족 화장실)'.

일본에 온 가족이 들어가 함께 목욕하는 '가족탕'이 있듯, 콜롬비아에는 '가족 화장실'이 있는 것이었다. 그런데 이 '가족 화장실'은 가끔, 남자 화장실과 공용으로 사용된다. 마치 독일의 사우나가 남탕은 혼탕이고, 여탕은 여성 전용 탕이듯.

목적은 뭐냐고? 자녀 기저귀를 함께 갈아주거나……. 아니면 미처 못 한 가족 토론을 마무리 짓거나.

마지막은 영수증.

환전을 설명할 때 눈치챘겠지만, 영수증을 받지 않으면 "에스페라. 에스페라(기다리시오)!"를 수차례 들어야 한다. 배탈이 나서 아무것도 못 먹는 나는 필요한 게 물밖에 없다. 하여, 물이나 한 통 사려니, 무슨 영문인지 숙소 근처에 편의점은커녕, 구멍가게도 하나 없었다.

'여기 무슨 사막입니까.'

결국, 물 한 통 사러 대형 쇼핑몰까지 걸어가, 그곳에서 다시 대형 마트로 들어가, 가전제품 코너와 의류 코너와 장난감 코너와 화장품 코너를 거치니 그 층이 끝나버려, 아래층으로 갔는데 마침 식품 코너가 있기에 가보니 그곳에는 각종 냉동식품과 신선 과일, '오늘까지만 50퍼센트 할인 초특가 야채' 같은 것밖에 없어 결국 '보안 요원'에게 물어보니 '세뇨르, 저는 이 건물을 지켜야 합니다. 왜 저에게 물으시죠'라는 표정으로 계산대로 가라고 했다. 가보니, 계산대 바깥에 물이 있었다. 들어올 필요도 없었던 것이다.

이렇게 물 한 통 사려고 사십 분을 보낸 후, 계산하려니 이번에는 또 카운터 직원이 의아하다는 표정으로 "세구로? 에스테 또도 (정말, 이게 전부야)?" 하며 재차 묻는데, 그때 나는 배가 너무 아파 당장이라도 화장실에 가고 싶었기에 그만 "지금 내가 화장실에서 보내는 시간이 침대 위에서 보내는 시간보다 더 많은데, 뭘 먹게 생겼소? 그리고 대체 물은 왜 카운터 밖에 빼놓은 거요? 사

람 골탕 먹이는 거요?"라고 외치려 했지만, 스페인어로 이렇게 말할 줄 몰라 "씨(네)!" 하며 웃었다.

급해서 어서 가려는데, 또 카운터 직원이 다급하게 "에스페라! 에스페라(기다려! 기다려)!"를 외치며 건네주는 건, 역시 영수증.

콜롬비아는 사람이 곧 죽어가도, '일단 영수증은 받고 죽어라'라는 인상을 준다. 이 역시 범죄가 활개를 친 뒤, 사회적 신뢰도가 추락해 모든 것을 원칙대로 엄격하게 실행하려는 것 때문일까. 모르겠다. 설령 그렇다 쳐도, 며칠만 지내다 돌아갈 내가 이들 삶의 방식에 이러쿵저러쿵 할 자격 같은 건 하나도 없다.

한 사회의 문화는 어디에서건 자신들이 처한 환경과 지나온 역사를 토대로 결국은 최선을 향해 나아가니까. 그건 개인 역시 마찬가지이고 말이다.

＊

장기간 여행을 할 때면, 항상 며칠은 아팠다. 그럴 때마다 통과의례라 여긴다. 여행자가 할 수 있는 건, 그 기간이 짧기만 바랄 뿐이다.

## 숙소 가는 길

오늘 아침 보고타 공항에서 수화물 검사를 할 때였다. 직원이 나를 불렀다. 가방을 열라 하더니, 새끼손가락 길이의 끝이 뭉툭한 손가위(여행 다닐 때, 이런 게 있으면 여러모로 유용하다)를 압수했다.

"이걸요? 이때껏 다른 공항에서는 다 괜찮다고 했는데요?"
내 반문에 경찰은 한마디로 정리했다.
"En Colombia, No(콜롬비아에서는 안 돼)!"

맞다. 위험할 수 있다. 내가 그 끝이 뭉툭한 '손가위'로 옆 승객의 옷자락을 갑자기 잘라버릴 수도 있고, 조종실에 난입해 기장의 콧수염을 싹둑 잘라버릴 수도 있고, 아니면 내가 갑자기 식은땀이 난다며 냅킨을 잔뜩 요구해 영화 〈가위손〉의 조니 뎁처럼 냅킨을 아주 잘게 잘라, 기내에 종이 눈이 내리게 할 수도 있고, 그 종이 눈이 누군가의 심각한 알레르기를 자극해 극심한 재채기를 하고, 그 사람의 침에 있는 성분에 또 알레르기를 일으킨 누군가 거품을 물며 기내에서 쓰러져, 영화에서처럼 "의사! 의사 없어요!" 했는데, 영화에서처럼 "제가 의사입니다" 하고 나타나는 사람이 아무도 없어, 서둘러 회항을 하는데 활주로는 미처 준비가 안 돼 있고, 승객은 호흡곤란을 일으키며 사망 직전이라, 무리해 착륙 시도를 하다가 그만 다른 비행기와 충돌할 수도 있다.

"(속보) 초유의 '종이 눈 추락 사태', 한국인 소설가의 손장난으로 밝혀져!"

"(2보) 책이 안 팔려 극단적 선택한 것으로 추정, 생전에 '내 책은 다들 도서관에서만 빌려 읽어'라며 지인들에게 힘없이 술회해……."

아니면, 혹시 내가 그 뭉툭하고 새끼손가락만 한 가위로 승객

옆구리를 찌를까 봐? 그렇다면 볼펜이 훨씬 위험할 텐데(사람 눈까지 찌를 수 있는 볼펜 두 자루는 무사히 통과됐다).

이런 '손가위'마저 압수한다는 것은 콜롬비아 사회가 극도로 엄격하게 위험을 통제한다는 것을 보여준다. 왜 이토록 통제할까? 그건 내일 편에……(네. 지금까지 예고편이었어요. 히히히).

사건명 '보고타 손가위(2019. 07. 15)'는 콜롬비아 사회의 한 단면을 보여준다. 말했다시피, 모든 분야에 편재된 엄격한 '통제성'이다. 이런 사회에서 예술가는 피로함을 느낀다. 편의점에서 고작 한화로 5천 원어치 결제하는데, 여권을 검사받아야 하고 '세뇨르, 사진이 왜 이렇소? 포토샵이 취미요?' 하는 시선도 받아야 한다. 하지만, 고급 일식당이나 호텔에 가면 신용카드로 계산해도, 여권을 보자는 말 대신 미소가 돌아올 뿐이다.

"다음에도 또 찾아주세요, 세뇨르."

삶이 슬픈 건, 인간은 이럴 때 어쩔 수 없이 경험으로 체득한 방법을 떠올린다는 것이다. 장염과 고산병에 투병하며, 현지 적응까지 해야 하기에 조금이라도 스트레스를 덜 받기로 했다.

콜롬비아에서는 돈을 좀 쓰기로 한 것이다. 관광객답게.

'이런 걸 원하시는 거죠? 콜롬비아 의원님들.'

사람은 이렇게 노회해진다.


그래서 메데진 공항에서 숙소까지 한 시간 남짓한 거리를 자동차를 대절해서 가기로 했다. 기사는 도착 게이트에서 내 이름표를 들고 기다리겠다 했는데, 도착해보니 그는 이면지를 접어 내 이름을 볼펜으로 보일 듯 말 듯 써놓고 딴 데를 보고 있었다. 나는 소거법 형식으로 '이것도 내 이름이 아니고…… 보자…… 이것도 아니고……. 어라……. 저 희미한 저 글씨……. 설마…… 저게……' 하고 가까이 다가가서, '미숙 초이'라고 쓰인 내 이름을 발견했다.

"메 야모 민숙 초이(제가 최민석입니다)."

"어. 미숙 초이 아니고? 여자 아니고?"

이런 천지개벽할 일이 있나, 하며 60대 노인이 반문했다.


이로써 나를 여자로 착각한 외국인 숫자는 방금 3,679명이 됐다. 그나저나 '미숙 초이'라니. 안 그래도 여권 영문명을 '민숙 초이'로 적어버려, 여자로 오해받아 억울한데.

그래도 연세 드신 분이 나를 기다려줘서 미안한 마음이 들었는데, 그는 '어. 미안할 것 없어'라는 식으로 곧장 기사에게 전화를 했다(알고 보니 이 '후안'이란 노인은 관리인으로, 내가 운전기

사에게 돈을 주면 기사가 다시 그에게 갖다주는 식으로 일했다). 그러더니 "아스타 루에고(다음에 또 보자 ─ 의역: 메데진 떠날 때도, 우리 택시 이용해줘)" 하며 나를 기사에게 인계했는데, 차 안에는 50대 중후반의 여성 기사가 탑승해 있었다.

이 기사를 나는 '교수님'이라 부르기로 했는데, 왜냐하면 내가 스페인어를 하기만 하면 틀린 문법을 바로 지적하고 고쳐주고, 따라 하라고 했기 때문이다.


아무리 속도를 높이더라도, 길이 막히더라도, 급회전하더라도, 원심력으로 차가 한쪽으로 쏠리더라도, "노노! 노 꼬렉또(아냐. 아냐. 맞지 않아)!" 하며 내 문장을 고쳐줬다.

조심스레 '운전기사가 아니라, 편집자를 하면 어떻겠습니까'라고 여쭤보고 싶었지만, 그 표현마저 지적당할까 싶어 묵묵히 있었다.


그런데, 이 교수님의 특징이 있다면, 열정적인 교수법을 실행한다는 것 외에, 열정적으로 욕설도 내뱉는다는 것이다. 교수님은 교통법규를 지키지 않는 앞 차량을 만나자 "너, 이 @#$%. (문법 틀렸잖아!) 똑바로 안 해, 이 #$%^&!@@!!!!야"라는 식으로 거침없이 상대 운전자를 향해 욕설을 퍼부었다. 이때 나는 교수님의 '정정 교육'을 삼십 분간 받은 터라, 내게도 무엇이든 '정정하고픈

욕구'가 일기 시작했는데, 미국 드라마를 많이 본 나로서는 교수님이 내뱉은 'Put*'라는 스페인어 욕설이 가리키는 대상이 여성이라는 것을 알고 있었다. 그런데, 욕을 먹고 있는 운전자는 남성이었다. 해서 "저, 교수님. 바쁘신 건 알겠지만, Put*는 여성형 명사인데요"라는 말을 하고팠지만, 그때에도 이미 교수님은 상대 운전자에게 '참된 교육'을 열정적으로 실시 중이었기에 말을 꺼낼 수 없었다. 상대 운전자가 내가 가장 잘하는 말 '로시엔또'를 나처럼 수차례 연발한 후 사라지자, 그제야 교수님은 옆에 외국인 손님이 탔다는 걸 잠시 잊었다는 듯 내게 환한 미소를 보였다.

'아무것도 못 본 거야. 알았지? 잊어. 스페인어 문법이나 기억하고!'

그 뒤로 나는 그저 차 안에 흐르는 공기를 느끼며(음악을 들으며), 침묵을 일관하며 있었다. 긴 주행을 마치고 마침내 메데진 시내로 진입하자 정체가 시작됐고, 그러자 한 눈치 없게 생긴 청년이 다가와 아무것도 모르고 손에 든 세제 통을 차창에 찍, 찍, 찍, 뿌리더니 쓱, 쓱 스펀지로 운전석 앞 유리를 닦기 시작했다. 교수님은 그가 다가오자마자 강단 있게 검지를 힘주어 세운 뒤 양옆으로 까딱 흔들며, 짧고 강단 있는 육성으로 외쳤다.

"노! 노!"

아. 또 한 번 차 안에 여성형 명사 욕설이 울려 퍼지고, 저 청년의 언어적 성전환 수술이 일어나겠구나 싶었는데, 교수님은 마치 '참을 인' 자를 세 번 새기듯 '외국인 손님. 외국인 손님. 외국인 손님'이라 속으로 되뇌는지 양손으로 운전대를 잡은 채 그 청년을 노려보다가, 마침내 동전 몇 닢을 건넸다.

그때부터, 차 안에 승객이 늘었다. 앞자리에는 나, 뒷자리에는 시한폭탄.

시간이 지날수록, 시한폭탄의 실은 조금씩 타들어갔고, 나는 제발 저 폭탄이 터지기 전에 목적지에 도착하길 바랐다.

숙소 앞에 도착할 때까지 교수님은 훌륭한 인내심을 선보였고, 약간 헤맨 뒤 이제 숙소를 한 블록 앞에 두고 있는데 그만, 한 택시 기사가 차도 한가운데 정차한 후 승객의 짐을 아파트 입구까지 들어다 주고 있었다. 더디게 타던 시한폭탄의 실은 강풍이라도 만난 듯 일순 다 타버렸고, 그 기사 역시 차로 돌아왔을 때는 내가 가장 잘하는 말 "로시엔또! 로시엔또!"를 수차례 반복한 뒤, 언어적 성전환 수술을 당했다.

이미 나는 내리기 전에 실수하지 않으려, 팁을 정확히 준비해서 교수님에게 건넸는데, 어찌 된 영문인지 그만 내 입에서 "로시엔또(죄송합니다)!"가 나오고 말았다. 교수님은 내게 "노노. 노 꼬렉또(아냐. 아냐. 틀렸어)", "그라시아스(고맙습니다)"라며 마지막 순간까지 자신의 본분을 다했다. 물론, 스승의 가르침을 따라 정정해서 말했다.

　　"숙소까지 데려다주고, 스페인어도 가르쳐줘서 고맙습니다."

　　그러자, 교수님이 말했다.
　　"아스타 루에고(다음에 또 봐 ― 우리 택시 이용해)!"

*

　　"그래서 돌아가는 공항 편으로는 그 택시 예약했느냐고요?"
　　"아…… 그게…… 다른 택시를 예약했습니다."

　　"아뇨. 아뇨. 명함을 잃어버렸다니까요. 그게 전부예요. 정말이에요. 믿어주세요!"

## 메데진 시티투어

이제 이 도시에 대해 알아볼 시간이다.

작가의 엉덩이가 앉아야 할 곳은 집필실 의자임에도 불구하고, 자꾸 화장실로 향하려는 엉덩이를 찰싹 때려가며 오늘은 시내로 나섰다. 메데진 도심을 함께 걸으며 안내를 받는 '워킹 시티투어'에 참가하기 위해.

걷다가 장 활동이 촉진돼, 과연 세 시간짜리 프로그램을 따라

갈 수 있을까 염려했는데, 온전한 기우였다. 걷는 시간은 삼십 분이었고, 가이드가 다른 프로그램을 판촉하고, 내 개인 정보를 수집하고, 적정 수준의 팁이 얼마인지 친절히 알려주고(콜롬비아인들은 참 친절하다는 인상을 준다), 이십 보 걸을 때마다 해주는 설명이 도합 세 시간 반 걸렸다.

일단, 자신을 뉴욕에서 극작을 전공한 재원이라 소개한 에르난데스('그러니까, 나 무시하지 마. 응!')는 십 보를 걸은 뒤 참가자들을 시청 앞 돌계단에 앉힌 후, 침울한 표정으로 이 도시의 역사에 대해 말해야겠다, 고 했다.

에르난데스는 영어로 설명했음에도 불구하고, 행여나 현지인들이 눈치를 챌까 봐, 줄곧 대명사 'He'를 써가며 한 사람과 도시의 연관성에 대해 말했다. 누구나 알다시피, 그는 마약왕 '파블로 에스코바르'였다. 메데진(뿐만 아니라, 보고타)의 삼엄한 경비와 엄격한 통제는 '그'와 밀접한 연관이 있고, '그'가 활동하던 시기, 이른바 '폭력의 시대'에 죽은 콜롬비아인은 3만 8천 명이고, 그 시기에 일어난 크고 작은 폭탄 테러는 2백여 건이 넘었다고 한다. (사실 여부를 확인하기 위해 느린 속도를 견디며 인터넷을 뒤졌지만, 찾을 수 없었다. 따라서 '에르난데스'의 정보가 틀릴 수 있음을 밝혀둔다. 나는 이렇게 비겁하다.)

그리고 메데진, 보고타 거리를 걸으면 곳곳에 걸려 있는 콜롬비아 출신의 세계적 축구 스타 '하메스 로드리게스'의 사진을 볼 수 있다. 그가 아이들의 희망인 것은, 자기들도 커서 하메스 로드리게스처럼 콜롬비아의 힘겨운 현실을 뛰어넘은 인물이 되고 싶어서다.

콜롬비아 사회는 양극화가 심하고, 빈민층의 생활은 보기만 해도 미안해질 만큼 가슴이 아파진다. 시내 중심에서 '메트로 버스(메트로 + 버스: 트램처럼 생겼지만, 전용 노선을 메트로처럼 빨리 달리는 버스)'를 타려고 '미노리스타(Minorista)'라는 역으로 한밤중에 걸어간 적이 있는데, 슬프게도 사람들이 쓰레기통을 뒤지고 있었다. 먹다 남은 음식을 찾는 것이었다. 맨발에 옷도 제대로 입지 않았다(갖춰 입지 않았다는 게 아니라, 상의나 하의 중 하나를 입지 않았다는 것이다). 그런 사람들을 불과 몇백 미터를 걷는 동안, 계속 만났다.

더 이상의 묘사는 현지인들의 삶을 존중하기 위해, 건너뛰겠다. 이때 느낀 내 감정은 차치하고, 건조하게 말하자면 당연히 이곳에도 부자들은 있고, 그들의 삶은 맨해튼에서의 삶과 그다지 다를 바 없다.

이런 '사회적 불평등을 총알로 해결하자'며 공산주의 혁명 게릴라군인 FARC가 탄생했다. 마찬가지로, 반대편인 극우 진영에서도 준군사조직인 AUC를 결성했다. 여기에, 마약왕인 파블로 에스코바르도 있다. 정부와 시민은 좌우 극단의 무장 단체와 마약 범죄 조직이 일으키는 살인과 폭파, 테러의 위험 속에서 지내야 했다. 80년대부터 90년대까지 이어진 폭력의 시대 이야기다.

파블로 에스코바르는 죽었지만, 마약 카르텔은 다른 형태로 잔존하고, 비로소 최근(2017년)에야 정부는 'FARC'와 평화협정을 체결했지만, 이는 그야말로 일시적인 것이다(최근 기사에 따르면 정부는 FARC와의 협상에 너무 양보 일색으로 임했기에, 재협상을 할 예정이라 발표했다). 언제, 평화가 사라질지 모른다. 그렇기에 곳곳에 기관총을 메고 헬멧을 쓴 군인이 서 있고, 여행자일 뿐인 나 역시 아주 사소한 행동을 하더라도 갖은 통제를 겪는 것이다.

이게, 에르난데스가 나를 포함한 투어 참가자 20명을 시청 앞 계단에 한 시간 동안 앉혀놓고 한 말을 각색한 것이다(나처럼 이렇게 요약하면 되잖아!).


에르난데스는 현재 45세로, 이 '폭력의 시대'에 유소년기를 보냈다. 그는 공공장소로 갈 때마다, 행여나 폭탄이 터질까, 어디서 총알이 날아오지 않을까, 부모님과 함께 공포에 젖어 지냈던 날들을 생생히 기억했다. 그래서 우리에게 말했다.

"제발 파블로 에스코바르 티셔츠 사 입지 마!"

그가 빈민들에게 집을 지어주고, 현금을 나눠줬기에 '로빈후드'가 아니냐는 의견에 대해서는, 단지 그 집과 돈을 받은 사람 일부, 그리고 폭력의 시대를 경험한 적 없는 아주 어린 일부 청소년만 그렇게 생각한다 했다(파블로 에스코바르는 마약 유통을 위해 정치인들에게 뇌물을 바치다가, 나중에는 직접 의회에 진출한 뒤, 마약을 손쉽게 유통할 수 있게 법을 개정하려 했다. 그 과정 중에, 그는 빈민층을 지지 기반으로 삼기 위해 돈과 집을 선물했다). 동시에, 중산층 이상은 그를 콜롬비아를 망친 적으로 간주하고 서민·빈민층은 그를 지지하는 것 아니냐는 이분법적 이해 방식도 거부했다.

어디까지나, 개인적인 차이일 뿐이라고.

수많은 메데진 시민들은 그가 행한 것들로 인해 여전히 고통받으며 살고 있다고.


"그러니까 파블로 에스코바르 티셔츠 사 입지 마."

그가 이렇게 말한 이유는 우리가 걷는 시장 길목마다, 몇몇 젊은 행상들이 전통 모자를 쓰고 시가를 물고 총을 들고 서 있는 파블로 에스코바르의 티셔츠를 팔고 있었기 때문이다.

그가 미국에 마약을 팔아 벌어들인 돈이 30조 원이다. 악화가 양화를 구축하듯, 결국 그로 인해 덕을 본 사람들은 여전히 존재한다. 그렇기에 콜롬비아에서, 특히 메데진에서 '그'는 여전히 논쟁거리이고, '그'를 빼놓고는 이 도시의 현재 상황을 이해할 수 없다. 30년이 지났고, 도시 재생이 활발히 이뤄지고 있지만, 여전히 사람들은 그의 이야기를 꺼내길 조심스러워한다. 에르난데스가 거리에서 영어로 말하며 이름조차 언급하지 않는 것처럼.

사람 사는 모든 공간은, 과거의 시간을 보면 지금 이렇게 지낼 수밖에 없는 필연적 이유가 존재한다.

이런 시대를 겪었음에도, 콜롬비아인들이 친절하다는 사실에 존경을 표한다.

＊

줄곧 침울했던 에르난데스가 활짝 웃었을 때는 내가 봉사료를 듬뿍 건넸을 때였다.

"아스타 루에고, 민숙(또 만나요, 고객님)."
"이걸 또 들으라고요?(세 시간 반 짜리 설명을?)"

"노. 노. 세뇨르. 다른 프로그램이 있습니다. 설명이 풍부한 여섯 시간짜리로 미화 50달러에 저렴하게 모시고 있……."

"어! 택시가 와서, 전 이만. 아디오스!"

## 밑그림

어쩌다 보니, 기행문을 매일 쓰기로 나 자신과 약속을 하고 말았다. 나는 타인과의 약속은 쉽사리 어기지만 자신과의 약속은 끔찍이도 지키는지라, 투병 중에도 기행문을 꼬박꼬박 써왔다.

그 결과, 투병 기간이 길어지고 말았다.

하여, 오늘은 약속은 지키되, 건강도 회복하기 위해 짧게 쓰려 한다.

오늘이 메데진의 마지막 날이다. 일어나 기행문을 한 편 쓰고,

식사를 마치니 어느덧 오후 3시가 돼버렸다(이래서 사실 나는 견문할 시간이 별로 없다). 공항으로 떠나기 전까지 남은 시간은 두 시간 남짓.

하여, 무얼 할까 고민하다 현재 콜롬비아를 상징하는 3대 인물 중 한 명을 만나기로 했다. 이미 두 명은 소개했다. 소설가 가브리엘 가르시아 마르케스와 마약왕 파블로 에스코바르. 남은 한 명은 바로 살아 있는 미술 거장, 페르난도 보테로.

"나는 결코 사람을 뚱뚱하게 그리지 않았다. 단지, 이태리 미술에서 추구했던, 양감을 중시했을 뿐이다"라는 말을 했는데, 이는 내 식으로 말하자면 이렇다.

"나는 결코 과장이나 허풍을 담아 쓰지 않았다. 단지, 대하소설에서 추구했던, 서사성을 중시했을 뿐이다."

그나저나, 문학계와 미술계의 거장인 마르케스와 보테로는 각각, 젊은 시절을 멕시코에서 보냈다. 나도 이번에 멕시코를 다녀왔으니, 지금까지는 암흑 같았던 내 현실에도 한 줄기 빛이 비치길 바란다.

뭐, 그건 내 사정이고, 아무튼 나는 보테로가 한 말의 뜻이 궁금했다. 그래서 그와 대담을 나누기 위해 그의 집에 가려다, 공항으로 가기 전까지 남은 시간이 두 시간밖에 없다는 것을 다시 깨달았다. 하여, 안티오키아 박물관으로 갔다. 그곳에 보테로의 작품이 가장 많기 때문이다. 옛말에, 이 대신 잇몸, 잇몸 대신 '인사돌(아, 이건 아닌가)'.

가보니 대부분 작품이 보테로가 직접 기증한 것이었다. 자신의 작품뿐 아니라, 다른 작가의 작품까지도 보테로가 기증한 것이었다. 박물관 전시품 중 최소 절반 이상이었고, 느낌상 8할은 그의 기증품인 것 같았다. 국립 박물관인데 말이다.

콜롬비아인들은 아주 작은 잔돈을 거슬러줘야 할 때는 귀찮아서 아예 더 주고 끝내버린다. 보테로는 마치 거스름돈에 몇 페소 더 얹어 주듯, "개관하려면 작품 몇백 개는 있어야 하잖아" 하는 느낌으로 기부를 한 것 같다.

확실히 콜롬비아인들은 화끈하다는 인상을 준다.

이래서 예술가는 살아생전에 성공해야 한다. 고흐처럼 사후에 유명해지고 인정받아봐야, 생전에 스스로 귀를 자를 만큼 참혹하게 살 뿐인 것이다. 모차르트의 생가에 방문했을 때도 느꼈다. 그렇기에 내가 살아생전에 문학적 성공을 거두는 방법은 한 가지다.

성공할 때까지 죽지 않는 것이다.

'아들아, 미안하다. 아비는 벽에 *칠하더라도, 쉽게 못 간다.'

뭐 이것도 내 사정이고, 암튼 보테로가 한 말의 진의를 확인하러 갔는데, 박물관에 들어갈 필요도 없이 나는 그의 말이 진실이었다는 것을 알 수 있었다. 박물관 앞에는 일반 시민들이 입장료를 내지 않고도 볼 수 있고, 만질 수 있고, 누울 수 있는 조소 작품이 여럿 있다.

역시, 보테로는 화끈한 콜롬비아인이란 인상을 준다.

아무튼, 이 '보테로 광장'에 전시된 몇몇 브론즈만 봐도, 어쩌면 보테로는 '극사실주의 작가'가 아닌가 싶을 만큼 단지 '양감'만 부각했을 뿐, 상당히 현실적인 자세로 작품을 빚어냈다는 것을 알 수 있다.

조심스러우니까, 이야기를 좀 돌려보자(나는 이토록 노회하다). 멕시코 숙소에서 TV를 틀면 주야장천 '마이 핏 진스(My Fit Jeans)'라는 청바지 광고가 나왔다. 모델들이 연이어 나와, '보세요. 신축성 좋죠!' 하며 청바지를 입고 단체로 스쾃도 하는 광고였다. 꽤 인기 있는 진인가 본데, 보는 순간 나 역시 '잘 팔리겠다'

싶었다. 왜냐하면, 중남미인들은 체형상 하체가 상체보다 풍만하기 때문이다. 그러니 '마이 핏 진스'는 바로 이런 중남미인에게 특화된 탄력성이 훌륭한 스판덱스 청바지인 것이다.

다시 보테로에게로. 보테로의 브론즈가 바로 이러하다. 내 눈으로 직접 보기 전에는 단지 그가 모든 인물을 뚱뚱하게만 그리고, 빚어낸다 생각했는데, 양감만 약간 강조했을 뿐, 체중이 나가는 중남미인을 거의 그대로 재현해놓은 것이었다. 이처럼 극단적으로 보이는 것도, 맥락과 환경을 들여다보면, 자연스럽게 보이는 것이다. 그런 측면에서 양감을 중시했다는 보테로의 말은 맞았다. 동시에 내 말도 맞다. 나는 단지, 서사성을 추구했을 뿐이다.

그런데, 사실 나는 예전부터 종종 이 중남미인들 특유의 체형이 어디에서 기인한 건지 궁금했다. 어떤 시기에 유행을 탄 후로, 노력에 의해 만들어진 것일까. 아니면 메스티소의 탄생처럼 몇몇 인종 간의 혼혈로 인해 탄생한 중남미인들만의 독특한 체형일까. 허리만 잘록하고 하체만 풍만한 체형이 워낙 많아, 콜롬비아 노점상이 걸어놓은 스커트 옷걸이는 정말 그 체형을 본떠서 만들었다. 모든 상의와 치마가 허리는 잘록하고, 하체는 풍만한 옷걸이에 걸려 있다.

그러다 그 답을 나는 이 여행을 시작한 초기에 얻었다. 멕시코 시티 공유 숙소 주인 알레한드라가 추천해준 '인류학 박물관'이 내 취향에 전혀 맞지 않았다 했지만, 거기서 얻은 소득도 있다. 바로 내 궁금증에 대한 해답을 얻은 것이다. 그곳에서 마야인의 형상을 빚어놓은 고대 조소 작품을 봤는데, 맙소사. '마이 핏 진스' 모델과 똑같은 체형을 띠고 있었다. 콜롬비아식으로 표현하자면, 페르난도 보테로의 브론즈와 같은 체형을 띠고 있는 것이었다. 역시 현재를 이해하려면, 과거를 봐야 한다.

그나저나, 보테로의 그림을 보며 느낀 게 또 하나 있다. 'Mano(마노, 손)'라는 제목의 수채화인데, 말 그대로 손을 거대하게 그린 작품이다. 당연한 말이지만 손가락은 역시 굵다. 그런데, 이 거장이 이 손가락 다섯 개를 그린 게 전부인 이 작품에 실패한 밑그림이 가득했다. 손가락 하나당 대여섯 개의 잘못 그은 선들이 있었다.

'일필휘지'를 주장하며, 매번 한 번 만에 쓴 글이 좋은 글이라 여긴 내게 보테로는 가르치고 있었다.
'쓰기 전에 생각 좀 해. 이 뜬또(멍청이)야!'

그래서 이 글을 보테로처럼 고쳐서 썼는데, 망한 것 같다.

아, 나는 고치면 안 되는 건가?

*

"죄송한데, 정말이지 짧게 쓰려 했어요……. (주절주절)……."

"병 걸려서 그런 거니 이해한다고요?"

"덕분에 장염은 다 나아가요."

"그게 아니라, 다언증이라고요? 중남미 전염성 다언증이요?"

"아. 그게 아니라……." (마이크 꺼짐.)

# 흔치 않은 날

나는 지금 해안 도시 카르타헤나 구도심의 한가운데 있는 노천 카페에서 행상들의 구애를 끊임없이 뿌리치며 앉아 있다.

이 문장을 쓰자마자 새로운 행상이 "올라(안녕하세요)!" 하며 다가와 악수를 건넸는데, 해보니 손이 매우 끈적끈적했다(혹시 꿀장수이신가요?).

너무 끈적해 글을 쓸 수 없을 지경이라, 손을 씻고 돌아왔다. 아마 그 행상의 손은, 겨울철 과메기가 추위에 얼었다가 햇빛에

녹았다가를 반복하듯, 땀으로 젖었다가 말랐다가를 반복했을 것이다.

그의 손에서 하루 치 땀의 역사를 느꼈다.

콜롬비아인들은 참 열심히 일한다는 인상을 준다.


이 글을 쓰고 있는 카페는 길을 가던 나를 종업원이 강권하다시피 끌어당겨 앉힌 곳이다. 메뉴를 펼쳐보니 종업원은 손가락으로 "이거 먹어! 이거!" 하며 파인애플 주스를 가리켰는데, 마셔보니 너무 맛있다.

43년을 살면서 파인애플 주스가 이렇게 맛있는지 몰랐다.

'나뚜랄 후고(천연 주스)'라 했는데, 주스 윗부분에 질 좋은 맥주의 크림 같은 거품이 떠 있다. 태어나서 먹어본 주스 중에 제일 맛있다. 콜롬비아인들의 강요는 '어. 어. 이거 아닌데' 하며 당하는 것 같으면서도, 결과적으로는 좋다.

"무차스 그라시아스(매우 고마워요)!"

호구를 위한 나라인 것 같다.


어젯밤에 이곳에 도착하니, 공항에서부터 메데진과 분위기가 너무 달랐다. '코로나'를 생산하는 맥주 회사에서 돈을 댄 듯한 휴양지 특유의 파도 사진, 나무로 기둥을 대고 갈대로 천장을 덮은 바(Bar)가 공항의 도착 입구에서부터 세워져 있었다. 메데진 공항의 분위기가 '손가위로 사람 눈 찌를 거 아니야?'라면, 카르타헤나 공항의 분위기는 '자. 잔뜩 취하고 기억 잃을 준비 됐나요? 그래도 어미·아비는 알아봅시다'라는 느낌이다. 날씨도 따뜻하고(32도), 택시 기사도 수다스럽고(도시 안내를 해줬다), 음식도 달고(더운 지방엔 단 음식이지), 카페에서는 멕시코처럼 악단이 다가와 연주를 해준다(물론 돈을 안 주면 냉정히 돌아간다).

사실 보고타에서는 고도가 2,700미터였기에 계속 코피를 흘렸다. 그런데 이곳에 오니 마침내 코피가 멎었다. 카르타헤나는 과연 보고타와 메데진과 같은 나라에 속한 도시가 맞나 싶을 만큼 이질적이다. 하여 밤에 도착한 나는 과연 아침의 풍경은 어떨까 싶어 잔뜩 기대를 품고 일찍 일어나 달렸는데, 그 결과 카르타헤나는 해운대와 똑같다는 사실을 깨달았다. 음식과 악단은 있지만, 적어도 물 색깔은 내가 자라온 해안 공업 도시 바닷물과 같았고, 해변에서는 아주 짧은 백사장 뒤로 해운대(혹은 와이키키)처럼 건물이 즐비했다.

이런 곳을 즐기는 방법이 있다.
이런 곳을 떠나는 것이다.

LA SANTA MARIA

무슨 말이냐면 잠은 이곳에서 자고, 진정한 바다는 보트를 타고 다른 섬으로 가서 즐기고 돌아오면 된다는 뜻이다.

그래서 내일은 카르타헤나에서 100킬로미터 떨어진 로사리오 군도 중 'Isla Grande(이슬라 그란데, 큰 섬)'라는 곳에 가기로 했다.

자고로, 바다 수영은 외딴섬에서 해야 제맛 아닌가.

여행사 직원의 강권이 파인애플 주스처럼 훌륭한 경험을 선사해주길 바란다.

그래도 수영을 안 할 수는 없어, 숙소에 있는 야외 수영장에서 했는데, 자고로 수영은 외딴섬에 가서 할 게 아니라면 바다 근처의 야외 수영장에서 하는 게 제(맛, 다음인 두 번째)맛이다.


오래간만에 달리고, 수영하고, 밀린 글도 쓰니, 비로소 휴가를 온 것 같다.

택시비를 바가지 쓰고, 어젯밤 저가 항공사의 상술로 인해 항공권 출력비 3만 원을 지불한 것과, 그 저가 항공사가 자신들이 정한 기준보다 내 기내용 캐리어가 크다 해서 추가로 3만 원을 또 지불한 것 빼고는 완벽하다(아. 한국 잡지사의 원고 수정 요청과 한국 출판사의 '죄송한데요. 저희가 요청해서 바꾼 것 말고, 원래 작가님이 썼던 원고로 다시 돌아가는 방향으로 바꿔주실래요'라는 '아까 그 산이 맞나 봐!' 식의 수정 요청도 빼고 말이다).

배탈로 화장실을 가는 횟수도 줄었고, 코피도 멎었고, 밀린 기행문도 하루 치밖에 없다. 내 생에 이만큼 평온한 날도 별로 없을 것이다. 그러니, 누군가 콜롬비아로 간다면, 카르타헤나만 가면 된다고 말해주고 싶다.

여기서 잠깐. 코너 속의 코너. 기행문 속의 가이드북. 지역 소개 두 문장!

"카르타헤나의 구도심 거리는 산토리니나 베네치아 같고, 인근 섬은 어느 카리브해의 휴양지 같다. 그래도, 호텔이 즐비한 신도심 해변은 해운대 같다."

아무튼, 이런 곳에 왔으니 이제는 좀 즐겨야겠다(라면서 이 글을 쓰고 있다).

18회

7월 19일 금요일

## "아디오스, 민숙"

나는 지금 'Isla Grande(이슬라 그란데, 큰 섬)'의 선베드에 누워 파도 소리를 듣고 있다.

파도 소리가 음악 같다.

아침에 호텔 앞에 대절 버스가 왔을 때, 휴가가 아니라 1·4후퇴를 가는 줄 알았다. 호텔 맞은편에 정차한 버스의 배기통은 탈탈거리고 있었는데, 투명한 물에 검은 잉크를 퍼트리듯 대기에 탁한 연기를 내뿜고 있었다. 내 나이보다 10년은 더 돼 보이는 버스에 타니, 독일군이나 앉을 법한 직각으로 곧추세워진 좌석과, 브라질인이 누워 보사노바를 불렀을 법한 침대처럼 젖힌 좌석이 극단적으로 동거하고 있었다. 독일군 좌석은 앉아보니 90도가 아니라 87도 정도 되는 것 같아, 일단 브라질 좌석에 앉은 뒤 조금이라도 등받이를 세워보려 했으나, 요지부동이었다.

그리고 버스가 출발했는데, 아니나 다를까 카르타헤나 도심 내전 호텔을 돌며, 마리아, 호세, 까밀라, 라울, 끌라라, 까를로스 등을 차례로 태우는 게 아닌가.

그렇다. 내가 묵은 숙소가 첫 출발지였기에, 그 탓에 나는 각종 원고 마감과 한국과의 이메일 업무를 마감한 뒤 새벽 2시에 겨우 눈을 붙였지만 6시에 일어나야 했다. 이게 휴가인지, 훈련인지 분간이 안 가, 지친 보사노바 연주자처럼 일단 눈을 붙이니 누군가 나를 주먹으로 툭, 툭 쳤다. 눈 떠보니, 나를 제외한 전 승객(마리아, 호세, 까밀라, 라울……)이 내리고 한 콜롬비아 아주머니만 하숙집 주인처럼 나를 보고 있었다.

'일어나. 학생 또 결석하면 낙제라매. 아, 교수님이라 하셨던가?'

역시 콜롬비아인들의 강권은 호객행위건, 주먹으로 때리는 것이건, 당하고 나면 도움이 된다는 인상을 준다.

(단, 저가 항공사는 제외하고. 만약 이 세상 최후까지 단 하나의 악이 남는다면, 그건 고객 주머니에서 돈을 빼내기 위해 신으로부터 부여받은 자신의 모든 재능을 아낌없이 발휘하는 \*\*항공사 수화물 정책 결정자의 금전욕일 것이다.)

덕분에 아주머니와 안면을 터서 일가족이 선크림을 바를 때, 내가 '로시엔또(죄송합니다)' 다음으로 자주 하는 것, 즉 불쌍한 표정을 지으며 말했다.

"저, 집 떠나온 이방인인데 선크림 한 줌 빌려 쓸 수 있나요?"

그러자 옆에 있는 남편이 햄버거 광고 모델 김영철처럼 "5천 페소"라고 했다.

전 세계 어디에 가더라도 부장님 개그를 구사하는 아저씨들은 존재한다.

그런 점에서 콜롬비아 역시 세계화됐다는 인상을 준다(우리 유별나지 않아!).

나는 부장님이 무안할까 봐 "카드 됩니까? 할부로? 여권 있는데!" 하니, 부장님이 매우 흡족해하셨다.

5천 페소 아저씨의 회사에 다니면, 어쩐지 승진은 제때 할 것 같다.

그러자 아주머니가 아저씨를 (역시 주먹으로) 때리며 나한테 "신경 꺼. 이 양반 로꼬(loco, 형용사 '미친')야. 로꼬"라 했는데, 그러고 보니 아저씨는 비록 두꺼비 같은 풍모를 풍기고 있었지만, 얼굴만큼은 입대한 한국 래퍼 '로꼬'를 닮은 것 같았다. 게다가, 래퍼처럼 속사포로 부장님 개그를 계속 시도했는데, 사실 랩의 라임과 부장님 개그가 폭넓게 보면 다 언어유희에 속하는 것 아닌가. 조심스레 아저씨에게 래퍼 '로꼬'의 빈자리를 파고들어, '너훈아'처럼 '노꼬'로 한국 무대를 '씹어 먹는 게 어떠실지' 추천해본다.

쾌속정을 타고 한참을 달렸는데, 시속 100킬로미터 이상으로 달리는 보트가 파도를 타서 공중으로 올랐다가 해수면과 부딪히는 것은 전혀 낭만적이지 않다. 닿을 때마다 바위에 부딪히는 것 같은 충격이 척추, 경추를 거쳐 뇌의 뉴런으로 전달됐는데, 이걸 한 시간 내내 반복해야 했다.

'거참. 휴가 한번 가기 힘드네.'

리어카 같은 태국 버스 제일 뒷좌석에 앉아 천장에 머리를 쿵쿵 박아가며 달려본 사람만이 내 심정을 이해할 것이다.

하여, 도저히 안 되겠다 싶어 구명조끼고 뭐고 벗어던지고 드러

눕고 싶을 즈음, 휴가지인 섬에 도착했다.

어땠느냐고?

내 옆 선베드에 있는, 플로리다로 이주한 콜롬비아계 부동산 중개인 알레한드로가 마이애미 부동산 경기를 한 시간 동안 설명해줬고, 나를 버스에서 주먹으로 쳐서 깨운 아주머니는 구아바를 가져와 내 입에 넣어주며 생색을 냈고(자기가 사온 게 아니라, 원래 여행사 측에서 제공한 것이었다), 섬 내 칵테일 바의 바텐더는 내게 "39일짜리 여행이라니. 와우. 꼬레아에서 찾는 사람 없어요?" 하며 친구 없는 내 아픈 현실을 찌르는 질문을 했다.

아무도 나를 외롭게 내버려두지 않았다.
콜롬비아인들은 의외로 살갑다는 인상을 준다.

그럼에도 나는 올해 중 내게 딱 하루뿐인, 정확히는 여섯 시간뿐인 이 '섬에서의 휴가'를 마이애미 부동산 동향만 함께 예측하며 들을 순 없기에, 시간을 쪼개 바다 수영도 하고, 마르가리타도 마시고, 낮잠도 자고—이봐 민숙, 마이애미에 좋은 집이 있어. 쎄울(Seul, 서울)보다 싸다니까!" 내가 자는지 모르고 한, 이 말 때문에 깼다—, 그리고 지금 당신이 읽고 있는 이 글도 썼다. 휴가를 와도 나는 작가이니까(그러고 보면, 나도 참 열심히 산다).

바람 속에는 소금기가 실려 있어 내가 어디로 걸어가더라도 섬에 와 있다는 것을 실감케 하고, 햇볕은 뜨거워 내 얼굴을 모카번처럼 굽고 있다. 보고타에서도, 메데진에서도 느껴보지 못한 감정과 분위기다. 역시 평화가 삶의 밑바탕이 될 때, 사람들은 온화해지고, 친절해지고, 수다스러워진다.

"아미고(친구). 자네가 작가라니까 해주는 조언인데, 헤밍웨이가 살던 키웨스트에 좋은 물건이 나왔다고!"

이 글을 쓰는 중에 사람들이 갑자기 떠나기에 돌아갈 시간이구나 싶어 다급히 짐을 꾸려 보트로 가니, 직원이 나를 제지했다. 그의 강력한 제지가 아니었다면, 하마터면 다른 보트를 타고 엉뚱한 곳으로 갈 뻔했다. 게다가 그는 내게 "당신 배는 '뜨거운 환상(Fantasía Caliente, 판타지아 깔리엔떼. 대체 배 이름이 왜 이런걸까) 호'가 아니오?" 하며 알려줬다. 역시 내가 가장 잘하는 말 "로시엔또"를 거듭한 후 보트에 타니, 하숙집 아주머니가 기다렸다는 듯 내 얼굴에 화학무기 같은 것을 살포했다.
'칙칙.'

발라보니, 피부 진정제였다.

확실히 콜롬비아에선 보트 항해사가 강하게 제지를 하고, 아주머니가 암살자처럼 무언가를 내 얼굴에 살포해서, '어어' 하며 당하더라도, 결과는 좋다는 인상을 받는다.

하지만, 이러다 제대로 당하면 큰일이기에, 고마움만큼 긴장감도 동반되는 희한한 기분이 든다.


모든 인간의 삶은 그 득과 실을 합하면 0이 되듯, 돌아오는 버스는 나의 숙소를 가장 먼저 들렀다. 그냥 내리기 머쓱해 "그라시아스(고맙습니다)" 하고 허공에 대고 말하니, 아주머니와 부동산 중개인 일가 모두 "아디오스, 민숙!" 하며 인사해줬다. 그리고 부장님도 언어유희를 전혀 담지 않은 말을, 최 대리에게 하듯 말해줬다.

"부엔 비아헤(여행 잘해)."

## 항공사의 상술

나는 지금 하얏트 호텔의 커피숍에서 지친 채 앉아 있다.

카르타헤나에서의 마지막 날은 호사롭게 보내고자, 그간 꼬리 칸 서민으로서 차곡차곡 쌓아온 숙소 예약 사이트의 마일리지를 썼다. 물론, 웃돈을 더 얹었기에, 하얏트의 1박을 예약할 수 있었다.

짐을 갖고 들어오니 "세뇨르, 체크인은 12층입니다" 하기에, '아니, 나는 몹시 지치고 허기진 과객인데, 어찌 12층까지 올라가오'라는 심정으로 올라와 보니, 역시나 거대한 유리창으로 카르타헤나 해변 풍경이 병풍처럼 펼쳐져 있었다(물론, 해운대 같지만).

이렇게만 쓰면, 어제 휴가도 잘 보내고 오늘 좋은 호텔에서 쉬지 않느냐 할지 모르겠지만, 사실 나는 저가 항공사와의 싸움을 벌이고 있다. 어찌 보면 그 탓에 장염에 걸렸는지도 모른다. 지난번에 고작 종이 한 장인 탑승권을 출력해 오지 않았다며, 항공사에 3만 원을 냈다(콜롬비아 종잇값이 3만 원인가, 잉크값이 3만 원인가, 출력 버튼을 클릭하는 노동력이 3만 원인가). 비행기 푯값이 5만 원인데, 이런 식으로 탑승권 출력하는 데 3만 원 받고, 수화물 규정 어겼다고 또 3만 원 받는 식으로 돈을 번다. 해서 그깟 종이 한 장 출력해 가는 게 3만 원이라면, 내가 하지 뭐, 라는 심정으로 출력하려다, 다섯 시간을 보냈다.

탑승권을 출력하기 위해 항공사 홈페이지에 방문해보니, 광고가 보였다. 순간, 내 안에 있는 호구 기질이 강하게 발동했다. 메데진 공항에서 겪었던 수화물 규격 검사가 떠오른 것이었다. 분명히 나는 가로, 세로, 높이(45cm×35cm×25cm)의 규정에 맞는 가방을 준비해 왔고, 무게 제한인 10킬로그램 미만으로 짐도 꾸려왔다(내 짐은 고작 9킬로그램).

그런데 공항 직원은 나를 보더니 "세뇨르, 저기에 가방을 넣어보시겠습니까"라며 내 뒤편의 재활용 수거함처럼 생긴 철창을 가리켰는데, 철창을 의인화하자면 교활한 웃음을 짓는 간신배 같았다. 일단 승객의 짐이 그 철창 안에 쏙 들어가야, 과거 시험에 합격하듯 항공사가 정한 빡빡한 규정을 통과할 수 있다. 그런데, 내가 한국에서 줄자로 잴 때와 달리, 바퀴 하나가 딱 걸려 그 철창 안에 가방이 안 들어가는 것이었다. 아무래도 항공사 측에서 철창을 매우 두꺼운 것으로 제작해서, 철창 바깥 테두리로 재면 안내문에 고시한 규격에 맞고, 안쪽 테두리로 재면 고시한 규격보다 좁아 승객의 가방이 안 들어가도록 해놓은 것 같다. 물론, 내추정일 뿐이다.

하여, 나는 메데진 공항에서의 그 악몽이 떠올라(심지어 공항왕복 차비가 또 7만 원 가까이 했다. 그러니, 이건 이래저래 배보다배꼽이 큰 것이었다), 미리 돈을 내고 수화물 서비스를 업그레이드하기로 했다.
'고마워. 수화물 광고.'

수화물 규격을 업그레이드하고, 하는 김에 복도 쪽으로 자리를 사니, 이번에도 또 6만 원이 나왔지만, 그게 대수냐. 한때 인심 좋기로 정평 난 경주 최가 사수공파의 33대손인 내가 콜롬비아 공항에서 '선생, 우리를 속이려 한 거요!'라며 오해를 사는 것보다 낫다.

해서, 탑승권을 출력하려다가 '오오. 미리 살 수 있군요! 그라시아스!' 하며 추가요금을 내려는데, 콜롬비아 항공사의 수화물 규정보다 더 빡빡한 한국 카드사의 보안 결제 시스템 때문에 결제 오류가 났다.

문제는 콜롬비아 항공사는 수화물 규정은 매우 치밀하고 꼼꼼하게 만들어놓았지만, 홈페이지는 초가집 지붕처럼 얼기설기 만들어놓았다는 것이다. 한번 결제 오류가 나니, 취소도 안 되고, 다시 살 수도 없고, 심지어 탑승권 출력도 안 되는 것이었다. 이대로 있다간 또 공항에 가서 '세뇨르, 제가 꼭 이 비싼 노동력으로 클릭을 해야겠습니까' 하는 표정을 마주한 뒤, 탑승권 출력비와 수화물 추가 요금까지 영락없이 내게 생긴 것이다.


이를 해결하기 위해, 이미 한 차례 나와 소통한 적이 있는 ("피드 느낌 참 좋네요. 우리 소통하고 지내요!") 콜롬비아 항공사의 실시간 채팅 담당자 '소피(약간 아이폰의 '시리'나 영화 〈그녀〉의 '사만다' 같은 존재)'와 상담을 하다, 그만 세 시간 동안 채팅을 했다. '소피'도 얼마나 답답했던지, 어쩐지 '사만다'처럼 존재를 감추

고 있어야 할 그녀가 이례적으로 "전화번호가 뭐냐?"며 내게 물어 직접 전화를 했다.

"우리 항공사 홈페이지에서는 모든 과정이 성공했는데, 왜 결제 오류가 났냐?"며 이해할 수 없다는 그녀의 질문에, 한국에는 공인인증서라는 게 있고, 해외 결제를 할 때 그걸 사용하지 않으면 문자 메시지나 ARS 통화로 본인을 인증해야 하는 과정이 있는데, 이때 오류가 났고, 이는 한국 국민이 촛불 시위로 탄핵한 지난 정부의 작품이라는 기나긴 설명을 하니, 어느덧 수화기를 댄 귀에는 땀이 가득했고, 그 와중에 "오오. 그런 거였구나" 하는 그녀의 웃음소리를 들으니, 마음이 조금 풀려 내가 지금 폰팅을 하는 건지, 민원 통화를 하는 건지 헷갈린 끝에("어어, 민숙. 끊지마. 매니저가 지금 해결하러 갔어. 그러니 기다려. 근데, 너 말 참 재밌게 한다"), 겨우 탑승권을 출력할 수 있게 됐는데, 시계를 보니 밤 11시였다.

아. 저녁 먹으러 나가기 전에 종이나 한 장 출력할까 했는데, 잘 시간이 된 것이다.

수화물 업그레이드는 너무 지쳐 포기해버렸다. 업그레이드하면 또 새로운 탑승권을 출력해야 하는데, 내 몸에는 의욕이 1그램도 남아 있지 않았다.

만약 다시 소피와 통화를 하면, 오해를 살지도 모른다.

'너. 나랑 통화하려고 일부러 이러는 거지?'

어쨌든, 숙소를 옮겨 체크인하며 물었다.

"여기 출력됩니까?"

다시 업그레이드를 시도해서, 새로 출력할 힘이 남아 있을지 모르겠다.

그 탓에 지금 이 5성급 호텔의 수영장이고, 피트니스 센터고 뭐고, 그냥 이렇게 파인애플 주스 한 잔 시켜놓고, 어제의 일을 기록하고 있다. 게다가, 어제 사건명 '탑승권 출력 실패 건(2019. 07. 19)'을 겪은 뒤에 먹은 스파게티도 태어나서 처음 먹어본 경이롭도록 맛이 없는 음식이었다. 그 탓에 경증 장염이 재발했다.

그러고 보니, 내 장염의 원인은 보고타의 폭우도, 해발 2,700미터의 추위도, 한국 출판사의 압박도 아니었고, 이곳의 맛없는 음식과 저가 항공사의 상술로 인한 스트레스였는지도 모르겠다.

사실, 지금은 어느 정도는 포기했다. 그렇기에 될 대로 되라, 하고 있지만, 어느 정도는 불안하다.

이게 여행의 본질이다. 아프고, 낯설고, 신기하고, 불편한 것. 하지만 때가 되면 떠나고 싶은 것.

그렇기에 나는 이번에도 짐을 꾸린 것이다.

## 마침 일요일(리마에서)

나는 지금 냅킨으로 테이블을 아무리 닦아도, 매번 냅킨에 석탄 같은 검은 때가 잔뜩 묻어나는 커피숍에 앉아 있다.

매일 아침 의식처럼 치르는 크루아상 한 조각에 커피를 즐기기 위해서다. 다행히, 데워서 나온 크루아상의 맛이 카르타헤나의 스파게티를 가장한 데워서 나온 가락국수와 같지는 않다. 버터를 정성껏 크루아상 표면에 펴서 발라 먹었는데, 이유는 여기가 춥기 때문이다.

30도를 훨씬 웃도는 카르타헤나에서 비행기를 타고 적도가 있는 에콰도르를 넘으니, 확실히 기온이 뚝 떨어졌다. 지구를 하나의 둥근 공이라 가정했을 때, 태양과 가장 가까이 맞닿은 면이 적도이니까, 에콰도르 위는 현재 태양의 빛을 받는 면이고, 그 밑은 태양으로 인해 생긴 그림자가 지는 곳이다. 고로, 현재 페루는 겨울이다.

남극이 가까운 아르헨티나로 가면 더 춥다고 한다. 그 탓에 그토록 바라던 '파타고니아 등반'은 불가능해졌다. 현재는 너무 추워 입산 금지 기간인 것이다. 적도 위는 우기이고, 적도 아래는 겨울이니, 내가 생각해도 참으로 기가 막힌 계절에 여행을 온 것이다. 내 문학 세계에 영향을 받은 탓인지, 아니면 내 안의 비주류적 취향이 발동한 탓인지, 아니면 사전 조사를 등한시한 내 게으름의 산물인지, 나는 여행마저도 남들이 오지 않는 시기에 온 것이다.

뭐, 이건 내 사정이고, 너무 추워서 한국에서라면 절대로 사지 않을, 삶에 근심이라곤 1그램도 없을 만한 미국의 앵글로 색슨족 백인이나 입을 법한 브랜드의 후드 티셔츠를 한 벌 사 입었다. 내피에 털이 달려 있어선지 너무 간지럽다. 마치 드래그 파마를 한 히피족들이 술 먹다 잠들어버리는 먼지 가득한 태국 시골 카페에, 샤

위한 직후에 앉은 기분이다(계속 간지럽다는 말이다. 눈치챘겠지만, 나는 피부가 예민해 극도의 청결을 추구한다. 그래서 지저분한 숙소에서 자면, 온몸에 염증이 생기고 고름이 나와 여행을 포기해야 한다. 아, 이것도 내 사정이구나).

간지럽지만, 추위 때문에 앵글로 색슨족 브랜드의 후드티 모자까지 덮어쓰고 이 글을 쓰고 있다. 부디 귀와 머리는 간지럽지 않길.

공항에 도착하니 남미에서는 보기 어려운 정장 차림에 넥타이까지 맨 택시 기사가 다가왔다. 실로 격식을 차린 기사라, 잠시 내가 도쿄에 온 게 아닌가, 라는 착각이 들 정도였다(물론, 좌석에는 도쿄 택시처럼 피아노 상단 덮개 같은 흰 레이스 천이 없었고, 차도 도요타 크라운이 아니었다. 현대 엑센트였다).

어쨌든 그는 음악도 틀지 않고, TV 토론 참가자처럼 페루와 에콰도르의 국경 분쟁을 이야기하다가, 갑자기 베트남 전쟁, 후지모리 전 페루 대통령에 대한 요구하지 않은 정보를 오랫동안 늘어놓았다. 그렇게 시간이 흘러가던 중 나는 놀라고 말았다. 이미 《론리플래닛》을 통해 읽은 바는 있었지만, 기이한 리마 시내 지형을 눈으로 직접 보니 경이롭지 않을 수 없는 것이었다.

차 안에 탄 나를 기점으로 오른쪽에는 리마 시내를 향해 파도가 끊임없이 밀려오고 있다. 먼 곳에는 안개에 싸인 산이 바다에 접해 있어 신비감을 자아낸다. 그리고 내 앞에는 택시가 달리고 있는 6차선 도로가 뻗어 있고, 나를 기점으로 왼쪽에는 가파르게 깎인 절벽이 있다. 절벽 표면은 바위가 아니라 검은색이 감도는 흙이다. 신이 작정하고 폭우를 쏟아내면 금세 무너져도 이상하지 않을 만큼 위태로워 보인다. 그런데, 놀라운 것은 그 흙으로 된 가파른 절벽 위에 페루의 수도인 진짜 리마 도심이 형성된 것이다.

고층 건물들이 '더 이상 밀지 마, 그럼 나 떨어져!'라고 하듯 검은 흙의 가파르고 높은 절벽 끄트머리에 줄지어 서 있다. 50개국 남짓 200여 도시를 다녀본 나지만, 이런 풍경의 도시는 처음 본다. 건조한 문자로 접한 정보와 눈앞에 펼쳐진 풍경의 간극이 너무나 커, 차 안에서 연신 셔터를 눌러대니, 기사가 대뜸 "리마 처음이야?" 하고 물었다. "직장인 시절에 볼리비아에 출장 간 걸 빼면, 라틴아메리카가 여행으로는 처음"이라 하니, 그는 그제야, '어이쿠! 내가 실례했군' 하는 표정으로 '피크 타임'의 나이트클럽처럼 음악을 크게 틀었다.

그러더니 넥타이를 맨 택시 기사는 '누군가 전환 스위치라도 누른 듯' 별안간 디제이로 변신해, 80년대 유로댄스 음악에 맞춰 춤추기 시작했다. 양손을 핸들에서 뗀 채 허공에 손가락을 찌르며 허리를 흔들어대기에(응? 봤지? 이게 진짜 페루야!), 나는 내가 가장 잘하는 말 '로시엔또'로 운을 띄운 후 '운전에 집중해달라'고 했지만, 그는 내게 오히려 "너는 왜 춤을 안 추냐? 중에운 킴(김정은) 때문에 걱정되냐?"며 연신 내게 춤을 추라고 부추겼다.

"휴가 왔다며? 그럼 춤을 춰야지. 바일레! 바일레(춤춰! 춤춰)!"

그 탓에 나도 어쩔 수 없이 80년대 유로댄스 음악에 맞춰 허공에 손가락을 300번가량 찔렀다. '고속도로 메들리'가 울려 퍼지는 관광버스 안에서 마을 이장 눈치가 보여 어쩔 수 없이 허리를 흔들어야 했던 무도 혐오자만이 내 심정을 이해할 것이다.

어찌 된 영문인지 다시 속이 나빠졌다. 그래서 간단히 볶음밥이나 몇 숟갈 하고 쉴까, 하는 맘으로 숙소 건너편의 '홍콩'이란 식당에서 볶음밥을 시켰는데, 접시 위에 홍콩의 '용호산(龍虎山)'이 밥의 형태로 담겨 나왔다.

시골의 할머니 집에서 '한 숟갈 더 줄까?' 해서 '네' 했는데, 고봉밥 한 공기를 더 받은 서울 손자만이 내 심정을 이해할 것이다.

10대 후반으로 보이는 급사가 나에게 서빙을 해줬는데, 내가 한국인이라는 것을 알고는 식사 중인 내게 오더니 "찐구(친구)?" 하며 웃고는 가버렸다.

역시 10대는 구글을 잘 활용한다는 인상을 준다.

물론 내가 "씨. 아미고(응. 친구 맞아)"라는 말을 할 때는, 내 앞에 여전히 산 같은 볶음밥밖에 없었지만.

'용호산'을 내 위장으로 옮긴 후, 포만감에 젖어 나가려니, 나비 넥타이를 맨 수석 웨이터쯤 돼 보이는 할아버지가 갑자기 오른발을 왼발에 힘차게 붙이더니, 내게 거수경례를 했다.

일순 차내를 나이트클럽으로 바꾼 50대 기사도, 맥락 없이 '찐구' 하고 가버린 10대 급사도, 그리고 떠나는 내게 거수경례를 한 노인도, 어쩐지 페루인들은 자기만의 사고 과정을 거친 뒤 갑자기 감정 표현을 한다는 인상을 준다.

밥을 먹고 숙소로 돌아오니 1층 호텔 바의 열 명 남짓한 손님들이 단체로 카펫 바닥에 앉아 맥주를 병나발 불고 있었다. 자기들 소파는 비워놓고, 소파에서 종아리가 닿는 부분을 등 받침대로 쓰고 있었다. 왜 소파를 저런 용도로 사용할까. 앉는 자리에 누가 끈적한 지리산 토종꿀을 통째로 쏟은 걸까.

페루인들을 이해하는 데는 시간이 좀 걸릴 것 같다. 잉카 문명에서 내려온 전통 때문인지, 남미에서 유일하게 인디오가 많은 인종적 특성 때문인지, 아니면 개인 차이인지 감이 안 잡힌다. 알수 없는 분위기에 긴장감이 생겨, 또 배가 아파온다.

　어제는 또 한 번 콜롬비아 항공사의 '소피'와 두 시간 동안 채팅을 하고, 네 차례의 시도 끝에 수화물 무게 허용량을 가까스로 업그레이드했다.
　그리고 이제 다시 페루의 유심칩을 사고, 이동할 도시인 쿠스코의 숙소를 예약하고, 그곳에서 또 마추픽추까지 가는 교통편을 알아보고, 마추픽추가 인접한 도시(아구아스 깔리엔떼)의 숙소도 알아봐야 한다. 달리 말해, 여행에도 휴식이 필요하다.

　고로 리마에서의 첫날은 숙소로 돌아와 긴 잠을 자며 보냈다.

　마침 일요일이었다.

# 정권의 향기

별 볼 일 없는 내 계급에 걸맞게, 중저가 호텔인 숙소 커피숍에서 이 글을 쓰고 있다.

어제는 리마에 도착한 첫날이라, 온전히 쉬었다. 여행에도 휴식이 필요하니까. 고로, 오늘에서야 숙소 주변(미라플로레스)을 좀 둘러봤는데, 이 전에 먼저 급한 불부터 끌 필요가 있었다. 인터넷 중독자인 내가 꺼야 할 급한 불이란 무엇인가. 그건 바로 유심칩을 사는 것이다. 고로, 호텔 직원이 알려준 대로 숙소 근처의 여행자 정보 센터에 유심칩을 사러 가니, 그곳 직원이 '아니. 우리를 장사치로 보는 게요!'라는 표정으로 근처의 통신사 대리점 'Claro(끌라로, 영어의 'Clear'에 해당하는 단어로 통화음이 선명하게 들린다는 뜻)'로 가보라 했다. 하여 잊지 않으려 '끌라로', '끌라로'를 혼잣말로 되뇌며 가고 있었는데, 눈앞에 약국이 보이는 게 아닌가.

그런데, 내가 누구인가. 70억 인구 그 누구보다 예민한 장의 소유자로서, 한때 내 이름 '민석'의 '민' 자가 '예민하다' 할 때의 '敏' 자가 아니냐고 오해받을 만큼 민감한 사람 아닌가. 간단히 말해, 아직도 배탈로 고생 중이란 뜻이다.

이미 멕시코와 콜롬비아에서 배탈약을 산 바 있으니, 페루에서까지 사면 연이어 3개국에서 배탈약을 사는 나름의 기록(?)을 세우는 것이다. 나는 의미 없는 기록을 세우는 것을 좋아하니, 약국에 들어갔다. 물론, 어설픈 행동을 싫어하는 완벽주의자답게 사전에서 관련 의학 용어를 모두 찾아 숙지한 뒤였다(내가 이렇게 예민하다).

의사소통 실패를 방지하기 위해 최대한 명확한 발음으로 내 증상을 상세히 설명하니, 약사는 상상력이 뛰어난지 인상을 잔뜩 찌푸리며 내게 세 가지 약을 건넸다.

"선생 몸에 박테리아가 있으니, 이걸로 잡으시오" 하며 알약 두 가지를 줬다. 그리고 정체 모를 액체 약도 건넸는데, 어쩐지 다른 나라에서보다 약을 많이 주는 것 같았다. 하지만 그걸 신경 쓸 겨를도 없이 내게 먹으면 안 되는 것을 설명했는데, 그건 '우유, 기름기 있는 음식, 매운 음식, 과일, 채소, 찬 음료, 찬 음식, 맥주, 양주, 테킬라, 럼, 피자, 햄버거, 볶음밥, 희망, 당장 낫겠다는 마음, 삶의 의욕' 따위였다. 내가 절망에 젖어 "그럼 대체 뭘 먹을 수 있소?" 하니, 약사는 "따뜻한 차, 미지근한 차, 따뜻한 물, 미지근한 물, 삶은 닭고기, 끓여서 한 밥"이라 했다. 정리하자면, 당장 한국으로 돌아가서 삼계탕을 먹어야 하는 것이었다. 다른 말로 하자면, 당장 (마음) 먹어야 하는 것은 '체념'이었다.

하여, 체념하듯 카드를 내고, 물도 없이 알약을 꿀꺽 삼키고 영수증을 보니, '90솔(페루 화폐 단위)'이라 찍혀 있었다.

내가 공항에서 미화 100달러를 건네고 받은 게 300솔이다. 그러니, (내가 환전한 것 기준으로 보면) 3솔이 1달러인 셈인데, 90솔이면 30달러 아닌가.

이 알약 몇 개랑, 다 합해서 고양이 오줌만큼도 안 되는 액체가

한화로 3만 5천 원이라고? 리마 물가가 대략 서울의 절반인 점을 감안하고, 리마에서 받는 만큼 한국에서 받는다면 배탈약을 약 7만 원에 파는 것이다. 이곳 커피가 한 잔에 3솔 하는데, 커피 30잔 값이다. 참고로 서울에서는 배탈약을 커피 한 잔 값으로 산다(물론, 의료보험 혜택을 봐서이기도 해서지만. 그래서 페루 약사에게 '내가 보험 수급자가 아니라서 비싸냐?'고 물으니 아니라고 했다).

서울보다 일곱 배 비싼 배탈약에서 보수 정권의 향이 강하게 풍겨왔다.


다 나아가는데 괜히 약을 샀나, 하는 마음이 들었지만, 결과적으로는 약이 필요해졌다.

비싼 약값 때문에 속이 쓰려졌는지, 다음 날 배탈을 더 심하게 했다.


혹 떼러 갔다가 혹 붙이고 돌아온 혹부리 영감만이 내 심정을 이해할 것이다.


혹을 두 개 단 혹부리 영감이 되어 털레털레 'Claro'에 들어가니, 사명(社名)처럼 아주 명백하게(클리어하게) 대기자가 많았다. 마치 추석 전 귀성 열차표를 사려고 몰려든 것 같았다. 안내 데스크에 가서 "저…… 혹 떼러…… 아니, 유심칩 사러 왔는데요. 고작 6일 쓸 거지만, 제가 인터넷 중독자라서……"라는 말을 채 끝내기도 전에, 직원은 기계적인 동작으로 대기표를 뽑아서 건넸다. 내가 받은 대기표는 73번, 현재 상담 고객은 35번.

여기서 주목할 단어는 '상담 고객'이라는 것이다.

페루인들은 하나같이 인생의 중대한 문제라도 통신사 대리점에 털어놓으러 온 듯, 직원과 오랜 시간 상담을 했다. 그 덕에 나는 천장에 매달린 모니터에서 나오는 갤럭시 S10 광고를 300번 넘게 봤다.

이제 나는 스페인어로 된 갤럭시 광고 자막을 외울 수 있는 몇 안 되는 한국인 중 한 명이 됐다.

고객들의 이런 성향 탓인지 창구 직원 쪽에는 의자가 놓여 있었는데, 고객 쪽에는 의자가 없었다. 그럼에도 페루인들은 마치 성당에 와서 신부에게 고해성사라도 하듯, 줄곧 진중한 표정을 한 채 상담을 정력적으로 했다. 그 대화 역시 어쩐지 사명 '끌라로'처럼 매우 선명하게 들렸다.

그 덕에 스페인어 검정 시험 'DELE' 듣기 평가를 한 시간 동안 치른 심정이 됐다.

듣기 평가 때문에 스페인어 검정 시험을 재수에 삼수까지 해 본 취업 준비생만이 내 심정을 이해할 것이다.

마침내 내 차례가 되어 고작 6일 쓸 것이지만, 직원의 권유대로 한 달 동안 페루에서 쓸 수 있는 7기가짜리 유심칩("한국의 마리오 바리가스 요사라면, 이 정도는 쓰셔야죠!" 그는 내 직업을 물었고, 소설가라 하니 이렇게 말했다)을 호구답게 호기롭게 사니, 그가 물었다.

"더 필요한 것 없나요, 세뇨르?"

나는 그 순간 서서 오랫동안 상담을 했던 페루인들의 심정을 이해하게 됐다.

직원의 표정은 '참 오래 기다리셨죠. 인생에서 이런 기회는 두 번 다시 오지 않습니다. 무엇이든 물어보세요'라는 언어를 시각화한 것 같았다.

그래서 나도 모르게 그 질문에 이렇게 반문했다.

"페루 정부는 보수적입니까?"

직원은 마치 페루의 민주노총 통신연대 지부장이라도 되는 듯,

풀죽은 어투로 말했다.

"씨. 씨. 꼰세르바띠보(맞아요. 맞아요. 보수적이에요)."

"예전에는요?"

그러자 그는 투표권을 부여받은 후, 줄곧 패배만 해온 유권자처럼 말했다.

"안테스 꼰세르바띠보. 안테스 데 안테스, 꼰세르바띠보, 꼰세르바띠보! 꼰세르바띠보(전에도 보수. 그전에도 보수. 보수! 보수! 보수)!"

나는 이제 스페인어 갤럭시 S10 광고 자막을 외우는 극소수 한국인일뿐더러, 약을 삼키면서도 그 나라의 정치적 동향까지 파악하는 여행자가 된 것이다. 내 배 속에서 꿈틀거리는 기운이 부디 신내림이 아니라, 단지 박테리아 때문이길 바란다.

'미라플로레스'는 구도심과 상반되는 신도심이다. 호스텔은 구도심에 있고, 호텔은 신도심에 있다. 구도심인 '산 마르틴 광장'이 종로라면, 신도심인 '미라플로레스'는 반포쯤 된다. 바다에 인접한 곳에 글로벌 브랜드가 군집한 쇼핑몰이 있고, 피자헛, 버거킹 따위의 패스트푸드점도 있다. 구도심에 비해 다소 안전하고, 총기 규제국답게 총을 들고 있는 경찰은커녕, 남자 경찰도 잘 보이지 않는다(멕시코와 콜롬비아는 총기 허용국이었다). 간간이 여경들이 미소를 지으며 서 있고, 그 미소에 화답하며 시민들이 무단횡단한다. 그러면 경찰은 '네. 조심히 무단횡단하세요'라고 기원이라도 하는 건지, 어쨌든 시민의 미소에 화답한다.

그 덕에 페루 경찰은 통제를 위해 서 있는 게 아니라, 만일에 발생할 사건·사고를 대비해 서 있다는 인상을 준다(흥미로운 점은, 멕시코인도 콜롬비아인도 경찰 앞에서 무단횡단을 했지만, 그러면서 경찰에게 손을 흔들지는 않았다는 점이다).


리마는 말했다시피, 바다를 마주한 벼랑 위에 세워진 도시인데, 이 벼랑은 마치 신이 손날로 내리쳐서 깎아낸 듯하다. 이 아슬아슬한 벼랑에서부터 건물들이 거짓말처럼 솟아 있고, 이런 풍경이 '케네디 공원'이라 불리는 곳까지 약 3~4킬로미터 정도의 길이만큼 이어진다. 이 3~4킬로미터의 대로가 바로 '미라플로레스'의 번화가다. 내가 묵는 숙소 역시 이 대로에 있기에, 체류하는 동안 이 길을 수차례 다녔다.


그나저나 약사가 먹으라고 한 삼계탕이 이곳에 있을 리 만무하다. 그래서 결국은 어제 갔던 '홍콩 반점'에 가서 완탕면을 먹기로 했는데, 오늘은 입장할 때부터 할아버지 웨이터가 거수경례를 했

다. 내 뒤에 들어오는 손님들에게도 오른발 구두 굽을 왼발 구두 굽에 '착' 소리 나게 붙여, 거수경례했다. 10대 급사 역시 '쩐구!' 하며 다가와 웃고는, 다시 가버렸다(이곳 친구들은 이렇게 짧게 인사를 하는 건가?). 아마, 노인 급사가 모든 손님에게 거수경례하듯, 10대 급사 역시 세계 각국 손님들에게 '프렌드', '프로인트', '아미고', '도모다찌' 하며 친근감을 급조해내는 게 자신의 임무인 듯했다.

약값에서도 그렇듯, 식당에서도 신자유주의의 냄새가 공기 중에 강하게 풍겨왔다. 확실히 페루는 여러모로, 시장주의적인 국가란 인상을 준다.

통제가 엄격한 콜롬비아에서는 '살아남으려고' 돈을 좀 써야 했는데, 이런 나라에서는 '영락없이' 돈을 써야 한다. 시장주의는 사회의 시스템 곳곳에 인간으로 하여금 돈을 쓸 수밖에 없는 장치를 심어놓았기 때문이다. 간단히 말해, 호구를 사랑하는 나라 같다.

*

"선생님. 이렇게 끝내버리시면 어떡합니까?"

"저어. 시간도 다 됐고, 시케이로스 선생의 교훈도 존중해서……"

"그래도 마무리 멘트는 제대로 하셔야죠."

'지금 여기가 보수적인 나라라고, 사용자 측면에서 노동자를 억압하시는 겁니까!' (물론, 속마음. 보수적인 나라이기에 이런 말을 못 한다.)

"네. 어쩐지 페루는 저를 좋아할 것 같습니다. 저는 호구니까요."


"감사합니다. 지금까지 '호구 최민석 선생'을 모시고 말씀 들었습니다. 박수!"

'행복해요? 행복하시냐고요? 제 입으로 이런 말을 하게 하다니, 행복하세요? 사용자님!'

(물론, 속마음. 아시죠? 저는 '정'인걸……. 갑을병정 중에서. 흑흑.)

## 궁금한 미래

나는 지금 해발 3,400미터인 쿠스코에 와서, 그저께의 일을 회상하며 이 글을 쓰고 있다.

서울처럼 해수면과 같은 높이에서 살다가, 갑자기 1,700층 높이에 올라와 여행 가방을 들고, 계단을 오르고, 여기에서 또 더 높은 언덕을 오르면 숨 쉬는 것 자체가 곤란해진다. 머리는 멍해지고, 호흡은 가빠오고, 무기력증에 빠진다. 고로, 리마에서 있었던 일을 간략하게 기술하고 넘어가는 것을 양해 바란다.

이 일지의 날짜를 기준으로 하루 전날, 즉 22일 오후에 숙소로 돌아가는 길에, 내 뒤에서 누군가 "헤이! 헤이!" 하며 영어로 엄청나게 시끄럽게 외쳤다. 뒤를 돌아보니 어떤 남자가 "유어 아이디(당신 신분증)!" 하며, 두 아주머니가 주워서 들고 있는 지갑을 가리켰다. 근시인 내가 눈을 찌푸려 보니, 초록색 여성용 지갑이었다. '헤이'라는 소리가 워낙 커서, 내 앞에서 가던 백인 여행객 가족도 전부 뒤돌아봤는데 네덜란드어로 "우리 것 아니잖아(물론, 추정한 말이다)" 하고 가던 길을 가버렸다.

확실히 네덜란드인들은 '내 것 네 것을 확실히 구분한다'는 인상을 준다.

그러자, 지갑을 들고 있는 아주머니는 "아. 이거 주인 없으면 어떡하나" 하며 지갑을 잃어버렸을 사람보다 더 망연자실한 표정으로 주인을 계속 기다렸다. 물론 내가 가서 "제가 주인입니다. 사실 제 취향이 여성적인데, 들켜버린 게 부끄러워서 머뭇거렸습니다. 그럼, 남들 보기 전에 어서……" 할 수도 없는 노릇이라, 나 역시 두 아주머니를 마주한 채 서 있었다.

그러다 나도 그만 '야. 이거 지갑 주인이 안 나타나면 이 나라에선 어떡하나, 무단횡단할 때 미소 짓는 경찰에게 갖다주나? 그럼

주인이 분실한 장소랑 너무 떨어져서, 더 못 찾게 될 텐데' 따위의 걱정을 하며, 두 아주머니를 한참 바라봤다. 그러다 움직임이 없는 그 둘을 보고 알았다. 둘은 한 시간이고, 두 시간이고 그 자리에 있을 거라는 것을. 그래서 나는 리마 시민에 대한 호감을 품은 채(즉, '알아서 하시겠지. 뭐'라며), 네덜란드인들처럼 가던 길을 가, 숙소에 당도했다.

그런데 숙소 정문 앞에서 한 중년 남성이 아이비리그 유학파라도 되는 듯, 굉장히 부드러운 미국 동부식 발음으로 "선생님, 저 배가 고파요"라며 이탈리아인처럼 손끝을 모아 내게 애원을 했다. 바로 500미터 앞에선 지갑 주인이 나타날 때까지 기다리는 리마 시민을 만나고, 숙소 앞에서는 고작 1달러를 받기 위해 구걸을 하는 리마 시민을 만나니 마음이 복잡해졌다. 게다가, 영어 발음은 왜 그리 부드러운가.

그에게 대체 무슨 사연이 있었던 걸까. 나는 그에게 1달러를 건넸을 뿐인데, 그는 내게 그 대가로 많은 질문을 돌려줬다. 사실 내가 묵고 있는 숙소는 중저가 호텔이다. 객실에는 냉장고도 없고, 그 흔한 '웰콤 드링크'인 생수 한 통도 없다. 심지어 방 안에 쓰레기통도 없다. 그러니, 아마 투숙객의 사정이라면 맞은편에 있는 메리어트 호텔 쪽이 훨씬 나을 것이다.

그런데도 그는 왜 내가 속으로 '40대 중년의 호스텔' 정도로 여기는 '이비스 호텔' 앞에 서 있었을까. 혹시 돈이 많은 사람은 아예 자신과 같은 사람과 엮이지 않으려 한다는 걸 경험칙으로 깨달았기 때문일까. 그래서 구걸하는 행위 자체가 이미 자신에게 상처를 주고 있으므로, 타인으로부터 추가적인 상처를 받지 않으려는 것일까. 그래서 이비스 호텔 앞에서만 구걸하는 건, 자아를 위해 치는 최소한의 보호막이라도 되는 걸까.

　　모르겠다. 사실, 지갑을 돌려주려고 오랫동안 서 있는 페루인들을 보며 이곳이 '미라플로레스'라는 사실을 떠올렸다. 즉, 곳간에서 인심 난다고, 여유 있는 사람들이 사는 동네이다 보니, 굳이 행인이 떨어뜨린 지갑 따위에 욕심을 내지 않아도 된다고 여긴 것도 있다. 그런데 이런 동네에 구걸하는 사람이 있다니.

　　원래는 쉬려고 했으나, 복잡한 마음에 구도심에도 가보기로 했다. 가는 길에 차 안에서 한국에서 들어오는 각종 업무 채팅을 스마트폰으로 하고 있으니, 기사가 "세뇨르, 창문을 닫아주십시오"라고 했다. 신호 대기에 걸렸을 때, 창을 열어놓고 스마트폰을 사용하면, 누군가가 전화기를 확 채어서 달아나버린다는 것이다. 그러면 기사는 차를 버리고 쫓아갈 수도 없고, 나 역시 그를 쫓아갔다간 오히려 더 큰 봉변을 당할 수도 있다는 요지였다.

기사는 내게 걸으면서 통화하지도 말고, 스마트폰을 꺼내지도 말라고 했다. 이런 말을 들으니 페루를 어떻게 이해해야 할지 더 혼란스러웠다. 경제적 양극화가 심해져 사람들은 경제 성장을 급선무로 여기게 됐고, 그래서 보수적인 정권이 연이어 창출됐고, 그 와중에 성장의 열매를 맛본 사람은 미라플로레스 같은 고급 주택가에 살고, 극도로 도태된 사람은 호텔 앞에서 구걸까지 하게 됐다? 이건 한 사회를 너무 단면적으로 보는 게으른 해석이다. 내가 정한 프레임에 맞춰서, 그 사회를 이해하려는 나태한 이해 방식인 것이다.

그런데 더 인상적인 것은 구도심의 중심인 '산 마르틴 광장'에 가니, 그 풍경이 여타 중남미 국가의 광장과 너무나 달랐다는 것이다. 멕시코건, 콜롬비아건, 이런 광장에는 행상들이 소리 높여 풍선이나 핫도그 등을 사라고 외치거나, '로보캅', '다스 베이더', '피에로'로 분장한 사람들이 관광객과 웃으며 사진을 찍어주고 봉사료를 받거나, 전통 악단이나 댄서들이 연주하거나 춤추는 풍경이 연출된다.

그런데, 리마의 '산 마르틴 광장'에선 확성기를 튼 시민들이 정치적 연설을 하고 있었다. 스스로 챙겨온 스피커를 마이크에 연

결해, 현재 정권의 문제점과 페루가 나아가야 할 길을 소리 높여 외치고 있었다. 어떤 이는 어떻게 가져왔는지 바퀴 달린 대형 화이트보드를 챙겨와, 매직으로 페루인의 소득과 분배를 숫자까지 적어가며 연설하고 있었다. 그리고 시민들은 하나같이 진중한 표정으로 연설자의 주변에 동그랗게 원을 그린 채 서서 오랫동안 경청을 했다. 만약 타임머신을 타고 고대 아테나의 '아고라 광장'에 간다면, 이 같은 풍경이 연출됐을지도 모르겠다.

그리고 오늘, 즉 23일 오후에는 벽화로 유명한 '바랑코(Barranco)' 지구로 갔는데, 그곳은 또 너무나 예술적이었다. 가이드북에 '보헤미안들이 사랑할 만한 곳'이라 소개돼 있었는데, 실로 그러했다. 이 역시 타임머신을 타고 중세 보헤미아 지역이나, 19세기 파리의 살롱이 가득한 거리로 가게 된다면, 마주했을 풍경이었다.

페루를 대충 이해했다고 생각했는데, 모르겠다.

한편에선 소매치기하는 사람이 있고, 다른 한편에선 길에 떨어진 지갑을 돌려주려고 하염없이 주인을 기다리는 사람이 있고, 또 어딘가에선 내게 '제발 조심하라' 하며 염려해주는 이가 있고, 또 어딘가엔 '공동체를 위해 각성해, 함께 미래를 준비하자'라며 외치는 이가 있다.

리마는 마치 내가 사는 도시처럼, 이런저런 가치관과 입장이 얽히고설켜 있는 복잡한 세계의 축소판 같다. 하긴, 그렇지 않은 곳이 이 지구상에 어디 있겠는가.

여기도, 사람 사는 곳이다.

페루가 어떤 곳인지, 지금의 나로선 알 수 없다. 아마 시간이 걸릴 것이다. 그 시간이 얼마일지도 모르겠다. 하지만, 한 가지 확실한 것은 나는 이 도시의, 이 나라의 10년 후 미래가 궁금하다는 점이다. 이토록 다양한 생각과 다양한 행동 방식과 다양한 삶의 방식과 열정이 뒤섞여 있는 나라가 어떻게 변할지 말이다. 페루는 한국에 돌아가더라도, 계속 내 관심을 끌 것 같다.

그리고 언젠가 기회가 된다면, 10년 후에 다시 찾고 싶다.

*

"페루 떠나느냐고요?"

"그럴 리가요. 지금 쿠스코에 왔다니까요. 그래서 또 고산병에 걸렸다고요."

"아. 짧게 쓴다고 하지 않았냐고요?"

"네. 그런데 짧게 쓰는 건 건강할 때 가능합니다. 횡설수설하다 보니 그만, 길어져버렸어요. '로시엔또!' 흑흑."

## 그림엽서

종종 여행은 그림엽서 속의 풍경 속에 직접 발을 디디는 것과 같다. 방 벽에 붙어 있는 그 엽서 속의 풍경을 바라볼 때는 동경하게 된다. 하지만 막상 그 풍경 속에 들어오면 언어 장벽으로 인한 의사소통 실패와 예상치 못한 사고와 질병을 마주하게 된다.

무엇보다 가장 강력한 진실은 그 엽서 속의 그림을 그린 화가가 대단한 실력자였다는 사실을 깨닫게 된다는 것이다. 사진엽서의 경우엔, 사진가가 마술사라는 점을 깨닫게 해준다.

쿠스코에 온 뒤로, 침대에 스티커처럼 달라붙어 있었다. 해발 3,400미터의 고도는 머리를 어지럽게 했고, 식욕을 저하했고, 배탈의 투병 기간을 연장했다.

게다가, 내 학창 시절의 멍청한 실수도 떠오르게 했다.

대학교 2학년 때, 나는 한 하숙방을 계약하러 갔다. 마당이 있는 집이라 '이야. 이거 어릴 적 향수가 밀려오네' 하는 상념에 젖은 채, 주인아주머니를 따라갔다. 아주머니는 1층에 있는 방의 전등 스위치를 켰고, 널찍한 독방이 자태를 드러냈다. 마침내 내가 혼자 살, 나만의 방이 생긴 것이다. 그 감격에 젖어, 창밖으로 보이는 깜깜한 풍경은 안중에도 없었다. 어차피 밤이었으니까.

장기 계약을 맺고, 다음 날 아침 어쩐지 누군가 내 몸에 분무기라도 뿌린 듯한 기분에 눈을 떠보니, 창 너머로 사람들 발이 보였다. '반지하'였던 것이다.

경사로에 지어진 집이라 방은 반지하였지만, 출입구만은 1층이라 미처 몰랐다.

그 방에서 사는 반년 동안, 내 몸에 곰팡이가 달라붙은 듯한

축축한 기분에 젖어 살았다. 이상하게 자도 자도 피곤이 풀리지 않았고, 머리는 항상 무거웠다.

그때의 내 심정은 영화 〈기생충〉의 '기우'만이 이해할 것이다.

어쨌든, 밤 비행기를 타고 쿠스코에 도착해, 겨우 숙소를 찾아오니 자정이 다 되어갔다. 친절한 직원이 쿠스코 지도까지 건네주며 주변 위치 설명을 해줬고, 안내해준 방으로 따라갔다. 밤이라 역시 전등 스위치를 켰고 잘 펴진 하얀 시트의 침대가 보였다. 그 침대에 쓰러진 후 눈을 뜨니, 어쩐지 누군가 또 분무기를 내 몸 구석구석에 뿌린 것 같았다. 창밖으로는 사람들 발이 보였다.

어제는 몰랐다. 역시 밤이었으니까.

나는 이토록 일관성 있는 사람인 것이다. '이 산이 아닌가 봐' 하며 다른 산에 갔다가 '아까 그 산이 맞나 봐' 하며 똑같은 실수를 반복하던, 우스갯소리 속의 '나폴레옹'만이 내 심정을 이해할 것이다.

이 글은 하루 지난 25일 아침에 쓰고 있는데, 내가 착용한 스마트 밴드는 간밤의 수면 시간을 측정해준다.

어젯밤 9시간 38분을 잤다.

반지하 하숙방에서 하루에 열 시간씩 자면서도 '머리가 왜 이렇게 무겁지' 하며 어리둥절했던 과거의 나 자신만이, 오늘의 나 자신을 이해할 것이다.

이처럼 여행은 그림엽서 속의 풍경으로 직접 들어가는 것과 같다.

유일한 진실은, 그 엽서를 그린 화가가 당신의 영혼을 현혹할 만큼 빼어난 실력을 갖췄다는 사실뿐이다.

아, 사진가는 마술사고.

*

"그럼, 어제 뭐 했느냐고요?"
"아. 잤다니까요. 낮에도, 밤에도요. 그래도 어지럽다니까요."

여행은 이처럼 국제선 비행기를 스무 시간 가까이 타고 와서, 또 국제선과 국내선을 번갈아 타서, 찾아 찾아온 숙소에서 곯아 떨어지는 것이다.
잉카 문명의 산물을 눈앞에 두고서 말이다.

## 24회

7월 25일 목요일

# 거대한 미로

글을 쓰다 보면 소심해진다. 행여 독자가 상처받을까 글을 이래저래 고치다 보면, 그 경향이 일상에도 영향을 끼친다. 결국, 모든 행동을 조심하는 걸 넘어서 사람이 소심해진다. 그래서 반지하 방을 배정받은 게, 내가 요금 할인을 받았기 때문이었나 이틀간 고민했다. 숙소 예약 사이트의 우수 회원이기에, 할인가로 예약할 수 있는 숙소가 많기 때문이다.

하여, 첫날에는 수용(그래서 30퍼센트 쌌구나), 둘째 날에는 합리적 의심(그런데, 여긴 한국으로 치면 1,700층 높이라, 이 사람들은 1,699층 높이를 반지하로 생각 안 하는 거 아니야?)의 과정을 거치다, 결국 셋째 날 오전에 "혹시 내 방이랑 2층 방이랑 가격이 똑같소?" 하고 물으니, 직원이 '콜라랑 환타랑 가격이 다르오?'라는 우문을 받았다는 듯 "같소. 세뇨르!" 하는 것 아닌가. 그 대답에 나는 환희에 젖어 프런트 데스크 앞에서 혼자서 "하하하하" 크게 웃고('세뇨르, 왜 웃으시죠? 고산병 때문에 머리가 어떻게 된 거 아니오'), "그럼 방을 2층으로 바꿔주실 수 있소?" 하니, 직원은 '어차피 몸에 나쁜 건, 콜라나 환타나 매한가지 아니오'라는 표정으로 "좋을 대로"라고 했다.

그 순간, 몸에서 에너지가 솟아올라왔다. 옮길 방의 청소가 끝나지 않아서 한 시간을 기다려야 했지만, 그 시간 동안 에너지가 마구 차올라와 이틀간 쓰지 못했던 기행문을 다 써버렸다.

내친김에 기운을 좀 더 내, 쿠스코 시내도 둘러보기로 했다. 시내로 가는 길에 약국이 있어 혹시 하는 맘으로 "고산병약이 있냐?"고 하니, 이번에도 약사가 '아니, 햄버거집에 콜라가 없으면 어떡하오?'라는 표정으로 즉시 알약을 한 통 꺼냈다. 아니, 이렇게 간단할 수가. 역시 문은 두드리는 자에게 열리는 법이고, 방 변경과 약을 구하는 건 묻는 자에게 가능한 법이다.

사실, 처음부터 약국을 가지 않은 이유가 있다. 예전부터 아직 껏 출시된 고산병약이 없어, 산악인들이 히말라야 원정을 떠날 땐 발기부전 치료제를 챙겨간다는 말을 들었기 때문이다. 그 약의 의도치 않은 결과, 즉 부작용 중 하나가 바로 고산병 증세 완화였다. 더 이상의 설명은 이 기행문의 품격을 위해 생략한다.

여하튼, 이러한 염려를 약사도 알아챘는지, '유기농 약'이라며 광고를 가리켰는데, 역시나 페루에서 나는 각종 천연 재료로 제조한 약이었다. 그다음 관심사는 가격. 배탈약이 3만 5천 원 했듯, 고산병약도 한 통에 2만 4천 원 했다. 한 통에 담긴 약은 내가 페루에서 단편소설 한 편을 쓰고 퇴고까지 하면서 복용하더라도 남을 양이었다.

"혹시 절반만 살 수 있소?" 하니, 이번에도 역시 '햄버거집이라 해서 꼭 세트만 파는 건 아니잖소!' 하는 표정으로 "씨. 씨. 씨(네. 네. 네)"라고 답했다.

탈선했던 내 여정이 마침내 선로 위로 복귀한 기분이 들었다.

그 덕인지 쿠스코 거리를 걸으니, 그간 다녔던 남미의 어떤 지

역보다 이국적으로 느껴졌고, '중남미 여행을 왔다'는 게 새삼 실감 났다.

사실, 여기엔 슬픈 역사가 있다. 그건 쿠스코가 그렇다는 게 아니라, 다른 남미 국가와 도시가 그렇다는 것이다.

남미 국가 대부분은 오랜 기간 백인의 지배를 받으며, 인디오가 거의 멸종했다. 스페인 정복자들이 원주민들을 가혹하게 학대했고, 무엇보다 정복자들을 통해 퍼진 홍역과 천연두에 대한 면역력이 원주민들에겐 없었다. 정작 미국에 '네이티브 아메리칸'이거의 없듯, 라틴아메리카 전역에서도 인디오들은 보기 어려워질 만큼 멸종 위기에 처했다. 그러자, 정복자들은 아프리카에서 배로 흑인 노예들을 실어왔다. 그 후손이 강하게 뿌리내린 국가들이 카리브해 연안에선 쿠바·도미니카 공화국·아이티 등이고, 남미에선 브라질이고, 반대로 그 후손의 자취가 거의 사라져버린 나라는 아르헨티나다.

말이 나온 김에 이어보자. 그러니, 인종 구성 역시 복잡하다. 대초원인 몽골 대륙 어딘가에서 아메리카 대륙으로 건너온 이 인디오가 있고, 유럽에서 건너온 백인이 있고, 백인과 인디오 간의 혼혈인 메스티소가 있고, 백인과 흑인 간의 혼혈인 물라토가 있고, 인디오와 흑인 간의 혼혈인 삼보가 있다. 어떤 국가에서는 백인과 메스티소가 많고, 어떤 국가에서는 삼보와 물라토가 많다. 눈치챘겠지만, 정작 이 대륙에 가장 먼저 정착한 인디오는 상술한 질곡의 역사를 겪으며 그 수가 점점 줄어가, 지금은 멕시코, 볼리비아 및 페루 일부 지역에만 남게 된 것이다.

그 페루 일부 지역이 어디냐고? 잉카 제국의 수도였던, 바로 이곳 쿠스코다. 대항해시대인 16세기, 스페인 정복자들은 페루를 새로운 식민 건설 기지로 삼고 쿠스코에 정착을 시도했다. 하지만 내가 고산병을 겪은 것처럼 해발 3,400~3,600미터의 높이에서 생활할 수가 없었다. 이들은 '쿠스코'를 포기하고, '리마'에 수도를 건설했다. 그래서 리마에는 인디오가 많지 않지만, 이곳 쿠스코에는 과거 잉카 제국이 그대로 이어진 것처럼 잉카인(케추아인)이 절대다수라 할 만큼 많다.

말하자면, 라틴아메리카가 겪은 광풍의 역사 속에서 살아남은 몇 안 되는 도시 중 하나인 셈이다. 그러니, 이들은 '코카콜라'가 아닌, '잉카 콜라'를 마신다. 물론, 나도 마셔봤는데, 미안하지만 나는 코카콜라에 길든 사람이란 점을 확인시켜줄 뿐이었다(로시엔또!).

그럼에도 나는 이들이 '잉카인'으로서의 정체성과 자존심을 지키면서, 여전히 전통 복장을 하고, 머리에는 끝이 뾰족한 모자를 쓰고 다니는 모습에 감명을 받았다(그래도 잉카 콜라는 그냥 설탕 탄산수였어요. 또 한 번 로시엔또!).

비록 식민지풍 건물이 도심 곳곳에 보란 듯이 서 있지만, 쿠스코의 골목들을 다니며 '과거 잉카 제국 때엔 이 케추아인들이 여기서 옥수수도 팔고, 농사도 짓고, 지금처럼 털옷도 짜서 팔았겠구나' 하는 '여행자적 상상'을 하게 됐다. 그러니 나로선 굳이 '잉카 박물관'에 갈 필요성을 느낄 리가. 사람들이 어디선가 흘러와서 어딘가로 흘러가는, 전통 복장을 한 채 정체성을 지키며 다니는 이 거리가, 박물관이었으니 말이다. 당장 박물관이라 하기에 어폐가 있더라도, 내가 마주한 것들은 적어도 미래에는 박물관에 전시될 물건과 풍경과 생활양식이었다(가능하다면, 거리가 박물관의 기능을 더 오래 하길 바란다).

그렇기에 나는 추루하겠지만 인류학자라도 되는 양, 이들이 살아가는 방식을 눈여겨봤다. 첫 번째로 눈에 띈 것은 바로 점심 식사였다.

점심시간이 되자 하나같이 어디에서 샀는지 알 수 없는 흰 스티로폼에 담긴 도시락을 들고 벤치, 연석, 풀밭 가리지 않고 앉거나, 서서 식사를 했다. 마치 '이봐! 이 스티로폼에 담긴 도시락을 먹어야 잉카인의 후예로 인정을 받는다고' 하는 관습이라도 있는 것처럼. 하여, 경주 최가 사수공파 33대손인 나는 굳이 따지자면 신라인인 최치원의 후손이지만, 적어도 쿠스코에서만큼은 잉카인처럼 지내볼까 싶어 도시락을 사보려 했지만, 도무지 어디서 파는지 찾을 수 없었다.

15세기쯤 잉카 문명을 접해보고자, 멕시코 고원에서 홀로 배탈을 감내하면서까지 먼 길을 왔으나, 잉카인 앞에서 소외를 느꼈을 아즈텍족만이 내 심정을 이해할 것이다.

돌이켜보니, 내가 쿠스코에 와서 제대로 먹은 '페루의 것'이라고는 배탈약과 고산병약밖에 없었다. 하여, 잉카 문명의 벽 앞에서 좌절한 아즈텍족처럼(폭넓게 보면, 우리 다 한 핏줄 아닙니까? 네?) 무엇이라도 먹고 싶어졌는데, 마침 도착한 첫날부터 눈여겨본 손수레 행상이 시야에 포착됐다.

손수레에 달린 봉에 귤껍질을 주렁주렁 매단 채 다니는 행상인데, 가까이 가보니 "세뇨르. 나랑하 나뚜랄 후고(천연 오렌지 주스)"라고 말하며, 내게 한 잔 마셔보라며 손목을 회식 자리의 부장님처럼 탁탁 꺾는 시늉을 하는 게 아닌가. 한평생 속고 살아온 나이기에 "거. 물은 얼마나 타는 게요?"라고 물으니, 행상은 '이 양반 식약청에 해외 취업했나?' 하는 표정으로 "나다(Nada, 전혀요)!"라고 하는 게 아닌가.

행상은 부활한 예수의 존재를 믿지 못한 의심 많은 제자 도마에게 "여기 못 자국 난 내 손바닥을 보아라"라며 손을 펼쳐 보인 예수처럼, 즉석에서 내가 요구하지도 않은 착즙 시범을 보여줬다. 의심 많은 도마처럼 그 과정을 똑똑히 지켜보니, 그것은 잉카인의 보혈, 아니 천연 일백 퍼센트 순 오리지날 참 '자연식 착즙 주스'였던 것이다. 하여, 감격에 젖어 단돈 2솔(몇백 원)을 건네고 마셔보니, '아. 내가 그간 주스로 알고 마신 것은 모두 한국인들이 나를 속인 것이었구나' 하는 가슴 아픈 깨달음이 밀려왔다.

확실히 남미는 주스를 제대로 짠다는 인상을 준다.

그래서 그동안 식당에서 식사와 물만 주문하면 "노 후고(주스 안 마시오)?"라는 질문을 받아야 했는데, 그건 한국식으로 의역하자면 이런 뜻이었다.

"아니, 한식당에 와서 김치를 먹지 않는단 말이오?!"

여기까지 썼는데, 멕시코에서 산 일기장마저 다 써버렸다. 어쩔

수 없이 호텔에서 받은 지도의 뒷면을 이면지 삼아 이 글을 쓰기 시작했다.

담뱃갑에 그림을 그렸던 이중섭 화백만이 내 심정을 이해할 것이다.


쿠스코 시내의 길은 끝없는 미로 같았다. 걸어도 걸어도 길이 끝나지 않았다. 그 탓인지 걷다 보면 나도 모르게 시장과 광장을 지나고, 행상들 사이를 지나고, 상점으로 가득한 골목을 지나게 됐다. 골목마다 식당, 카페, 등산용품점, 환전상, 기념품 가게가 연이어 있었는데, 흥미로운 점은 기념품 가게에 종종 한글로 "여러분, 더 이상 헤매지 마세요. 바로 이 집입니다. 저도 쿠스코 시내 다 다녀봤는데, 여기 물건 품질이 가장 좋고, 주인도 친절합니다. 이 글 쓴 사람과 친구라 하면 깎아주니, 여기서 사세요"라는 추천 광고가 써 붙어 있었다. 그런데, 바로 또 옆집에 "많이 피곤하시죠? 더 이상 걷지 마세요. 여기가 제일 좋아요. 여기서 제 친구라고 하시면······" 하며 자음과 모음의 조합만 다를 뿐, 사실상 같은 종이가 또 붙어 있었다. 그 옆집에도, 또 그 옆집에도······.

나도 한국인이지만, 한민족은 참으로 오지랖이 넓은 민족이란 인상을 준다.

아울러 혈연, 지연, 학연의 사회에서 온 걸 방증이라도 하듯, 하나같이 친구라며 관계를 과시하고 할인을 받으라 하지만, '저는 마포에 사는 최민석입니다'처럼 정작 자기 정보를 밝힌 쪽지는 하나도 없었다. 이름도 안 적혀 있다. 혹시 주인이 "그래! 드디어 왔구나. '친구'! 그래서, 네 친구 이름이 뭐지?"라고 물어보면, 뭐라 답할 건가. '한국에서는 이름 같은 정보 따위가 아니라, 영혼을 주고받으며 사귄답니다!'라고 할 건가.

또 흥미로운 점은 이웃 국가라는 걸 증명이라도 하듯, 한국어 권유문 옆에는 일본어 권유문도 있고, '아. 우리는 아시아 바로 옆이잖아'라는 듯, 아랍어 권유문도 있다. 그런데 가게마다 한국어, 일본어, 아랍어 벽보는 있지만, 정작 가장 널리 쓰이는 영어, 스페인어, 프랑스어, 독일어, 중국어 벽보는 한 장도 없다. 한국인, 일본인, 아랍인만이 귀가 얇다는 것일까. 아니면 이 세 언어권 여행자들이 의심이 많아서 남을 잘 믿지 않는다는 것일까.

어찌 됐든 간에 쿠스코의 상인들은 지혜로운 잉카인의 후예답게, 세계 각국 여행자들을 관찰하다, 이 세 언어권 여행자들만의 특성을 파악해낸 것이다.

이런 점에서 잉카인들의 후예는 현명하다는 인상을 준다.

이면지마저 떨어져, 영수증 뒷면에 이 글을 쓰고 있기에 이제 마친다.

다시 말하지만, 이중섭 화백만이 내 심정을 이해할 것이다.

*

"아니 잉카인들에 대해 말할 것처럼 해놓고, 이렇게 가버리면 어떡하느냐고요?"

"말씀드린 대로 종이가 없어서 제가 준비한 원고는 여기까지입니다. 아스따 마냐냐(내일 봬요)."

## 마추픽추

나는 지금 마추픽추행 새벽 열차에 몸을 실은 채 이동하고 있다.

기차표에 거의 궁서체라 해도 좋을 만큼 위엄 있는 서체로 역 도착 시간이 '6시 10분'으로 쓰여 있기에, 일찍 자고 기차에서 일지를 쓰려 했는데, 대실패다. 그제 9시간 38분을 잔 탓인지, 두 시간 만에 눈이 떠져 세 시간을 버티다 결국 자고 싶어질 즈음, 열차 시간이 돼서 숙소를 나왔다.

그래도 기차에서 눈을 좀 붙이고 일기를 쓰면 되겠지 했지만, 간과한 게 있다. 나는 지금 페루 기차를 타고 있는 것이다. 이름부터 '페루 철도'인 이 '페루 레일' 열차는 자신이 남미 기차라는 것을 방증하듯, 선로 위에서 움직일 수 있는 최대치의 범위 내에서 춤을 추며 달린다. 고로, 한 문장을 쓸 때마다 약 1분이 소요된다.

덜컹거리는 기차 안에서 글을 썼던 19세기의 괴테만이 내 심정을 이해할 것이다.


눈이라도 조금 붙이려 했지만, 알고 보니 이 기차의 좌석은 8할 이상이 4인석이었고, 그 덕에 난 지금 한 3인 가족(어머니, 두 아들)과 함께 마치 급히 '재결성된 가족'처럼 앉아 있다.

'아저씨가 우리 새아빠예요?'


이게 어째서 내 수면에 영향을 끼치느냐면, 이 페루 출신 호주 이민자 가정의 막내아들, 즉 여덟 살짜리 라이노가 자기의 '베스트 프렌드'인 '치치' 이야기를 내게 한 시간째 하고 있기 때문이다. '아이는 인류의 미래'이기에 삼십 분간 경청하고 호응했으나, 지금 나는 이 글을 쓰고 있고, 라이노는 자기가 좋아하는 여자를 치치도 좋아하고 있어서 심한 배신감을 느낀다며 내게 토로하고 있다. 라이노의 형 마티아즈가 "라이노! 그만해" 하더니, 열한 살다운 정중한 태도로 자신의 지난 11년 인생을 내게 회고하기 시작했다. 역시 전 세계 어디에 가더라도, 어린 형제 중 형의 "그만해"는 항상 '내 차례야!'라는 뜻이라는 점을 다시 한 번 확인했다.

어쨌든, 남미에선 바퀴가 달린 모든 이동 수단에서 이방인을 사색에 젖게 만드는 것은, 죄악처럼 여겨지는 것 같다. 그를 외롭게 만들어 결국은 '아아. 그 나라 너무 심심했어' 하는 말이 나올까 걱정하는지도 모르겠다.

그나저나 내가 탄 이 열차는 일명 파노라마 기차라 불리는 것으로, 천장이 유리로 개방돼 있어 주변 경관을 감상하며 달릴 수 있다. 발권 직원의 친절한 도움 덕에, 나는 순방향 좌석에 앉아 페루의 경치를 감상하며 문학적 영감을 받을 예정이었는데, 열차에 타니 이미 내 자리는 열정적인 대화를 나누고 있는 3인 가족에 의해 점유된 상태였다. 믿을지 모르겠지만 나는 사실 이 세계의 규범과 질서를 존중하는 원칙주의자다. 하여, 승차권을 든 채내 자리 앞에 서 있으니, 가족을 대표하는 50대 어머니가 '이런 아메리카 대륙 부적응자를 봤나' 하는 표정으로 "그냥 빈자리에 앉으시오!"라고 했다.

그 결과, 채광 좋은 파노라마 기차에서 태양을 마주 보는 역방향 좌석에 앉아, 선글라스를 낀 채 이 글을 쓰고 있다.

이마가 페루 태양에 노릇노릇 타고 있다. 너무 익어 내일이면 이마에서 허물이 벗겨질 것 같다.

이 3인 가족의 대표 격인 어머니의 질문 세례―"한국에선 인터넷을 못 쓴다며?" "그건 중국인데, 그것도 페이스북이나 구글의 몇몇 검색어가 금지……", "누구지? 거…… 북쪽의……?" "김정은이요?" "맞아. 그 사람 내가 아주 관심 있게 지켜보고 있는데(그런데, 이름은 왜 모르는가?) 좋은 지도자야?(도대체 뭘 관심 있게 지켜봤다는 건가)" "저도 실은 잘 모릅니다. 한국인이라 해서 김정은에 대해 잘 아는 건 아닙니……", "그런데, 아프리카까지 몇 번 갔다면서 왜 호주만 안 온 거지?" "글쎄요. 하하하!(지금처럼 이상한 질문을 많이 받을까 봐?)"―를 받다 보니, 맙소사 세 시간이 지나가버렸다.

나는 그간 여행을 하며 많은 호주인을 만나봤는데, 이들은 대개 말이 많다는 인상을 준다(돌아올 때는 싱가포르 출신 호주 이민자가 동석했는데, 그 역시 말이 많고, 아주 직설적이었다. "페루 못살아! 너무 못살아!").

원래 내 자리였던 좌석에서 햇빛을 등지고 앉은 손님이 건네는 질문에 일일이 답하며 종착역에 도착하니, 내 입은 바짝 마르고, 이마는 시뻘겋게 익어 있었다.

이스라엘에 거주지를 뺏긴 팔레스타인 사람만이 내 심정을 이해할 것이다.

마추픽추로 가려면, 여기에서 또 버스를 타고 30~40분을 달려야 한다. 표를 사기 위해 기다리고, 버스를 타기 위해 기다리고, 마추픽추 입구에서 가이드들의 구애를 다섯 번 고사하고, 다시 표를 검사받고 입장하여, 헉헉거리며 올라가니, 마추픽추가 너무나 태연하게 자태를 드러내고 있었다.

마추픽추라니. 이번 여행에서 방문을 계획한 곳 중에 유일한 관광지다.

나는 유년 시절에 계몽사 '어린이 대백과 사전'을 매일 펼쳐봤다. 아버지는 사업을 한다며 365일 중 360일을 서울에서 보냈고, 어찌 된 영문인지 내가 세 살 때 미국에 가셨다는 어머니는 초등학생이 되도록 돌아오지 않았다.

"응. 민석아. 국제전화비가 비싸서 그래."

물론, 편지도 오지 않았다. 초등학교에 입학한 후로는 '엄마가 미국에 있다'는 게 무슨 뜻인지 이해했고, 어른들은 '이혼'이란 단어를 입에 담길 꺼린다는 것도 알았다.

결국, 나는 고모 집에 보내져, 그곳에서 유년기를 전부 보냈다. 그때 학교를 마치고 돌아오면 같은 자리에서 나를 기다려준 유일한 존재가 바로 계몽사 '어린이 대백과 사전'이었다. 언젠가 고모가 영업 사원의 뱀 같은 화술에 넘어가 세트로 사버렸지만, 다 커버린 사촌 형의 관심에서 벗어나 좁은 방의 공간만 차지하던 애물단지였다.

그 뒤다놓은 보릿자루 같은 책에 나 자신을 동일시한 건지, 아니면 그냥 외로워서였는지 모르겠다.

나는 그 책을 매일 펼쳐봤다. 그 안에는 '버뮤다 삼각지대의 비밀!' 같은 논리적으로 검증 불가능하지만, 소년의 호기심을 강하게 자극하는 글도 있었고, 사라진 아틀란티스 제국도, 마야 문명도, 그리고 잉카 제국도 있었다.

기쁜 일이 있어도 펼쳐봤고, 무슨 이유인지 기억도 안 나는 이유로 때로는 울고 싶어졌을 때도 펼쳐봤던, 그 마추픽추의 그림이 내 눈앞에 태연하게 실물로 펼쳐져 있었다. 내심 과거가 떠밀려와 눈치 없이 눈물이라도 왈칵 쏟아지지 않을까 염려했다.

하지만 쨍쨍하도록 뜨거운 햇빛이 오전부터 달궈진 내 이마를 더 데울 뿐이었다.

"아 더워. 여름이잖아. 여기는!"

유년기부터 그토록 궁금했던 마추픽추를 눈앞에 두고, 고작 뱉은 혼잣말이었다. 슬픔조차 느낄 수 없다는 슬픔이 밀려왔지만, 그 슬픔조차 그리 크지는 않았다. 나이를 먹는다는 것은 감정에 익숙해지는 것이고, 그것은 그것대로 썩 기분이 나빠지는 것만은 아니니까. 생의 모든 순간을 스무 살 때처럼 들뜨거나, 상처받으며 살 수는 없으니까.

속으로 인정했다.

'그래. 40대의 여행이란 이런 것이구나.'

아. 덥다!

역시 인간에게 날씨는 중요하다. 마추픽추가 눈앞에 있더라도 말이다.

그럼에도 나는 마추픽추를 보며 '이건 잉카인이 아니고서는 도저히 이룰 수 없는 것'이라고 감탄했다. 무슨 말이냐면, 만약 미국인이 이곳에서 무언가를 했다면, 아마 일단은 군사 기지를 지은 후 당신들을 지켜줄 테니 방위비를 달라고 했을 것이다. 독일인이라면 이 천혜의 자연 공간에 수도원을 지은 후, 수도승들에게 안데스산맥에서 내려오는 물로 맥주를 잔뜩 빚게 했을 것이다. 일본인이었다면 3대에 걸쳐 오랜 시간 고민한 후, 3대손은 게이오대학까지 졸업시킨 후 결국 라멘집을 곳곳에 열었을 것이다. 중국인이라면, 이 거대한 공간에 '음. 좀 좁은데……' 하며 일단 차이나타운부터 지었을 것이다. 물론, 언덕 입구에 용이 새겨진 빨간 대문을 세우고, 벽마다 '복(福)' 자도 크게 써 붙이고, 하늘에는 연등도 매달아놓고, 말이다.

그럼 한국인은?

이때껏 언급한 미국인과 독일인과 일본인과 중국인들에게 월세를 받고 있을 것이다. 2년마다 20퍼센트씩 꼬박꼬박 인상해가며. 잉카인들을 관광버스에 태워 시원하게 '효도 관광 코스'로 모신 후, "어머님, 아버님. 이 값이면 저희가 후하게 쳐드리는 겁니다" 하며 헐값에 땅부터 사들여서 말이다.

그러니 마추픽추는 잉카인이 아니었다면, 지금도 고집스레 털로 짠 옷을 겹겹이 껴입고, 등에 아기를 보자기로 싸서 매고 다니고, 햇빛에 피부가 갈라질지언정 또 거리에 나와 수공예품을 팔며 살아가는, 이 소박하고 우직스러운 잉카인이 아니었다면, 그

존재 자체가 성립되지 않았을 것이다.

덕분에, 내 유년기의 외로움도 달래주고 말이다. 그걸로 됐다.
그래도 이렇게 허무하게 눈으로 보고 오니, 약간 슬프긴 하다. 이
젠, 더 이상 볼 게 남아 있지 않으니 말이다.

*

"선생님. 우시는 거예요?"
"아. 아닙니다. 여기 누가 허공에 칠리소스 뿌린 거 아닙니까?
저는 태어났을 때랑 하품할 때 빼고는 울어본 적이 없습니다."
"으아아아아아(네. 하품하는 거예요. 하품)."

7월 27일 토요일

# 자신을 괴롭히지 않기

오늘은 온종일 이동을 했다. 이런 날은 나도 읽는 이도 쉬어야 하니, 짧게만 기록을 남긴다.

아침에 쿠스코 공항에 가서 리마로 가는 비행기를 탄 후, 리마 공항에서 네 시간을 기다려 다시 칠레의 산티아고로 가는 비행기를 탔다. 이제 남미의 저가 항공사는 티켓을 인쇄해 가지 않으면, 출력을 대신 해주는 값으로 미화 30달러 정도는 거뜬히 받는다는 것을 잘 숙지하고 있다.

그래서 나는 콜롬비아의 카르타헤나에서 일부러 하룻밤을 하얏트 호텔에 투숙한 것이다. 사실 원래 카르타헤나에서는 '홀리데이 호텔'에 묵었는데, 그곳에는 고객이 쓸 수 있는 프린터가 없었다. 하여, 인쇄를 할 때마다 직원에게 이메일을 보내서, 직원이 자기 계정으로 로그인을 해서 출력을 해줘야 했는데, 아니나 다를까 콜롬비아의 저가 항공사는 티켓을 타인의 이메일로 발송하는 것을 굉장히 복잡하게 만들어놓았다. 나는 그 방법을 모르는 데다(내 노트북은 먹통이었고, 호텔 컴퓨터는 온통 스페인어로 돼 있어서 메시지를 해석하는 게 골치 아팠다), 직원에게 폐를 끼치기는 싫어서, 아예 '고객용 프린터가 없을 수 없는 고급 호텔'에서 1박을 한 것이다. 아껴둔 숙소 예약 사이트의 쿠폰까지 써가며.

'네. 하얏트엔 출력하러 갔어요.'


하여, 새벽 1시까지 잠을 자지 않고 무려 두 시간 동안 앞으로 내가 탈 모든 비행기 티켓을 출력해뒀다. 물론, 수화물 무게를 업그레이드할 수 있는 항공사는 신용카드로 선지불까지 해뒀다. (그 와중에 또 '콜롬비아 저가 항공사'의 상담원인 '소피'와 한 시간 채팅을 했다. "저 업그레이드하고 싶은데, 막혀 있는데요?" "네가 온라인으로 미리 체크인을 해버려서 그렇잖아. 그나저나, 너 일부러 이러는 거지? 나랑 3일째 채팅하는 거 알아?!")

자, 이제 '쿠스코에서 리마로 가는 편'도, '리마에서 산티아고로 가는 편'도 모두 추가로 돈을 들여 수화물 무게를 업그레이드시켜놓았고, 항공권도 출력해놓았다. 그런데도, 이 항공사는 내가 출력을 안 해놓았을까 봐, 전에 보냈던 이메일을 계속 보냈다.

　'출력해뒀어요. 하하. 혹시 소피가 보낸 거야? 나 걱정해준 거야?'

　느지막하게 공항에 도착해 여권과 출력한 티켓을 건네며 "저 업그레이드한 거 뜨죠?"라고 하니 "씨. 쎄뇨르. 맞습니다. 그리고 미화 24달러만 더 내시면 됩니다"라고 하는 것이었다.

　"쎄뇨르. 항공권 말고 탑승권(보딩패스)을 출력해 와야 합니다."

　하여, 결국 또 한화로 2만 8천 원을 내고 탑승권을 출력했다. 내 진짜 이 항공사의 이름을 평생 기억할 테다. 콜롬비아의 저가 항공사 '비＊에어'.

　전자 탑승권을 다운받으면 될 것 같았지만 왈가왈부할 기운이 없어, 그냥 현금을 내고 탑승 게이트 쪽으로 갔다. 너무 일찍 온 탓일까. 결국 시간이 남아 커피숍에 가서 '혹시 아까 내가 다운받았으면 되는 건 아닌가' 싶어 다운을 받아보니, 너무 잘되는 것 아닌가. 그 덕에 리마에서 산티아고 가는 탑승권은 저장했다.

　야호. 2만 8천 원 벌었다.

이럴 때 호구들은, 2만 8천 원 잃었다고 하지 않고, 2만 8천 원 벌었다고 한다. 다시 말하지만, 중남미를 여행할 때는 긍정적인 자세를 가져야 한다. 그게 자신을 괴롭히지 않는 법이다.

❈

"선생님. 지금 '정신 승리' 하신 거예요?"

"아. 아. 아닙니다. 그런데, 오늘도 누가 허공에 칠리소스 뿌리셨나요? 왜 이렇게 눈이……."

# 산티아고 시민의 아량

간밤에 알아서 팁을 20퍼센트 제하고 잔돈을 거슬러 준 택시 기사가 내려다 준 숙소는 칠레가 역시 '파타고니아의 나라'라는 것을 알려줬다. 파타고니아 정상에 버금가는 냉기가 실내에 가득했다.

'지금 겨울이라 입산 금지 기간이잖아. 그러니, 방에서라도 산을 느껴봐.'

하여 따뜻한 물로 언 몸이라도 녹여보려 하니, 화장실 역시 '칠레는 파타고니아의 나라'라는 것을 한껏 증명했다. 정상에서 막 녹기 시작한 만년설이 샤워기로 나오는 듯했다.

하여, 기온 10도에 냉수로 샤워를 하니 잠이 달아나 새벽 4시까지 덜덜 떨다가 잠시 눈을 붙였는데, 일어나 보니 시침이 정오를 가리키고 있었다.


멕시코시티와 산 크리스토발 데 라스 카사스와 보고타를 거쳐, 겨우 이뤄낸 시차 적응이 하룻밤에 물거품이 됐다.


행여나 이 글을 읽는 이가 남미 여행을 준비하고 있다면, 나와 같은 우를 범하지 말라고 몇 자 적어둔다.

일단 남미 내 항공 이동은 그냥 '라탐(LATAM)' 항공을 이용하기 바란다. 그게 제일 속 편하다(다른 저가 항공 이용해봐야 나처럼 보딩패스 출력 못 한데다, 짐을 추가하고, 좌석까지 옮기고 하면 '라탐 항공'보다 더 비싸진다. 처음부터 '라탐 항공' 같은 멀쩡한 항공사 표 사는 게 낫다. '소피'랑 실시간 채팅할 필요 없으니 시간도 절약하고, 정신 건강도 지키고).

그리고 행여나 남미에서 아파트를 빌릴 생각을 했다면, 그건 자신의 인생에 신이 얼마나 많은 운을 부여했는지 시험하는 것과 같다는 걸 알아두기 바란다. 그런 도박을 하고 싶지 않다면, 그 냥 적당한 중저가 호텔(예컨대, '이비스' 정도)에서 장기 체류하는 게 차라리 낫다. 어떤 공유 숙소는 중저가 호텔보다 더 비싼 데다 가, 자신의 몸에 불운이 그림자처럼 달라붙어 있는 이라면 숙소 에 갈 때마다 남미의 포토샵 기술이 세계 최고라는 사실을 확인 하고 좌절할 것이기 때문이다.

진정 음악을 사랑하고, 포토샵에 능숙한 사람들이다.

예술의 나라는 프랑스가 아니다. 남미의 모든 국가다. 음악과 미술을 이토록 사랑하며, 실생활에 잘 응용하는 나라는 그 어디 에도 없다.


하지만, 평소에 시간이 없어서 해병대 캠프에 참여 못 했는데 남미 여행까지 하고 싶었다면, 적극적으로 추천한다. 그런 이에겐 일거양득일 것이다. 겨울에 일단 찬물로 샤워를 하고 거리에 나 가면, 한국에서 눈길조차 안 줬던 빵도 감사한 마음으로 먹게 된 다. 내가 무언가를 먹고, 걷고, 어딘가에 누울 수 있다는 사실 자 체에 감동하는 진귀한 경험을 하게 될 것이다.


물론 배낭 여행자나 한식 마니아라면 호스텔이나 한인 민박집 이 효율적일 것이다. 하지만 나처럼 겉보기와 달리 온몸에서 노화가 진행되고, 체력도 없는 데다, 잠자리까지 예민한 이라면, 그저 적당한 가격의 호텔에 머무는 게 낫다('이비스' 같은 중저가 호텔은 1박에 6~7만 원 정도 한다).

고로 이제 와 생각해보니, 부에노스아이레스와 리우데자네이루에 공유 숙소(아파트 전체)를 예약해뒀는데, 괜한 짓을 한 것 같다. 호텔보다 비싸고, 호텔보다 불편하다. 체크인을 제때 못 해 길거리에서 몇 시간을 기다릴 때도 있고, 찾아가는 것도 만만치 않다.

그럼, 이걸로 기행문 속의 숙소 정보지 '최민석의 어디서 잘까?' 끝.

비록 찬물밖에 안 나오는 숙소였지만, 외출해서 조금만 걷다 보니 산티아고의 심장부인 '아르마스 광장'이 금세 나왔다. 역시 따뜻한 물이 나오지 않는 건, 높은 중심가 접근성에 대한 반대급부였던 것이다. 이토록 모든 나쁜 일에는, 좋은 일이 따라온다. 그렇다고 겨울에 찬물 샤워를 또 하고 싶다는 말은 아니지만.

이제 중남미의 수도나 중소 도시에 관한 묘사는 가보지 않아도 할 수 있고, 그 상상은 대개 맞다. 일단, 수도 중심가는 구도심에 있다(참고로 호스텔은 구도심에, 체인 호텔은 신도심에). 그리

고 그 구도심 한가운데에는 국가적 영웅의 동상이 세워진 광장이 있다. 이 광장의 이름은 대개 세 가지로 분류되는데, 첫 번째는 '볼리바르 광장'이다.

'볼리바르'는 스페인으로부터 남미 5개국(콜롬비아, 베네수엘라, 에콰도르, 페루, 볼리비아)을 독립시킨 혁명가이다. 그는 지금의 '베네수엘라'에서 태어난 스페인 후손이었다.

식민 지배가 장기화되자, 스페인인들은 계급을 공고히 하기 위해 스페인 본토인 이베리아 반도 내에서 태어난 이들을 '페닌술라레스(Peninsulares, 반도인들)'라 부르고, 식민지인 라틴아메리카에서 태어난 이들을 혼혈을 뜻하는 '크리오요(Criollo)'라고 불렀다. 하지만, 이들은 혼혈이 아니었기에, 그들의 태생이 '순수하지 못하다'는 차별적인 표현이었다. 계급도 본토 태생 백인 다음으로 여겨졌다.

볼리바르와 같은 '크리오요'들은 차별을 겪고 있었는데, 마침 프랑스 대혁명의 정신이 세계를 흔들고, 미국이 영국으로부터 독립했다. 게다가, 스페인 본토 역시 나폴레옹에게 점령당해, 본토의 영향력 역시 약화됐다. 이에 평소 불만을 품은 '크리오요'들이 일어나기 시작했고, 그 선봉에 볼리바르가 섰다.

하여, 그는 본국인 스페인으로부터 라틴아메리카의 독립을 이뤄냈는데, 이건 어디까지나 '차별을 겪은 식민지 태생 백인들의 시선'이다. 이 땅의 원래 주인이었던 원주민은 '페닌술라레스'가 아닌 새로운 침략 세력에 시달리게 됐다. 이전에 보유하고 있던 땅마저 '크리오요'에게 빼앗겼고, 스페인 왕이 지배하던 시절보다 더 힘든 시기를 보내게 됐다. 스페인에게서 독립을 했지만, 새로운 지배를 받으며 살게 된 것이다. 그 탓에 현재에도 라틴아메리카는 새로운 지배 계급인 또 다른 백인들에 의해 좌지우지되는 경향이 있다.

이 볼리바르는 볼리비아의 초대 대통령이 됐고, 볼리비아는 그의 이름을 딴 국명이다. 훗날 그는 독재자가 되었다. 마찬가지로 콜롬비아는 콜롬부스(콜럼버스)의 이름을 딴 것이다. 물론, 이 역시 백인들이 붙인 이름이겠지만.

그럼, 기행문 속의 역사서 '최민석의 그 나라 엿보기' 끝.

어쨌든, 이 볼리바르를 기념하는 광장이 앞서 언급한 나라들에 있다. 당연한 말이지만, 백인들이 기념한 것이다.

하던 이야기로 돌아가자. 수도에 볼리바르 광장이 없다면 '산 마르틴 광장'이 있다. '산 마르틴' 역시 볼리바르와 함께 봉기한 크리오요 출신으로 칠레와 아르헨티나의 독립을 주도적으로 이끌었고, 페루에선 볼리바르와 함께 독립을 이뤄냈다.

볼리바르 광장도, 산 마르틴 광장도 없다면, 이번엔 '아르마스 광장(Armas Plaza, Armed Plaza, 무장 광장)'이 있다. 침략자들로부터 방어하기 위해 저항군들이 모이면 무기를 나눠주거나, 함께 항전을 펼친 곳을 기념하기 위해 만든 광장이다.

이 세 광장 중 하나가 수도에 있을 확률은 느낌상 8할 이상이고, 그 광장 주변에 대성당이 반드시 하나 있고, 대통령궁, 국회 혹은 정부 기관, 그리고 대형 도서관이 있다. 이런 식민지풍의 역사적인 건물이 있는 광장 맞은편으로 신호등을 하나 건너면, 그때부터 남미식 명동 쇼핑가가 나온다.

글로벌 패스트푸드점, 커피 체인점, SPA 브랜드 패션 상품점(ZARA와 H&M이 반드시 있다), 환전상, 통신사 대리점, 노점상 들이 마치 공식처럼 이어져 있다. 하여 나 역시 남미 여행의 공식을 새겼다.

1. (시간 절약을 위해) 비행기를 타고 국가 간, 혹은 도시 간 이동을 한다.

2. 공항에서 유심칩이 살 만하면 구매 후, 우버를 불러 숙소로 간다. 공항의 유심칩이 너무 비싸면 환전만 하고, 택시를 타고 숙소로 간다.
3. 대개 '이비스'나 공유 숙소로 간다.
4. '볼리바르', '산 마르틴', '아르마스' 광장 중 한 군데에 가서 환전을 좀 더 하거나, 공항에서 유심칩을 못 샀으면 이곳에서 산다.
5. 그 뒤부터는 여기저기 걸어 다니며 실수를 저지르며 "로시엔또"를 또 연발한다.
   "로시엔또" + "그라시아스" + "로시엔또" + "무차스 그라시아스(매우 고맙습니다)" + 또 "로시엔또" = 하루 끝.

고로, 오늘 역시 '아르마스 광장'에서 환전하고, 유심칩을 샀는데 고작 5천 원밖에 하지 않았다(데이터 2기가, 통화 200분. 전화 걸 데는 없지만, 쩝!).

전날 칠레에 도착하자마자 겪었던 크고 작은 불친절들이 눈 녹듯 사라졌다. 멕시코보다 싸다니! 세탁 지수가 1이었던 페루보다 싸다. 나는 세탁 지수에 이어, 화장실 이용료 지수, 유심칩 지수도 만들었는데, 남미의 유심칩 지수는 칠레가 기준인 1이다. 그라시아스!

걷다 보니, 라스타리아(Lastarria, 산티아고의 보헤미안 지구)가 나왔는데, 일요일인지라 벼룩시장이 펼쳐져 있었다.

실로 아기자기하고 예술적인 상품들이 많았지만, 항상 짐을 줄여야 하는 장기 여행자이기에 아무것도 사지 않으려 했으나, 순간 고질병이 발동했다.

'너 빨래하기 귀찮잖아. 소설가가 그 손으로 글을 써야지. 밤마다 손빨래할래?'

하여 양말 한 켤레 사려는데, 두 켤레를 사면 할인해주겠다 해서 두 켤레 사려는데, 또 고질병이 발동했다.

'세 켤레가 이쁜데, 어떻게 두 개만 고를 수 있어. 한국에 돌아가서 자려고 누우면 저 기하학적인 삼각형 패턴의 브라운 톤 양말이 떠오를 거야. 그때 칠레로 다시 올 거야? 양말 한 켤레 때문에?'

심각한 결정 장애를 겪다가 세 켤레를 사면 얼마냐고 물으니, 이 호방한 칠레 상인은 두 켤레랑 세 켤레랑 같은 값에 주겠다고 하는 게 아닌가. 하여 그간 고민한 게 아까워 큰 소리로 '아니, 무슨 이런 계산법이 있소. 이러면 상도덕이 흐려지고, 시장 질서가 붕괴되는 것 아니오!'라고 말하기엔 너무나 고마워, "무차스 그라시아스(매우 고맙습니다. 사장님)!"를 연발하며 잽싸게 챙겨왔다.

어제 느낀 칠레 운전기사의 불친절이 상쇄됨은 물론, '칠레 상인들은 호구인가' 하는 호의적인 의심마저 피어났다.

거리에는 공연하는 행위 예술가도 있었고, 버스킹 중인 뮤지션도 있었다. 그중 한 동양인이 "Yo Soy Chino(저는 중국인입니다)"라고 쓴 박스 종이를 깔아놓고, 〈Stand by Me〉, 〈Knocking on the Heaven's Door〉 같은 명곡들을 부르고 있었는데, 하루가 지난 지금도 내 귀에 그의 목소리가 생생하게 맴돈다.

그 이유는 그가 노래를 너무나 못 불렀기 때문이다. 음정은 물론, 박자도 맞지 않고, 가사 전달도 제대로 안 됐다.

"웽 더 나이이흐 하즈 코옹(when the night has come, 웬 더 나잇 해즈 컴)."

"오 아이 옹 비 어푸레이(Oh! I Won't be afraid, 오 아이 온트 비 어프레이드)."

"스텡 봐이 뮈(Stand by Me, 스탠 바이 미)."

'영어를 만다린어로 할 거였으면, 차라리 기타 한시를 읊지 그랬어요?'

지금은 쉬고 있지만, 나는 9년간 밴드 '시와 바람'의 보컬로 활동했기에, 나름대로 소리에 민감하다. 그렇기에 커피숍으로 피신을 했는데, 도대체 어떤 스피커를 쓰는지 실내에서 그의 저음이 더 크게 울리고 있었다.

　"스으으으 떼에에에엥 바이이이이이 뮈이이이이이."
　(다시 말하지만, 스탠 바이 미.)

　그런데, 힙스터로 보이는 칠레의 젊은 커플은 그 음정 박자는 물론, 발음마저 어색한 〈Stand by Me〉를 커피숍에 앉아 따라 흥얼거렸다. 업소 주인도 흥얼거리며, 커피를 내렸다. 에스프레소 머신을 점검하던 바리스타도.
　나는 '아. 역시 독재 정권을 견딘 시민들은 뭐든지 잘 견뎌내는구나' 하며 새삼 감탄했다.

　내가 틀렸었다. 남미 여행을 할 때 가장 필요한 것은 '빠시엔시아(Paciencia, 인내심)'가 아니라, 모든 것을 즐길 줄 아는 자세였다. 소음 같은 음악도, 추위도, 그리고 냉수 샤워마저도.
　아마, 산티아고에서 '시와 바람'이 활동했다면, 그들은 우리 노래도 흥얼거리며 따라 불러줬으리라. 참고로, 우리의 마지막 공연에는 관객이 두 명 왔다. 아울러, 우리가 9년간 받은 호응 역시 저 중국인 가수보다 적었다.

잠깐 쓰다 말고 눈물을 닦고 왔다.
"누가 또 허공에 칠리소스 뿌리셨어요?"

아마 자신감이 필요한 뮤지션이라면, 산티아고에 와서 버스킹을 해보기 바란다(물론 항공권 값과 냉수 샤워는 각오해야 할 것이다). 어쩌면 저 중국인 가수도 자신감이 필요했는지 모르겠다. 그렇다면, 그는 이미 자신감이 충전된 걸 넘어 흘러넘치니, 이제는 그만해도 된다.

무슨 영문인지 다이어리에 수성펜으로 쓴 글씨가, 자꾸 번지고 있다. 오늘은 이대로 마무리 지어야겠다.

바리오 이탈리아('이탈리아 지구'란 뜻으로, 카페와 바 밀집 지역)도 가봤는데, 거기도 괜찮았다. 하지만 이탈리아인이 살지는 않았다. 파주 영어 마을에 네이티브 스피커가 거의 없는 것처럼.

사흘 전에는 종이가 적어서 그만, 오늘은 종이가 젖어서 이만.

*

"슬퍼서 우는 거 아니에요. 하품이 나서요. 하품이요. 아아~"
"어제 찬물로 샤워해서 잘 못 잤잖아요."

## 발파라이소

나는 지금 산티아고에서 차로 두 시간 거리인, 해안 도시 '발파라이소'의 116년 된 바(Bar) 'La Playa(해변)'에 앉아 있다.

화요일 오후 2시의 발파라이소는 매우 한적하다. 116년 된 바이지만, 실내에는 남미의 주인인 음악, 그리고 100년 넘게 이곳의 변치 않을 단골이었을 파리만이 가득하다.

어제 낮에 산티아고 숙소에서 벗어나, 이곳 발파라이소로 왔다.

부디, 산티아고 숙소에서 한 냉수 샤워가 이번 여정에서 마지막이었길 바란다.

베를린에서 석 달간 지낼 당시, 숙소 화장실이 고장 나 한 달간 찬물로 샤워했던 2014년 11월의 나 자신만이 지금의 내 기분을 온전히 이해할 수 있을 것이다.

실은 어제는 샤워를 안 하려 했는데, 주말인지라 내내 휴대전화를 안 받던 숙소 주인과 체크아웃을 한 시간 앞두고 연락이 닿았다. 그가 사람을 내 방으로 보내주었다. 이미 체념하고 세수 후 로션을 바르고 옷까지 챙겨 입은 상태였는데, 주인이 보내준 사람이 체크아웃을 한 시간 늦춰줄 테니, '따뜻한 물'로 샤워를 하고 가라고 했다. 이틀 동안 1cc도 못 접한 온수 생각이 간절해, 벌거숭이인 채로 샤워기가 뿌려대는 물에 온몸을 던졌는데, 역시 냉수만 나왔다.

덕분에 남미에서는 개도 안 흘린다는 콧물을 훌쩍이며, 버스를 타고 발파라이소로 왔다.

언제나처럼 터미널에서 우버를 타고 '이비스'로 오니, 프런트 데스크 직원들이 약간 동요하는 게 느껴졌다.

'영어로 말하는 투숙객이 왔다.'

매니저인 듯한 40~50대 직원과 대화를 나눴는데(이비스 직원은 대개 20~30대), 확실히 이곳이 소도시라는 느낌이 들었다. 그러니까, 군산쯤 되는 중소 도시에 외국인이 온 것 같다고 할까. 여기에는 한국 여행자는커녕, 중국 여행자도 눈에 안 띈다. 굳이 비유하자면 군산의 한 호텔에 영어로 말하는 코펜하겐 시민이 온 것 같은 느낌이다.

세계 각국을 다니며 스타벅스와 맥도날드를 방문하는 사람이 있다면, 그 표준적인 맛과 실내장식에서 느껴지는 차이점을 통해 한 도시의 분위기를 예감할 수 있을 텐데, 나 역시 이비스의 객실 문을 열면 그런 예감을 받는다.

이때껏 방문한 남미 도시의 이비스 중 가장 시간의 때가 많이 밴 객실이었다. 즉, 도시 또한 그럴 것 같다는 예감을 받았는데, 틀리지 않았다. 시내로 나가보니 곳곳에 그라피티를 비롯한 벽화가 그려져 있었고, 버려졌거나 곧 버려질 것 같은 건물이 심심찮게 보였다. 그런데, 그런 건물들은 하나같이 청소를 하고 조금만 손을 본다면, 꽤 멋스럽고 위용 있게 보일 것 같았다.

이 도시는 전성기가 훌쩍 지났다는 인상을 줬다.《론리플래닛》을 보니 실제로 그런 설명이 적혀 있었다. 항구 도시인 이곳은 예전에는 무역의 중심지였으나, 파나마운하가 개발되며 그 역할을 뺏겼고, 과거의 대지진이 이곳의 번영을 앗아갔다고 기록돼 있었다.

유럽 여행을 할 때 프랑스와 스페인을 지나, 포르투갈에 도착하면, 갑자기 오랜 세월의 때가 느껴진다. 발파라이소에서 꼭 그런 인상을 받았다. 그 느낌이 딱히 싫지 않았다. 그건 내가 성수기의 해변보다 비수기의 고즈넉한 해변을 더 좋아하기 때문일지도 모른다. '보고타'보다는 '카르타헤나', '리마'보다는 '쿠스코'이듯, '산티아고'보다는 '발파라이소'다. 마찬가지로, '멕시코시티'보다는 '산 크리스토발'이다.

도보 여행을 좋아하는 나로서는 낯설면서도 단번에 익숙함을 제공하는 이 흥미로운 도시를 걷지 않을 수 없었다. 중심가 광장에서 이어진 언덕길도 올라가봤는데, 유독 버려졌거나 버려지기 직전의 건물이 많았고, 그런 집과 창고마다 벽화가 잔뜩 그려져 있었다. 그곳에서 간혹 행색이 남루한 젊은이들이 나오는 게 보였다. 하여, 나는 예감했다.

'이곳에도 곧 젠트리피케이션이 일어나겠구나.'

이는 칠레의 분위기와 어느 정도 연관이 있다. 설명이 좀 긴데, 일단 칠레는 남미에서 잘사는 나라에 속한다(아르헨티나, 브라질과

함께). 그런데, 페루에서 칠레로 건너오면, 칠레인들이 여타 국가의 남미인들보다 꽤 차분하다는 인상을 받게 된다. 산티아고가 수도이기에 그런 분위기가 좀 더 팽배할 수 있지만, 어쨌든 다른 국가의 남미인들보다 좀 더 도회적이고 깍쟁이 같다는 인상을 풍긴다.

여러 요인이 있지만, 여기에는 정치적 배경도 있다. 독재자 '피노체트'가 1973년부터 1989년까지 16년간 장기 집권을 했다. 독재 정권 당시 칠레인들은 정치적 탄압을 받고, 표현의 자유를 누리지 못했다. 순응하며 지낼 수밖에 없었기에, 주변국의 남미인들처럼 감정과 의견을 열정적으로 표출할 수 없는 분위기 속에 살아왔다. 그런 순응적 공기가 오랫동안 무겁게 내려앉아 있었다. 주입식 교육을 받으며 순응한 한국 학생들이 질문하지 않고, '차분하게' 가만히 앉아 있기만 하는 것처럼. 이처럼 사람들이 들떠 있지도 않고 주변국에 비해 백인의 비율도 높아, 걷다 보면 유럽 같다는 느낌이 들기도 한다.

그런데 역설적인 건 독재자인 피노체트가 이끄는 동안 칠레는 양적인 경제 성장을 이뤘다(싱가포르의 리콴유와 한국의 박정희가 이룬 결과 같은 것이다). 이런 경제적 성장은 극심한 양극화는 물론, GDP의 상승이 개인의 신분 상승이라는 착각을 심어주기도

했기에, 피노체트에 대한 평가는 엇갈리고 아직도 그에 관한 대화는 논쟁적으로 흐르기 십상이다.

칠레에 관한 이야기를 접할수록, 한국과 비슷하다는 생각이 들었다. 식민지와 전쟁을 겪은 한국은 사회 복구와 경제 성장을 최우선으로 여겼고, 그 결과 현기증이 날 만큼 '초고속 성장'을 이뤄냈다. 칠레 역시 남미 국가 중 가장 먼저 OECD에 가입했고, 우리와 일찌감치 FTA를 맺을 만큼 자유무역에 적극적이다. 우리 동네 편의점에 항상 칠레산 와인이 놓여 있을 만큼, '시장주의 성격이 강한 나라'이다.

그렇기에 나는 발파라이소 중심가 뒤편의 언덕길을 오르며, 이곳도 머지않아 젠트리피케이션이 일 것 같다는 슬픈 예감을 한 것이다. 여러모로 한국과 닮았으니……

정치·경제적 배경과 역사는 차치하고, 사람들 이야기를 해보자. 발파라이소 시민들은 이때껏 방문한 중남미의 모든 도시 사람들보다 자주 웃었다. 내가 거리를 찍고 있으면, 하나같이 바쁘게 움직이다가도 발걸음을 멈추고 기다려줬다. 그러면 나는 중남미로 온 뒤, 10,000번은 했을 법한 "로시엔또"를 연발하고, 그럴 때마다 시민들은 "무슨 말이냐"며 손사래를 쳤다(부디 내 발음이 나빠서 이해 못 한 게 아니었길 바란다).

　뮌헨 시민 백 명이 1년간 웃는 웃음보다, 발파라이소 시민 한 명이 하루에 웃는 웃음이 더 많을 것 같았다. 낡은 건물, 그라피티와 벽화, 간간이 웃어주는 시민, 차도에 깔린 네모난 돌 조각, 그로 인해 푸조와 폭스바겐이 달릴 때마다 들리는 마찰음, 이 모든 것이 베를린을 떠올렸다.

　부에노스아이레스를 남미의 파리라 하는데(참고로 'OO의 파리'는 대륙마다 다 있다. 동유럽의 파리는 부다페스트, 중동의 파리는 베이루트, 남미의 파리는 부에노스아이레스이며, 이 도시들의 공통점은 사람들이 파리에서만큼의 정취를 느끼지 못한다는 것인데, 더 중요한 점은 나는 파리에서 딱히 매력을 못 느꼈다는 것이다. 그러니 이 도시들이 'OO의 파리'라고 어필하는 것은 내게 마치 햄버거집이 'OO의 맥도날드'라고 광고하는 것 같다. 맥도날드에 대한 자세한 설명은 생략한다. 나는 고소당하기 싫어하는, 소심한 작가이니까. 그러니, 어서 하던 말로 돌아가자), 그런 측면에서 '발파라이소'는 남미의 베를린처럼 다가왔다.

　물론, 이곳이 쇠락한 데는 칠레 노동자의 급여가 낮은 것도 작용하는 듯하다. 물가는 한국보다 조금 싼데, 고졸자는 한화로 월급을 70만 원가량, 초대졸자는 120만 원가량 받는다. 대학교 중퇴자는 130만 원, 대졸자는 220만 원가량 받는다. 통계자료가 7~8년 전인 점을 고려하더라도, 학력이 낮을수록 물가를 감당하기 힘든 사회다.

그래서 발파라이소를 걷다 보면, 급여 소득은 늘지 않고 물가 인상만 지속한 미래 사회에 온 기분이 든다. 극단적인 추론이긴 하지만, 이런 현지인들의 생활을 지탱해줄 이들은 환율의 혜택 덕에 부담 없이 지갑을 열 수 있는 몇몇 국가의 여행자뿐인가 하는 생각까지 든다. 물론, 그 때문에 이방인에게 자주 웃어주는 건 아니겠지만, 그래도 호객은 자주 한다. 어젯밤에도 호객을 당해 문어 요리를 먹었다. 보기엔 먹음직했지만, 정작 맛은 굉장히 짰다.

문득, 발파라이소의 생활이, 아니 타국에서의 이방인의 삶이 이렇지 않을까 생각했다. 나는 줄곧 여행을 동경했지만, 항상 여행을 가면 또 집을 그리워하니 말이다.

어찌 보면, 삶의 모든 것은 이런 게 아닐까 싶기도 하다.

＊

"그냥 여행자로서 이틀간 받은 제 인상일 뿐입니다. 오해나 확대해석은 마시길. 그럼 소심한 소설가는 오늘도 퇴근합니다."

7월 30일 화요일

# 그리운 일상

여행을 떠나온 지 한 달째다. 일상이 그리워진다. 그래서 오늘은 일상생활 중에 언제나 하는 것처럼 러닝복을 입고 달렸다. 보고타에서 달리기하다가 폭우를 만나 앓은 뒤로, 달리기를 자제했는데 발파라이소에 오니 그나마 따뜻해서 어제도 오늘도 달렸다. 그럼에도 만만한 날씨는 아니어서, 찬바람을 온몸으로 맞으며 달렸다.

이곳에 오니, 여행자가 아니라 생활자가 되는 기분이다. 여러 요소가 예전 베를린 생활을 떠올린다. 단출한 식사, 달리기, 오래

되고 쓸쓸한 풍경, 낮에만 풍부하게 쏟아지다가 한순간 사라져버리는 햇빛, 차가운 밤바람. 무엇보다 타의 추종을 불허하는 맛없는 식사.

이 여행을 시작하기 전, "칠레가 요즘 미식으로 뜨고 있으니, 미식 기행 좀 하시죠"라는 여행지 편집장의 추천을 받았는데, 이는 아마 일부 고급 레스토랑에서만 일고 있는 경향인 것 같다. 한 사회의 미식 수준이 높아지면, 편의점에서 파는 디저트 하나에도 정성과 풍미가 담겨 있다. 아쉽게도 칠레에 일고 있는 '미식 붐'은 역설적으로, 그만큼 이 사회가 그동안 맛과 동떨어진 생활을 해오다 이제 관심을 두기 시작했다는 것 같다. 몇 해 전 한국에 '미식 열풍'이 불었던 것처럼 말이다.

어제 칠레를 남미의 유럽 같다고 했는데, 이런 측면에서 구체적으로 지시하자면, '남미의 독일' 같다. 점심시간마다 양복을 입고 거리에 쏟아져 나오는 비즈니스맨들을 보면 더욱 그러하다. 아마, 칠레인들이 다른 남미인들에 비해 '무언가 열정을 잃어버린 듯한 자세'로 사는 것처럼 보이는 건, 독일 저리 가라 할 만큼 맛없는 음식 때문일지 모르겠다.

이런 사회는 대개 양조 기술이 발달한다. 왜냐하면, 술 없이는 매일 맛없는 저녁 식사를 감당해낼 자신이 없으니까. 그렇기에 독일에는 질 좋은 맥주가 물보다 싼 값에, 칠레에서는 질 좋은 와인이 독일 맥주보다 싼 값에 유통되는 것이다(고로, 독일 탄산수가 제일 비싸다. 결론이 왜 이렇죠?). 조금 과장하자면, 음식이 식사 메뉴가 아니라 안주라는 인상까지 준다.

그렇기에 칠레 식당에 가서 식사 메뉴와 탄산수만 시키면, 대부분 굉장히 당황한 표정을 지으며 반문을 한다.

"와인은 안 시키세요?(맨정신에 이 식사를 감당하실 수 있겠습니까?)"

물론, 나도 자신 없다. 하지만, 그럴 때마다 나는 멕시코와 콜롬비아와 페루를 거쳐, 이곳에까지 와서 하는 대사로 답할 뿐이다.

"메 두엘레 엘 에스또마고(배가 아파요! 엉엉엉)."

그러면, 칠레 웨이터들은 대부분 '거참. 칠레 사회에서 가장 살아남기 힘든 병에 걸렸군요. 와인을 마실 수 없다니요' 하는 표정으로 나보다 더 슬퍼진 듯 돌아간다(매상 올리는 데 실패했기에 느낀 슬픔이 부디 아니길!). 정말이지 나도 칠레 와인을 마시고 싶다. 슈퍼마켓에 가면 양질의 와인이 만 원도 안 하는데, 그걸 눈으로만 마시고 있다.


그나저나, 나는 독일에서 지낼 때 여러모로 불편하고 불만투성이였지만, 어느 순간 독일의 경직되고 원칙주의적인 시스템에 익

숙해졌다. 그 탓에 독일어도 못 하지만, 영어를 쓰는 영국보다 독일에 가면 이상하게 더 편안하다. 『베를린 일기』를 쓴 이후로, 독일에 두 번 더 다녀왔다. 그러므로, 칠레 또한 어느 순간 내 안에서 이런 기이한 심리 변이 현상이 일어나, 친숙하고 편안하게 다가올지 모르겠다. 부디, 다음부턴 음식이 맛있는 나라에 이러한 현상이 일어나길 바란다.

어찌 됐든, 발파라이소에 온 뒤로 먹고, 쓰고, 자는 심플한 생활로 돌아온 것 같다. 하지만 'OOO의 파리'가 파리와 같지 않듯, 타지에서의 일상적 삶이 나의 원래 일상과 같지는 않다.

이곳에 와서 예전에 쓰던 일기보다 매일 너무 길게 써서 지친 게 아닌가 하는 생각이 들었다. 그래서 오늘은 이만 펜을 놓기로.

＊

소설가로서 꼭 한 문장을 더 써야 한다면, 어서 산티아고로 돌아가 한식을 먹고 싶다. 돌솥비빔밥 먹고 싶다는 생각을 일주일째 하고 있다.

짭짭짭…… 짭짭짭…… 짭짭짭…… 자야지…….

……자야지…… 짭짭짭짭짭짭짭…… 짭짭짭짭짭짭짭짭짭
짭…… 짭짭짭짭짭짭짭짭짭짭짭짭짭짭짭짭짭짭짭짭짭짭
짭짭짭짭짭짭짭짭짭짭짭짭짭짭짭짭짭짭짭짭짭짭짭짭
짭짭짭짭짭짭짭짭짭짭짭짭짭짭짭짭짭짭짭짭짭짭짭짭
짭짭짭짭짭짭짭짭짭짭짭짭짭짭짭짭짭짭짭짭짭짭짭짭
짭짭짭짭짭짭짭짭짭짭짭짭짭짭짭짭짭짭짭짭짭짭짭짭
짭짭짭짭짭짭짭짭짭짭짭짭짭짭짭짭짭짭짭짭짭짭짭짭
짭짭짭짭짭짭짭짭짭짭짭짭짭짭짭짭짭짭짭짭짭짭짭짭
짭짭짭짭짭짭짭짭짭짭짭짭짭짭짭짭짭짭짭짭짭짭짭짭
짭짭짭짭짭짭짭짭짭짭짭짭짭짭짭짭짭후루루짭짭짭
짭짭짭짭짭짭짭짭짭짭짭짭짭짭짭짭짭짭짭짭짭짭짭짭
짭짭짭짭짭짭맛좋은한식짭짭짭짭짭짭짭짭짭짭짭짭짭짭짭짭
짭짭짭짭짭짭짭짭짭짭짭짭짭짭짭짭짭짭짭짭짭짭짭짭
짭짭짭짭짭짭짭짭짭짭짭짭짭짭짭짭짭짭짭짭짭짭짭짭
짭짭짭짭짭짭짭짭짭짭짭짭짭짭짭짭짭짭짭짭짭짭짭짭
짭짭짭짭짭짭짭짭짭짭짭짭짭짭짭짭짭짭짭짭짭짭짭짭
짭짭짭짭짭짭짭짭짭짭짭짭짭짭짭짭짭짭짭짭짭짭짭짭
짭짭짭짭짭짭짭짭짭짭짭짭짭짭짭짭짭짭짭짭짭짭짭짭
짭짭짭짭짭짭짭짭짭짭짭짭짭짭짭짭짭짭짭짭짭짭짭짭
짭짭짭짭짭짭짭짭짭짭짭짭짭짭짭짭짭짭짭짭짭짭짭짭

짭짭짭짭짭짭짭짭짭짭짭짭짭짭짭짭짭짭짭짭짭짭짭짭

짭짭짭짭짭짭짭짭짭짭짭짭짭짭짭짭짭짭짭짭짭짭짭짭

짭짭짭짭짭짭짭짭짭짭짭짭짭짭짭짭짭짭짭짭짭짭짭짭

짭짭짭짭짭짭짭짭짭짭짭짭짭짭짭짭짭짭짭짭짭짭짭짭

짭짭짭짭짭짭짭짭짭짭짭짭짭짭짭짭짭짭짭짭짭짭짭짭

짭짭짭짭짭짭짭짭짭짭짭짭짭짭짭짭짭짭짭짭짭짭짭짭

짭짭짭짭짭짭짭짭짭짭짭짭짭짭짭짭짭짭짭짭짭짭짭짭

짭짭짭짭짭짭짭짭짭짭짭짭짭짭짭짭짭짭짭짭짭짭짭짭

짭짭짭짭짭짭짭짭짭짭짭짭짭짭짭짭짭짭짭짭짭짭짭짭

짭짭짭짭짭짭짭짭짭짭짭짭짭후루루 짭짭 후루루 짭짭

맛 좋은 한식 짭짭짭 하루에 열 그릇도 먹을 수 있어 짭짭짭짭짭

짭짭짭짭짭짭짭짭짭짭짭짭짭짭짭짭짭짭짭짭짭짭짭짭

짭짭짭짭짭짭짭짭짭짭짭짭짭짭짭짭짭짭짭짭짭짭짭짭

짭짭짭짭짭짭짭짭짭짭짭짭짭짭짭짭짭짭짭짭짭짭짭짭

짭짭짭짭짭짭짭짭짭짭짭짭짭짭짭짭짭짭짭짭짭짭짭짭

짭짭짭짭짭짭짭짭짭짭짭짭짭짭짭짭짭짭짭짭짭짭짭짭

짭짭짭짭짭짭짭짭짭짭짭짭짭짭짭짭짭짭짭짭짭짭짭짭

짭짭짭짭짭짭짭짭짭짭짭짭짭짭짭짭짭짭짭짭짭짭짭짭

짭짭짭짭짭짭짭짭짭짭짭짭짭짭짭짭짭짭짭짭짭짭짭짭

짭짭짭짭짭짭짭짭짭짭짭짭짭짭짭짭짭짭짭짭짭짭짭짭짭
짭짭짭짭짭짭짭짭짭짭짭짭짭짭짭짭짭짭짭짭짭짭짭짭짭
짭짭짭짭짭짭짭짭짭짭짭짭짭짭짭짭짭짭짭짭짭짭짭짭짭
짭짭짭짭짭짭짭짭짭짭짭짭짭짭짭짭짭짭짭짭짭짭짭짭짭
짭짭짭짭짭짭짭짭짭짭…… 맛 좋은 한식.

## 30회

7월 31일 수요일

# 개와 고양이의 거리

이틀째 스타벅스에 와서 기행문을 쓰고 있다. 왜 커피 주요 생산지인 남미에 와서 스타벅스에 갔느냐면, 이곳 커피가 그나마 마실 만해서다.

무슨 말이냐면, 남미는 커피 생산국은 많지만 정작 좋은 품질의 커피는 다른 나라로 수출하는 것 같다(한국을 포함해, 미국, 유럽, 일본 등지로). 정작 커피 원산지까지 와서 마셔보면, 한국에서 수입해서 마신 남미 커피가 훨씬 더 풍미가 좋았다는 사실만 확인하게 된다. 양질의 스페인산 참치가 스페인에는 없고, 일본에만 있는 것과 같은 이치다.

그래서 역설적이게도 오래된 원두를 쓰는 스타벅스에 오게 된다. 여기가 그나마 품질이 균등해서다. 비슷한 예로, 태국이나 아프리카로 여행을 가면 주변에서 "공기 맑은 데 가서 좋으시겠어요"라고 하지만, 사실 태국과 아프리카는 (미세 먼지가 심한) 한국보다 공기가 더 나쁘다. 해 질 녘이 되면 여기저기서 쓰레기를 태운 검은 연기가 바람에 실려 오고, 낮에는 차와 오토바이가 뿜어낸 검은 매연이 허공에 족적처럼 남아 흩날린다. 제1세계에서 폐기한 차량이 동남아시아와 아프리카에서 왕성하게 거래되고, 가장 질 낮은 석유가 이곳에서 유통되기에, 결국은 가장 공기 좋을 법한 곳에서, 가장 공기가 나빠지는 아이러니가 발생한다. 정작 커피 생산국에 질 좋은 커피가 없듯이.

그나저나 어제는 스타벅스 점원이 잔돈을 1,000페소 더 주더니, 오늘은 50페소 적게 줬다. 물론 어제는 돌려주고, 오늘은 다시 받았는데, 그럼에도 만약 주는 대로 받기만 했다면, 결국 손님만 이득 보는 상황이 됐을 것이다.

멕시코에서부터, 콜롬비아와 페루를 거쳐, 칠레에 이르기까지, 줄곧 중남미 국가는 잔돈 계산을 별로 신경 쓰지 않는다는 인상을 준다(다시 말하지만, 이건 잘하고 못하고의 문제가 아니다. 개의치 않는다는 것이다).

예컨대, 거슬러 줘야 할 잔돈이 509페소라 치자. 그럼 500페소만 주고 만다. 푼돈이지만, 계산은 정확히 해야 하는 나라에서 온 나는 '이거 기다려야 하나' 싶어 서 있으면, 주인이 '왜 아직도 서 있어?' 하는 표정으로 본다. 결국, 정확히 주고받으려 하는 사람이 '문화 부적응자'가 되고 마는 것이다. 역으로, 597페소를 거슬러 줘야 할 땐, 그냥 600페소를 쥐여준다. 이때에도 '아. 이거 나보고 다시 3페소를 달라는 건가' 싶어 주머니를 뒤적거리면, 주인은 마치 파리를 손으로 내쫓듯 허공에 손을 휘휘 젓는다.

'당신 대체 어떤 나라에서 온 게요?! 좀스럽게!'

이런 문화 탓인지, 어제 내가 1,000페소를 돌려주려 하자, 점원은 "세뇨르, 기다려주십시오!(의역: 비록 계산 실수는 내가 했지만, 다시 돌려받으려면 닫은 금고를 열어야 하는 수고를 해야 하니 마인드 컨트롤 좀 할게요)"라며 나를 빚쟁이처럼 한동안 서 있게 했다. 오늘 50페소를 마저 받으려 할 때도 "세뇨르, 기다려주십시오!(의역: 비록 제가 잔돈을 덜 거슬러 주긴 했지만, 마저 드리려면 지금 기다리고 계신 아홉 분의 주문부터 받으며 마인드 컨트롤 좀 할게요)"라며 또 15분간 서 있게 했다.

그러고 나면 지진이 한 차례 지나간 후에도 아무 일 없었다는 듯(마침, 이 글을 쓰는데 한 차례 지진이 지나갔다. 아무도 동요하지 않았다. 흔들리는 채로 태연하게 커피를 마실 뿐이었다), "무차스 그라시아스" 하며 활짝 웃는다.

이 점 역시 독일 같다. 미국도 이렇다. 사소한 소동이 지나간 후, 마치 순간 기억을 잃었다는 듯 고개를 왼쪽으로 15도 정도 기울인 채 방긋 웃으며 사건을 마무리 짓는 것 말이다. 각 대륙에서 경제 성장을 이룩한 나라의 특징일까(당연한 말이지만, 일본은 예외. 별것 아닌 일에도 배꼽에 손을 모으고 머리와 목을 한껏 숙이며 사과한다. 일제히 땅에 떨어진 동전이라도 찾는 듯).

어쨌든, 돈을 돌려주면서도 기다려야 했던 내 심정은 기부를 했는데 과도한 세금이 부과돼 결국 빚을 졌다는 독지가만이 이해할 것이다.


그럼에도 발파라이소 시민들은 인자하다는 인상을 준다. 이는 어제 조깅을 하다가 아침부터 똥을 밟았기 때문이다.

시민들이 반려견의 똥을 치우지 않은 게 아니다. 주인 없는 개들이 발파라이소 거리 전체를 제집으로 여기는 것이다. 물론, 개들이 쓰레기통을 뒤지긴 한다. 하지만, 식당 주인들이 강아지들에게 꽤 자주 먹을 것을 준다. 그렇기에, 가게와 거리 곳곳을 개들이 제집처럼 드나들며 자고, 먹고, 싸서, 결국 내가 변고(?)를 겪은 것이다.

고로, 지금 내 염원은 하나뿐이다. 코를 쥐어뜯며 15분간 뒤처리했던 그 정체가 부디, 인분은 아니었길 바랄 뿐이다.


이렇게 개와 고양이와 함께 사는 사회는 대개 따뜻하다. 참고로, 우리 동네의 한 빌라 현관에 누군가 정성스레 타이핑하고, 인쇄한 후, A4 용지를 붙여놓았다.


　　고양이들에게 먹을 것 주지 마세요.
　　자꾸 빌라 안에 들어옵니다.


그 글을 쓴 사람의 고충을 이해할 수 없는 건 아니지만, 나는 그 글이 붙어 있는 빌라 앞을 지날 때마다 부끄러워진다. 언제부터 우리는 이리도 자신만 아는 존재가 되었을까.

그런 점에서, 발파라이소는 온기 있는 도시다. 비록 내가 더 받은 잔돈을 돌려줄 때에도 15분을 기다려야 했지만 말이다. 이 역시 남미에서 필요한 덕목을 더 길러주는 것이다.

'빠시엔시아(인내심)'.

역시 중남미에서는 많은 것을 배운다.

*

"선생님. 오늘도 정신 승리 하신 거예요?"

"아니요. 믿기 어려우시겠지만, 오늘은 진심입니다. 이런 자세로
지내면 어디에서도 지낼 만할 것 같아서요."

"정신 승리 맞네요."

"……."

## 31회

# 유랑 악단처럼

역시 사람은 배 속이 뜨뜻해야 한다.

내 목과 가슴을 지난 포도주가 배를 따뜻하게 데워주니, 비로소 여행을 시작한 것 같다.

여행 9일 차에 마신 포도주 두 잔이 마지막 술이었다. 3주 넘게 금주를 한 것이다. 페루에서는 한 방울도 마시지 않았고, 콜롬비아에서는 시도했으나 배가 아픈 것 같아서 곧장 뱉어버렸다. 이대로 내일 칠레를 떠나버리면, 독일에 와서 생수만 마시다 떠나는 여행자와 다를 바 없을 것 같아 와인 바에 왔다.

오늘 발파라이소를 떠나 산티아고로 돌아왔다. 지난주 일요일에 강한 인상을 받았던 보헤미안 지구 라스타리아에 다시 왔다.

엄밀히 말하자면 완쾌가 안 됐지만, 그럼에도 와인 바에 들어온 다른 이유가 있다.

지난주의 중국인 가수가 어쩐지 궁금해 살펴보니, 그가 서 있던 자리는 텅 비어 있었다. 대신 일요일에 남자 둘이 탱고를 추던 자리에 한 혼성 밴드가 공연을 하고 있었다.

나는 사진이나 찍어대는 관광객이기에, 가진 동전 모두를 그 밴드가 바닥에 놓은 모자 안에 넣고 벤치에 자리를 잡았다. 그냥 몇 컷 찍으며 기분만 내고 떠나려 했는데, 어쩐지 나는 그 자리에 삼십 분간 앉아 있고 말았다.

밴드는 두 남성 연주자가 좌우 양쪽에 서서 기타를 치고, 가운데에 여성 보컬이 노래하는 방식으로 공연을 했다. 나를 포함한 총 세 명이 자리를 잡고 관람했는데, 다들 나처럼 길을 가다 동전을 넣은 김에 조금 앉아 있다 갈까, 하는 눈치였다. 그렇기에 우리

셋을 제외한 다른 모든 사람은 공연 중인 그들 앞을 무심하게 지나쳤다. 관람객과 공연자 사이에 너무나 많은 행인이 지나가, 시야가 줄기차게 가려졌다. 하지만 연주자가 다시 시야에 들어올 때마다 그들은 행인들 때문에 보이지 않기 시작했을 때와 같은 표정으로 춤추고 연주하고 노래하고 있었다.

어떤 이들은 공연 중인 그들 '바로 앞에서' 보컬보다 더 큰 목소리로 서로 환대하고 포용하고 악수하며, 대화를 나눴다. 그 사람들이 시야에서 사라지면 다시 눈에 들어온 밴드는 신이 간지럼이라도 태우고 있는지, 웃음을 잃지 않으며 연주하고 있었다.

7도밖에 안 되는 쌀쌀한 날씨에 카디건 하나 걸치고, 얇은 목도리 하나 두른 채, 대체 뭐가 그리 즐겁단 말인가. 이곳에 앉은 지 십 분밖에 안 된 나조차 한기를 느끼는데, 그 자리에서 나보다 훨씬 오래 서 있었을 연주자들의 손가락이 어찌 차갑게 얼어붙지 않을 수 있단 말인가. 연신 목도리를 고쳐 매면서도, 마치 뮤지컬 배우처럼 익살스러운 표정과 춤을 멈추지 않으며 노래를 하는 저 보컬은 대체 뭐가 그리 즐겁단 말인가. 딱히 보는 사람도 없는데, 대단한 영화라도 찍고 있다는 듯 뭐 이리 열중해서 표정 하나, 몸짓 하나, 음 하나까지 신경 써서 표현한단 말인가.


나는 태어났을 때와 하품할 때 빼고는 울어본 적이 없다. 하지

만 이 문장의 진실성은 이 밴드의 공연을 보며 만료됐다. 나는 속으로 그 어떤 때보다 많이 울었다. 행여나 눈물을 보이면 이들의 공연에 방해가 될까 봐, 겉으로는 웃으며 속으로는 울었다.

그들은 자기 생에 충실했다. 적어도 내가 공연을 본 삼십 분 동안만큼은, 한순간도 충일하지 않게 노래하고 춤추고 연주한 적이 없는 것 같았다. 나는 직업 예술인이다. 그렇기에 창작은 물론, 창작에 관련된 모든 행위가, 이를테면 '삶을 위한 쟁기질'이 돼버렸다. 그렇기에 쟁기질이 즐겁기 어렵다는 것을 누구보다 잘 안다. 지난 10년 동안 매일 똑같은 밭에 나가 온종일 밭을 갈았는데, 그것이 어찌 마냥 즐겁기만 하겠나. 하지만, 이들에게는 진정으로 즐거운 것이었다.

200자 원고지 한 장에도 돈을 받고 쓰는 나와, 출연료도 없이 거리에서 겨우 동전 몇 닢을 받으며 웃음을 잃지 않고 춤추며 노래하는 이들 중, 과연 프로는 누구인가. 과연 직업 예술인은 누구인가. 기타를 치는 저 손가락은 거의 얼어갈 텐데, 어찌 얼굴에선 웃음꽃이 시들지 않는가. 연주하고 노래하는 행위 자체가 목적이자 기쁨이 아니라면, 불가능한 것이었다.

속으로 울며 생각했다. 여행 오길 잘했다. 칠레에, 산티아고에,

라스타리아에 다시 오길 잘했다. 즐겁게 살아야겠다. 나도 이 유랑 악단처럼 즐겁게 해야겠다.

즐겁게 사는 것 빼고, 달리 생에서 뭐가 필요한가.

즐겁게 살려는 것 빼고, 달리 내가 무슨 이유로 소설가로 살려고 했는가.

멋지게 살려는 것 빼고, 달리 내가 무슨 이유로 예술가로 살려고 했는가.

그래서 이 결심을 잊지 않으려 서둘러 실내로 들어와 이 기록을 남기는 것이다. 여기는 칠레이니, 기왕이면 와인 바로.

내일은 부에노스아이레스로 간다.

드디어 진짜 남미로 가는 기분이다. 왜냐하면, 나는 남미 하면, 줄곧 '브라질'과 '아르헨티나'를 떠올렸으니까.

와인도 한잔했고, 내일은 또 저가 항공사와의 긴장되는 한바탕 소동이 있을지 모르니, 이만 일찍 자야겠다. 즐기며, 멋지게 살기로 했으니 내일 일은 내일 생각하자.

한 달을 꽉 채운 서른한 번째 날이었다.

# 인간의 의지

어제 즐기며 살기로 결심한 와인 바에서 받은 계산서에는 내가 마신 것보다 2만 원이 더 청구돼 있었다.

중학생 수학 경시대회 시 대표 출신답게 조심스레 계산이 틀렸다는 걸 알려주니, 별일 아니라는 듯, 내가 마신 메뉴대로 다시 계산서를 가져왔다.

"세뇨르. 이게 선생이 마신 겁니다."

(그럼 아까 건요? 또 다른 제 자아가 마셨나요? 후후.)

역시 중남미는 아무리 즐기며, 멋지게 살기로 결심했더라도, 계산서는 꼼꼼히 확인해야 한다는 사실을 다시 한 번 가르쳐줬다.

　'세상 만만하게 보지 마십시오, 세뇨르.'

　호텔에서도 물이 잘 나오지 않는 것을 보니, 산티아고가 시 차원에서 생활용수 확보에 어려움을 겪는 것 같았다. 그래서 프런트 데스크에 물어보니, 직원이 칠레에서 스와힐리어 듣는다는 표정으로 말했다.

　"그건 세뇨르 팔자입니다."

　(다른 객실에선 따뜻한 물이 폭포처럼 쏟아진다는 것이었다.)

　납득할 수 없다는 표정의 나에게, 직원은 내게 위안으로 삼으라고 하나의 미미한 근거를 제시해줬다.

　"겨울이라 수도가 얼어붙어 물이 조금씩 나올 확률이 있습니다."

　인생을 행복하게 사는 법은 희박한 가능성일지라도, 그것에 기대어 비상식적 결과를 납득하는 것이다.

　"아! 그렇군요. 역시"라며 박수하니, 직원은 그대로 끝나도 좋았을 대화를 이어갔다.

　"다른 객실에선 뜨거운 물이 펑펑 나옵니다."

역시 간결한 대화법을 배울 필요가 있는 직원은 또 쓸데없는 첨언을 했다.

"어제는 물이 너무 뜨겁다고, 항의도 받았습니다. 세뇨르."

그래도 나는 이번 여행을 통해 얻은 것이 많다. 긍정적인 자세와 '빠시엔시아(인내심)' 말이다. 그런데, 내 인내심은 그간 추위, 기다림, (맛없는) 음식, 기만적인 마케팅 술수, 투병 따위의, 즉 낮은 수준에 대한 것으로 머물러 있었다. 오늘 운 좋게 이를 향상할 계기를 접했다.

사람에게 가장 견디기 힘든 게 무엇일까. 예상치 못한 지출? 한두 시간의 기다림? 속았다는 기분? 멍청한 실수를 저질렀다는 자괴감? 아니면 인종 차별과 같은 모욕적 언사와 행동? 아니다. 이때의 감정은 시간이 지나면 증발한다.

하지만 내 힘으로 통제 불가능한 냄새가, 사그라지지 않는 동일한 강도로, 내 코를 쥐어짜듯이 습격해오면 그 고통은 탈출의 욕구를 불러일으킨다. 그렇다고, 2만 5천 피트의 상공에서 낙하산도 없이 탈출할 수는 없는 노릇이다.

그렇다. 나는 지금 비행기에서, 아침에 상한 식초가 쏟아지는 샤워기 아래에서 그 식초가 모공과 피부 세포에 스며들 만큼 오랫동안 샤워한 두 승객 사이에 낀 채로, 이 글을 쓰고 있다. 좌우에서 형제처럼 각각 내 팔걸이에 거대한 팔을 올린 덕에, 몸을 한껏 웅크린 채로 펜대를 움직이고 있다.

행여나, 이 글을 읽고 있는 내 독자가 있다면, 내가 이토록 절실하게 매일 글을 쓰는 작가라는 사실을 기억해주기 바란다.

하지만 코를 막으면 이들이 상처를 받을까 봐 눈이 마주칠 때마다 웃음을 짓고 있고, 그 웃음을 좌우에서 관대하게 맞아주는, 그야말로 속사정과 외부 공기가 표리부동한 상태에서 이 글을 쓰고 있다.


그러다 얼마 전부터 왼쪽 승객은 상한 식초에 젖은 피부를 젖은 걸레로 닦은 향을 발산시키며 잠이 들어버렸는데, 무슨 영문인지 자면서 계속 방귀를 뀌고 있다. 이 기체는 원래 배출되어야할 고체를 최대한 기화시켜 분출하고 있는 듯한 악취를 풍긴다. 그러다 급기야 괄약근마저 지쳐버렸는지, 그만 좌석에서 잠든 채로 나와서는 안 될 것이 시의 부적절하게 나와버린 듯하다. 내 양옆으로 잠든 이 건장하고, 냄새 왕성한 승객들 사이에서 나는 이제 '누구와도 함께할 수 있는 공동체 사회의 완벽한 일원'이 된 기분이 든다. 쓰레기 처리장에도 꽃이 피듯이, 나도 모르게 어쩐지 미소가 지어진다. 열반이 이런 것일까.

부에노스아이레스의 모든 것을 즐길 수 있을 것 같다.


아직 비행이 한 시간 더 남았다.


음료를 파는 승무원이 내게 와서 "필요한 거 없으세요?"라고 물었을 때, 나도 모르게 "수면제도 팝니까?" 하고 물었다. 탈출할 수 없는 고통에 몸부림치는 인간에게, 신이 건네주는 위로는 잠 뿐이다.

"수면제는 없지만, 구름 위에서 마시는 위스키 한 모금을 미화 15달러에 모시고 있습니다, 세뇨르."

(물론, 승무원은 '그냥 위스키 마셔'라고 답했다.)

젠장. 동네 마트에서 파는 위스키 한 모금에 1만 8천 원이라니.

대신 나는 주문을 외웠다.

"양 한 마리. 양 두 마리. 양 세 마리. ……양 천만 삼천삼십 마리…… 양 일조 이천만……."


착륙이다. 인간이 못 할 것은 없다는 것을 중남미 여행을 통해 다시 한 번 깨달았다.

"웰컴 투 부에노스아이레스."

입국 심사원의 관습적인 인사말이 이렇게 반가울 줄이야!

*

부디 내 왼편 승객의 괄약근 건강이 회복되길 바란다. 진심으로.

## "우나 핀타 마스(한 잔 더)"

계산해보니, 오늘부로 내가 태어난 지 42년 하고 213일이 지났다. 15,543일 동안 뭐 하고 살았나 싶다. 부에노스아이레스를, 이 친절하고, 개성 있고, 흥미로운 도시를 안 오고 말이다.

미세 먼지 가득한 꼬레아에서 온 나는 이름부터 '좋은 공기─Bueno(좋은)와 Aire(공기)의 복수형 Buenos Aires, 공기가 좋은 곳이 한두 곳이 아니라, 여기저기 마구 좋은 곳─'인 이 도시에 오자마자, 비행기에서의 악취를 잊어버렸다. 신께서 내게 이 도시

명의 의미를 제대로 되새기도록 하기 위해, 기내에서의 기이한 기체 경험을 선사한 게 아닐까 싶다. 게다가 스페인어 'Aire(공기)'에는 '분위기'라는 뜻도 있다. 그러니, '부에노스아이레스'는 '분위기 좋은 곳'이란 뜻도 되는데, 누가 지었는지 작명 한번 잘했다.

다른 글에 언급했지만, 필요하니 또 하자. 조물주가 이 세상을 완성한 뒤에 아담을 창조했기에, 인간은 할 일이 없었다. 그저 에덴동산에서 과일이나 따 먹으며 유유자적하게 지내면 그만이었다. 그런 인간이 심심해하자, 신이 인간에게 부여한 첫 번째 임무이자 놀이가 있다. 바로 신이 창조한 모든 존재에 이름을 붙이라고 한 것이다.

고로, 작명은 인간이 첫 번째로 수행한 창조적 작업인데, 이 맥락에서 보면 '부에노스아이레스'라는 이름은 인류 역사상 손꼽을 만큼 인간으로서의 과제를 잘 수행해낸 결과물이다. 매번 놀림당하는 '민숙 초이'에 비하면, 얼마나 인류의 지혜와 혜안이 집약돼 있는가—영어로 '민석 최'라고 하면, 가끔 "Mean Suck(비열하고 엉망이야)?", "야비하고 엉망진창인 최씨네?" 하며 놀리려는 사람을 만난다. 그래서 '민숙 초이'로 불려 여자로 오해받는 게 낫다—. '상서로운 해'를 보내라는 뜻으로 '길년'이라는 이름을 받았지만, 성이 '주'씨라 개명해야 했던 주길년 씨만이 내 심정을 이해할 것이다.

마라도나와 바티스투타, 리켈메와 테베즈가 뛴 '보카 주니어스'가 있고, 노동자들의 외로움을 달래준 '땅고(Tango의 스페인어 발음)'가 있고, 길 잃은 이방인을 대신해 기꺼이 자신의 전화기로 우버 기사를 찾아주고, 숙소 주인에게 연락해주는 사람들이 있다. 이보다 '공기 좋은 도시'가 어디에 있을까.

이 지구에서 내 취향에 딱 맞는 도시를 나는 왜 15,543일간의 한숨과 한탄, 탄식과 비탄, 하소연과 개탄을 뱉은 뒤에야 왔단 말인가. 혹시나 이 글을 읽고 있는 스무 살 독자가 있다면, 일단 부에노스아이레스부터 다녀온 뒤에 성인으로서의 삶을 계획해보길 바란다. 그게 인생을 절약하는 방법일지 모른다. 나라면 그렇게 하겠다. 나는 노회했기에, 어디를 가더라도 이제 감흥을 잘 받지 않는다. 하지만 이곳에서는 16년 전 뉴욕에 처음 발을 디뎠을 때의 인상을 다시 받았다. 내가 조금만 덜 늙었더라면, 당장 '땅고'와 '서핑'을 배웠을 것이다(서핑은 시도했지만, 마라톤으로 인해 상한 무릎 때문에 그만뒀다).

부에노스아이레스는 이민자들이 이룩한 도시다. 1929년 대공황의 여파가 세계를 휩쓸자, 경제 기반이 취약했던 남유럽은 큰 타격을 받았다. 특히 이탈리아와 스페인 노동자들은 휘청거릴 만큼, 생활 기반이 흔들렸다. 마침 아르헨티나는 적극적으로 이민자들을 환영했기에, 이들은 새 희망을 품고 대서양을 횡단하는 배에 몸을 실었다.

그 배가 닻을 내린 곳은 바로 항구 도시 부에노스아이레스였다. 19세기의 미국 이후 이민자를 최대로 받은 곳이었다. 하여 이곳에는 남미의 온화한 기후, 스페인 식민지 시절의 기반 시설, 그리고 대공황 이후 유입된 유럽 이민자들이 빚어낸 '부에노스아이레스'만의 개성 있고 매력적인 공기가 가득하다.

이민자들이 유입된 1930년대부터 이 도시는 폭발적으로 성장해, 현재까지도 30년대의 매력을 간직하고 있다. 예컨대, 항구인 '보카(Boca)' 지역에 거주하던 이탈리아의 노동자들은 가족에 대한 그리움과 향수를 이 지역의 독특한 춤으로 달랬는데, 그게 바로 '땅고'다.

'땅고'는 1930년대에 전성기를 맞았기에, 아직도 당시에 유행한 중절모와 품이 넓은 '알카포네 풍'의 양복을 입고 춘다. 동시에,

축구팀 '보카 주니어스' 역시 '보카' 지역을 연고로 하여, 이탈리아 제노바에서 넘어온 이주민들이 세운 팀이다. 그래서 이 팀의 애칭은 아직도 '로스 세네이세스(Los Xeneizes, 제노바 사람들)'이다. 자연스레 보카 주니어스는 노동자가 응원하는 팀이 되었고, 라이벌인 '리버 플레이트'는 부유층이 응원하는 팀이 됐다. 하여, 마치 뉴욕 메츠와 뉴욕 양키스의 라이벌전 같은 이 양팀 간의 경기는 영국《옵서버》지가 선정한 '죽기 전에 봐야 할 50가지 스포츠 이벤트' 중 1위를 차지했다(하지만, 나는 일정이 맞지 않아 보지 못했다. 고로, 언젠가는 이곳에 다시 오고 싶다).

게다가, 아르헨티나 초원의 면적은 남한의 열 배 크기에 달하는데, 여기에서 총 6천만 마리의 소를 키우고 있다. 이곳의 소가 우리나라 인구보다 많으니, 소고깃값이 얼마나 싸겠는가. 하여 나는 오늘 지은 지 100년이 넘는 '갈레리아스 파시피코(Galerías Pacífico)'라는 백화점에 가서 스테이크도 먹고, 땅고 공연도 봤다. 한 여행 작가가 쓴 '부에노스아이레스 소개문'을 읽었는데, 이곳에서 '땅고 공연을 관람하지 않는 것은 범죄'라는 표현을 접했기 때문이다. 믿기 어렵겠지만, 나는 준법정신이 굉장히 투철한 시민이기에, 오늘 여행자로서의 소임을 다했다.

땅고는 '만지다'라는 단어에서 이름이 비롯된 것이다. 남녀 무희가 서로의 허벅지 안에 다리를 반복적으로 넣다 빼는 동작을 반복한다. 의상과 동작에 에로틱한 요소가 있어서인지, 공연 중 사진 촬영은 금지였다. 당연히 나는 준법정신이 투철한 여행자이기에, 사진은 찍을 생각조차 않았다. 셔터를 누르는 대신 댄스가 한 차례 끝날 때마다, 쉬었던 손으로 열심히 박수했다.

누군가 내게 "사정이 생겼으니 당분간 부에노스아이레스에서 지내줘야겠어"라고 하면, 기꺼이 살고 싶은 도시다. 마침 내가 머무는 숙소는 한때 아르헨티나의 부부 작가인 '아돌포 비오이 카사레스(Aldofo Bioy Casares)'와 '실비나 오캄포(Silvina Ocampo)'가 소유했던 아파트다. 고로, 나는 비록 엿새지만 이 산뜻한 공기의 도시에서 이방 작가로서의 생활을 짧게나마 체험하고 있다.

너무 길게 쓰지는 말자. 내일은 내일의 태양이 뜰 테니.

그나저나, 도심의 심야 카페에 들어와 이 글을 쓰고 있는데, 스텔라 생맥주를 한 잔 주문하니 "우나 핀타 마스(Una Pinta Más, One More Pint)" 하며 한 잔을 더 줬다.
"프로모티온, 세뇨르(Promotión, Señor)."

한 잔 값에 두 잔을 주는 행사 중이란다. 한 잔을 주문하니, 한 잔이 선물처럼 따라오다니(게다가 그 두 잔이 3,700원이라니).

부에노스아이레스는 이런 도시다. 괜찮다. 이름처럼, 공기도, 분위기도.

## 34회

8월 4일 일요일

# 해피 투게더

이 글은 (비록 남미지만) 한겨울에 사십 분 동안 찬바람을 맞으며 기다리도록 나를 길가에 세워둔 우버 기사를 떠올리며 쓰고 있다.

그는 끝내 나타나지 않았다. 그 덕에 내 인생에서 다시 오지 않을 '산 텔모(San Telmo) 벼룩시장'의 진풍경을 목격할 기회를 놓쳤다. 우여곡절 끝에 다른 택시로 시장에 도착하니, 상인들은 모두 판매대를 접은 채 '아. 이제 집에 가서 와인이나 한잔 하자구!' 하는 표정으로 귀가하고 있었다. 이 산 텔모 벼룩시장을 다시 보기 위해선, 진행 중인 방송 한 달 치를 또 미리 녹음해놓고, 연재 중인 원고를 또 한 달 치 다 작성해놓고, 진행 중인 강의를 또 한 달을 휴강하고, 기백만 원을 들여 미국이나 유럽을 경유해 다시 부에노스아이레스에 와야 한다.

　고로, 내가 이곳에 다시 오게 된다면, 그건 전적으로 나를 바람맞힌 우버 기사 때문이다, 라고 생각하니 고맙구나. 그때 오면 보카 주니어스 경기도 보고, 이구아수 폭포도⋯⋯.
　아아. 이구아수 폭포.
　나는 이것 때문에 아르헨티나에 왔다.

　이구아수 폭포는 브라질과 아르헨티나의 국경에 걸쳐 있는데, 아르헨티나 쪽에서 보는 게 더 아름답다. 칠레에서 하늘로 오려면, 당연히 일단 수도인 부에노스아이레스에 착륙해야 한다. 그리고 '이구아수 폭포'로 간 후, 그 인근 공항에서 브라질 '리우데자이네루'로 가는 비행기를 타면 된다.

　이렇게 꼼꼼하게 계획을 짜놓고, 표도 미리 사뒀다. 취소 불가능한 표를 사면 더 싸다. 그래서 티켓을 끊었는데, 그만 '부에노스아이레스'에서 '리우데자이네루'로 가는 항공권을 사고 말았다.

'부에노스아이레스'에서 출발해서 이구아수로 간다는 걸 계속 생각하다가, 머릿속이 '부에노스아이레스'로 가득 찬 나머지, 실수를 하고 만 것이다. 즉, 현재로서는 이구아수 폭포에 가더라도, 비행기 표 때문에 부에노스아이레스에 다시 돌아와야 한다. 그런데, 부에노스아이레스에서 이구아수 폭포까지는 버스로 편도 열여덟 시간이 걸린다.

간단히 말해, 내가 클릭을 잘못한 순간, 이구아수 폭포에 가려했던 내 계획은 이구아수 폭포의 자랑거리인 '악마의 목구멍' 속으로 빨려 들어가 대서양 어딘가쯤으로 사라져버렸다.

대신, 어제 유튜브로 이구아수 폭포 영상을 한 시간 동안 봤다.

내가 만약 아르헨티나에 다시 온다면 그건 전적으로 나를 바람맞힌 우버 기사와 내 멍청한 실수로 방문 기회가 날아가버린 이구아수 폭포 때문이다, 라고 생각하니 또 잘했구나. 다시 올 기회가 생겼으니.

다시 말하지만, 남미 여행의 필수품은 '긍정적인 자세'다.

며칠째 버터 가득한 빵만 먹으니, 내장이 '제발 과일 좀 주시오!'라고 외쳐, 카페에 들어와 딸기가 잔뜩 올려진 디저트를 주문하여,

한입 먹어보니 딸기 밑이 버터투성이였다. 아, 생크림도 있다(보통 이런 건 위에 올려놓지 않나? '왜 밑에 감춰두신 거죠, 세뇨르?').

아차, 긍정적 자세!

역시 겨울에는 몸에 지방이 축적돼야, 예상 못 한 찬바람을 만나도 지방을 연소시키며 추위를 버틸 수 있다. 이렇게 생각하니, 우버 기사에게 또 고맙네. 길가에서 내 지방을 연소시킬 기회도 주고 말이야.

고로, 내가 아르헨티나에 다시 온다면, 그건 전적으로 〈TV는 사랑을 싣고〉 출연자처럼 우버 기사를 찾아 은혜를 갚기 위해서다.

착각하고 산 항공권 덕에 부에노스아이레스를 더 즐길 수 있듯이, 착각하고 주문한 딸기 (생크림 버터) 디저트 덕에 귀가할 때 닥쳐올 추위를 버틸 수 있게 됐다. 왜 추위가 예상되느냐면, 영화 〈해피 투게더〉에서 양조위가 웨이터로 일했던 바(Bar) '수르(Sur)'에서 심야 탱고 공연을 보기로 했기 때문이다(이번에는 표를 잘 샀길). 베를린에서는 '1일 1맥주', 파리에서는 '1일 1디저트'를 즐기듯, 부에노스아이레스에서는 '1일 1탱고'를 즐겨야 한다.

그나저나 〈해피 투게더〉의 배경에는 부에노스아이레스의 사정이 잘 담겨 있다. 홍콩에서 지내던 양조위와 장국영은 이구아수 폭포를 보겠다며 (나처럼 일단) 부에노스아이레스로 온다. 그런데 여기까지 와서 양조위는 연인인 장국영에게 버림받는다. 그러자 그는 바 '수르'에서 웨이터로 근무하며 버틴다. 이 도시에 오래된 바와 카페가 곳곳에 편재한 덕이다. '분위기 괜찮네' 하고 카페에 들어가보면, 개업한 지 100년이 넘은 경우를 몇 번이나 경험했다. 지금 이 글을 쓰고 있는 카페도 100년이 넘었다.

그러니 양조위가 당시 50년 정도 된 바에서 웨이터로 일한 게 그다지 진귀한 일도 아니었다. 내 기억이 맞다면, 양조위는 그 후에 도축장에서 일했다. 어제 기행문에 썼듯 이 나라에는 소가 6천만 마리가 산다. 당연한 말이지만, 도축을 상당히 많이 한다. 그러니, 양조위의 두 번째 직장이 도축장인 것도 자연스럽다.

그리고 둘이 사는 아파트는 상당히 낡았는데, 그것 역시 어제자 기행문에 밝혔듯이(제 글의 서사가 이렇게 유기적입니다. 하하), 이 도시의 전성기는 1930년대였기 때문이다. 그때 왕성하게 지어진 건물들이 지금까지 세월의 때를 묻혀가며 이 도시에 고풍스러운 정취를 더하고 있는 것이다.

**BAR SUR**

UNION BAR

**BAR**

## BAR SUR
### UNION BAR

"BAR SUR"
DECLARADO
SITIO DE INTERÉS CULTURAL

POR SU PRESENCIA EN LA
MEMORIA PORTEÑA Y SU
VALOR SIMBÓLICO Y CULTURAL
LEGISLATURA DE LA CIUDAD
DE BUENOS AIRES
23 SEPTIEMBRE

이쯤 되면 왕가위 감독이 '자. 이번에는 부에노스아이레스의 생활상을 담은 다큐멘터리를 한번 찍어봅시다' 하고 계획했다가, 제작자가 '사랑 이야기를 빼면 섭섭하지'라고 해서 〈해피 투게더〉가 탄생한 게 아닐까 싶을 정도다.

그러면 왜 '남남 커플'이 주인공이냐고? 조금만 돌아가자. 일단, 영화에서 둘은 탱고를 춘다. 물론 둘은 연인이기에 탱고를 추는 것이다. 그런데, 이 역시 부에노스아이레스의 특성에서 기인한 것이기도 하다.

대공황 이후 이탈리아와 스페인 노동자들이 대거 유입되자, 한때 남녀 성비가 40 대 1이 될 만큼 이 도시는 남자들로 넘쳐났다. 여성의 수가 절대적으로 부족해지자, 일부 남성들은 자기들끼리 탱고를 추기 시작했다. 탱고를 세계적으로 유행시킨 파리의 언론은 탱고를 '서서 하는 섹스'라고 표현하기도 했으니, 이 춤은 자연스레 서로 호감이 있는 사이에서 춰지기 시작했다.

결국, 부에노스아이레스에서는 남성 탱고라는 새로운 유형의 댄스를 탄생시켰다. 그래서 내가 칠레 산티아고의 보헤미안 지구인 라스타리아에서 두 남성 댄서의 탱고 춤을 보게 된 것이다. 나아가 부에노스아이레스에는 남미에서 가장 큰 게이 커뮤니티가 있다. 오늘도 나는 거리 곳곳에서 키스하는 남성들, 팔짱 끼고 걸어가는 할아버지들을 봤다.

정리하자면, 부에노스아이레스의 이런 분위기 때문에, 양조위와 장국영은 홍콩에서부터 먼 거리를 날아온 것이다. 마침 영화의 시간적 배경인 1997년은 홍콩이 본토로 반환된 해이니, 소수자인 둘은 자유의 제한을 더 심하게 느꼈을 수도 있다. 그러니, 부에노스아이레스는 고향보다 더 이질감을 선사하지 않을 도시였을지 모른다.

아무튼, 둘은 이구아수 폭포를 보러 가는 길에 싸워서, 폭포를 보지 못한 채 한동안 부에노스아이레스에 머물러버린다. 비행기 표를 잘못 끊어 이곳에만 머물다 떠나야 하는 나처럼.

이제 공연을 보기 위해 바 '수르'로 갈 시간이다. 지방을 채워 넣었으니, 찬바람을 맞으며 좀 걸어야겠다.
혼자 남겨져, 생의 찬바람을 맞았던 양조위를 떠올리며.

그나저나, 모두 '해피'하길. 우버 기사도, 하늘에 있는 장국영도, 그리고 양조위처럼 홍콩은 아니지만, 서울로 무사히 돌아가야 하는 나도.

그럼, '해피 투게더'.

*

그런데, 영화 끝에 양조위는 혼자서 이구아수 폭포에 갔던 거로 기억하는데, 이럼 나만 못 가는 건가요?

하늘에서 이 글을 보는 장국영만이 내 심정을 이해할 것이다.

## 보르헤스처럼

이 글은 보르헤스가 단골로 왔던, 1858년부터 영업을 해온 카페 '토르토니'에 앉아 쓰고 있다.

오는 김에 숙소에 있던 보르헤스의 수필집을 한 권 들고 왔다. 영문판인데, 국내에는 아직 번역 발간되지 않은 『보르헤스의 수필 선집(*Jorge Luis Borges: Selected Non-Fictions*)』이라는 책이다. 엮은이가 쓴 책의 서문은 이렇게 시작한다.

"보르헤스는 결코 긴 글을 쓰지 않았다. 이 때문에 그는 종종

글을 많이 쓰지 않았다는 오해를 받지만, 그는 글쓰기를 멈추지 않았다. 그가 짧은 글만 남기는 이유는, 그가 간결의 미덕을 신봉했기 때문이다."

그토록 긴 문장을 쓰는 보르헤스가 간결함의 신봉자였다고? 내 의문은 잠시 접어두고, 좀 더 읽어보자.

"그는 500~600장에 달하는 시, 24권의 번역서, 수천 장의 수필, 서평, 영화평을 남겼고, 여기에는 그가 쓴 수천 장의 소설 역시 빼놓을 수 없다(물론, 그가 '아돌포 비오이 카사레스'와 함께 쓴 것도 포함해서 말이다)."

잠깐, '아돌포 비오이 카사레스'라고? 그렇다. 그는 내가 부에노스아이레스에 도착한 나흘 전부터, 계속 머무는 아파트의 원래 주인이다. 그러니 정리하자면, 나는 보르헤스와 함께 공동 집필을 한 '카사레스'의 아파트에서 나와 십여 분을 걸은 뒤, 보르헤스의 단골 카페에서 이 글을 쓰고 있는 것이다.[*]

어제는 왕가위 감독이 〈해피 투게더〉를 찍은 바 '수르'에서 위

---

[*] 귀국 후 살펴보니, '아돌포 비오이 카사레스'는 내 상상 이상으로 저명한 작가였다. '보르헤스'와 함께 아르헨티나를 대표하는 작가였고, 그의 소설 『모렐의 발명』이 이미 민음사 세계문학 전집 시리즈로 번역 출간되어 있었다. 그것도 모르고 그의 집에 머물렀던, 내 무지를 탓할 수밖에!

스키를 마시며 탱고 쇼를 봤다. 오늘 낮에는 마라도나가 뛰었던 '보카 주니어스'의 심장이라 할 수 있는 보카 지역에 가서 안심 스테이크를 먹으며 탱고 쇼를 봤다. 모든 게 너무 영화 같다.

내가 자는 곳에는 부에노스아이레스가 겪은 1930년대의 영화(榮華)가 한차례 만개한 뒤 남겨진 쓸쓸함이 있고, 커피를 마시는 '토르토니'에는 1800년대 중반부터 간직해온 시간을 미래 후손에게도 물려주고자 하는 열의가 있다. 스테이크를 먹었던 '라 보카(La Boca)'는 마라도나가 뛰었던 80년대의 번영이, 바 '수르'에는 〈해피 투게더〉를 찍은 90년대 후반의 적요한 정서가 녹아 있다. 나는 이 시간이 밴 장소들을 불과 몇 걸음 만에, 때로는 몇십 분 만에, 며칠 내내 오가고 있었던 것이다.

보르헤스가 그토록 많은 글을 썼지만, 간결함을 신봉해 결코 긴 글을 남기지 않았던 것처럼, 오늘은 나도 짧게 남기려 한다. 이렇게 쓴 이유는 사실 이 도시에서는 즐길 것이 너무 많기 때문이다. 부에노스아이레스의 작가인 보르헤스 역시 실은 이 이유 때문에, 긴 글을 쓰지 않은 게 아닐까 싶다. 이 도시에서는 장편소설을 쓰기 어려울 것 같다. 이런 도시에서 방에 처박힌 채, 온종일 긴 글을 쓰며 씨름하는 것은 '탱고를 보지 않는 것'에 비견하는 범죄일 것 같기 때문이다.

이 도시에서 먹고, 자고, 쓰고, 걷는 동안, 신이 보르헤스와 카사레스와 왕가위와 마라도나에게 선사했던 영감과 창의성이 내게도 조금 임하길 바란다.

엿새만 있으면, 집으로 돌아간다. 이제 그토록 미뤄왔던 소설 쓸 시간을 마주해야 한다. 내 몸에 앉아 내린 부에노스아이레스의 '좋은 공기'가 부디 귀국하는 즉시, 떨어져 나가지 않길 바랄 뿐이다.

# 아디오스

'아디오스(안녕)'라니, 벌써 슬픔이 밀려온다. "아스타 루에고 (다음에 또 보자)"라고 잠시만 안녕을 고하고 싶지만, 항상 원고에 얽매여 있는 나이기에 아주 특별한 일이 생기지 않는 한, 부에노스아이레스에 다시 올 수 없다는 것을 잘 알고 있다.

귀국하면 시차 적응할 틈도 없이 바로 강의와 연재 마감, 출연하는 방송 프로그램 두 개의 원고 작성과 녹음, 출간 예정인 단행본의 교정 작업을 해야 한다. 물론, 한 달 넘게 기록한 이 기행문

원고도 정리해야 한다. 그러면 내가 남미 여행을 했듯, 아내가 뉴욕으로 한 달간 떠난다. 그리고 아내가 그랬던 것처럼, 그때엔 내가 가사와 육아와 노동을 동시에 수행해야 한다. 그 후에도 내 일상은 이와 별다를 바 없기에, 부에노스아이레스의 마지막 날이 되자 이별 직전의 상실감 같은 게 밀려왔다. 어느 도시를 떠나더라도 이런 기분을 겪지 않았다. 파리에서도, 뉴욕에서도, 런던에서도.

부에노스아이레스는 한국에 돌아간 후에도, 가슴에 오래 남을 것이다.

이 도시에서 자는 마지막 날을 어떻게 보낼까 고민하다, 작가답게 '엘 아테네오('문예 그룹' 혹은 '문학 서클')'라는 오페라 극장을 개조한 서점에 가기로 했다. 그런데 환전소에 들르니 고작 한나절 쓸 현금이 필요할 뿐인데, 미화 50달러 이하는 바꿔줄 수 없다고 했다. 하여 현금 몇 푼 없이 사십 분가량 걸어서 서점까지 가다 보니, 몸도 지치고 마음도 가난해졌다. 그 때문일까. 오페라 극장을 개조했다는 서점은 내게 큰 감흥을 주지 못했다. 천장에는 거대한 벽화가 그려져 있고, 오페라를 관람하던 2층·3층 자리에는 책이 가득했지만, 어쩐지 나는 연신 셔터를 눌러대는 관광객들만큼 얼굴에 미소를 띠지 못했다. 마치 상대의 입에서 작별의 말

이 나오리라는 걸 예감하고, 마지막으로 만나는 예정된 실연자인 양……. 당연한 말이지만, 이건 서점의 문제가 결코 아니다. 현금도 없고, 지치고, 이별의 아쉬움에 젖어 있는 내 상태 때문일 것이다.

'엘 아테네오'는 서점답게, 없는 책이 없었다. 스페인어로 된 지구상의 모든 책을 이 거대한 오페라 극장의 객석에 차곡차곡 쌓아놓은 듯했다. 정말이지, 내 책 빼고는 다 있는 듯했다.

고로, '엘 아테네오'는 실리적인 서점이라는 인상을 줬다.


게다가, 사진만 찍는 관광객은 그다지 많지 않고, 책을 구매하는 실제 고객이 적잖아, 최소한 도산하지는 않겠다는 느낌을 줬다.

세상의 모든 서점이 부디 오래 버텨주길 희망한다. 출판사도, 작가도, 독자도.


그나저나, 영국의 《가디언》지는 이 서점을 세계에서 가장 아름다운 서점 중 2위로 선정했는데(1위는 네덜란드에 있는 '도미니카넌 서점'), 영국 언론은 세계 구석 곳곳을 참으로 많이도 평가한다는 인상을 준다.

참고로, 저번에 보카 주니어스의 라이벌전을 '세계에서 반드시 봐야 할 스포츠 이벤트 50가지' 중 1위로 선정한 매체 역시 영국 언론인 《옵서버》지였다. 게다가 마르케스의 『백년의 고독』을 '인류 역사상 가장 훌륭한 책'이라고 선정한 매체 역시 《옵서버》지였다.

그런데, '옵서버'는 '관찰자' 아닌가. 이럴 거면, 이름을 '관찰자'가 아니라, '평가자'로 짓지 그랬나 하는 생각도 든다. 마찬가지로 《가디언》지 역시 이름처럼 언론의 자유를 '수호'하는 게 아니라, 어쩐지 매년 세계 곳곳의 관광지 순위를 매기는 행위를 '지킨다'라는 인상을 준다. 뭐, 그건 영국 사정이고…….

서점에서 나오니, 역시 관대한 도시답게 길가에 검은색 고급 소파가 놓여 있었고, 사람들은 그 위에 앉아 쉬기도 하고, 편한 자세로 누워 있기도 했다. 대개 시에서 제공하는 것은 소파가 아니라 벤치다. 어떤 도시에서는 노숙자들이 누워서 잘까 봐 벤치 좌석 사이에 분리막을 세워놓기까지 한다. 그런데, 이 '좋은 공기'의 도시는 칸막이 있는 벤치도 아니요, 긴 나무 벤치도 아니요, 배포 크게도 검정 가죽 소파를 인도 곳곳에 배치해뒀다. 그 감격에 젖어 지친 몸과 마음을 달래고자 털썩 앉으니, 젠장…… 돌이었다. 가죽 소파 모양으로 만든 콘크리트 의자였다.

어쩌면, 이 시멘트로 주조한 의자를 가죽 소파로 착각했듯, 부에노스아이레스를 착각했는지도 모른다. 공항에 도착했을 때부터 미소 짓는 사람들, 자신의 전화기로 우버 기사에게 연락해서 나를 만나게 해준 사람, 숙소 앞에서 헤매는 나를 위해 기꺼이 주인에게 연락해 안으로 들어가게 해준 시민, 이들 덕에 나는 '부에노스아이레스는 좋은 도시구나'라는 나만의 '프레임'을 정한 채, 줄곧 이곳에서의 경험을 긍정적으로 인식했는지도 모른다.

일례로, 어제 보카 지구에 갔을 땐, 고개를 똑바로 들 수 없었다. 바닥만 보며 걸었다. 잠시라도 방심하면 발파라이소에서처럼, 변고(?)를 겪기 십상이기 때문이었다. 보카 지구의 인도는 똥을 거름으로 쓰는 밭이라도 되는 양, 곳곳에서 똥을 제 몸 위에 올려놓고 있었다. '발파라이소처럼 유기견이 많나' 싶었지만, 한 학교의 벽화를 보고 아니란 걸 알았다. 그림 속엔 똥을 싸고 떠나는 개가 있었고, 이런 문구도 있었다.

"Levante el excremento de su perro.

(의역: 당신 개의 똥은 당신이 치워라.)"

그 옆에는 '피눈물을 흘리는 한 눈동자' 그림과 "Basta de Violencia(폭력은 이제 그만)!"이라는 문구가 항변 중이었다.

밤이 되면 도심 중심인데도, 박스를 관(棺) 형태로 만들어 그 안에서 자는 사람이 많다. 어떤 이는 쓰레기통을 뒤진다. 엘 아테네오 서점으로 가는 도중에는 대낮임에도, 인도 한쪽에 매트리스를 깔아놓고 삶의 의욕을 잃어버린 남루한 차림의 청년이 초점 없는 눈동자로 멍하게 누워, 남은 생의 긴 시간을 버티고 있었다. 사실 이런 풍경은 뉴욕과 파리와 심지어 도쿄(주로, 공원)에서도 목격할 수 있다. 단지, 서울에 사는 사람에게 당혹스러운 풍경일 뿐이다(서울역에 자주 가는 이라면 익숙할 것이다).

내 기행문에 한 도시의 모든 이야기를 담아낼 수 없거니와, 직업 작가로서 하루 치 기행문에는 하나의 주된 이야기만 다룬다는 소신이 있기에, 그간 소재로 채택하지 않았던 것이다. '영화롭고 활기찼던 30년대의 분위기', 이탈리아·스페인·독일·포르투갈 이민자들이 불어넣은 '유럽에서 기인했지만 유럽에 함몰되지 않는 정서(모든 이민자는 모국에 대한 향수를 품은 동시에, 아쉬움과 불만도 품고 있다. 그래서 떠난 것이고, 지내다 보면 다시 그리워지기에 이런 복잡다단한 정서가 이민자 사회에는 깔려 있다)'와, '반도네온 연주와 탱고를 공기처럼 접할 수 있는 낭만'이, 이제야 언급한 이 도시의 우울보다 훨씬 더 컸던 것이다.

저 멀리 이 도시를 비추는 빛이 있다면, 그동안 조명받는 부분을 언급했다. 이 빛나는 도시를 떠나려니, 쓸쓸해진다. 그리고 오늘에서야 이 도시의 그늘진 부분을 언급했다. 비록 이방인이지만 부에노스아이레스에 호감을 품은 한 사람으로서, 이 역시 나를 쓸쓸해지게 한다.

결론이 이상하겠지만, 이 허전함을 달래려고 옷을 두 벌 샀다. 한국에서 이 옷을 입을 때마다, 이 도시를 떠올릴 수 있을 테니 말이다.

브라질 항공사 홈페이지에 접속해 수화물 허용량을 추가하고, 좌석도 업그레이드하려 했지만, 카드 결제 정보를 모두 입력한 후 결국 홈페이지가 다운돼버렸다. 몇 번 더 시도해봤지만, 아무 진전이 없어 결국 '될 대로 되라지' 하고 체념했다.

허전함을 달래려 술이나 한잔 더 하러 가는 길에, 며칠간 나를 따뜻하게 맞아준 한식당 아주머니가 창 너머로 보였다. 마음을 바꿔, 바 대신 그곳에 들어가 김치찌개를 주문했다.

웃는 얼굴로 "자주 오시네~"라며 찌개를 내온 아주머니에게 속으로 '네. 그런데, 아디오스예요. 이제' 하며 묵묵히 찌개 한 그릇을 다 비웠다.

부에노스아이레스에서의 마지막 밤이었다.

## '세까도(Secado)'의 의미

늦은 저녁 식사를 한 후 털레털레 숙소로 돌아오니, 가로등에 비친 신발이 유독 더러워 보였다. 남미에서 잘산다는 브라질에 가서 주눅 들고 싶지 않았던 걸까. 부에노스아이레스를 잊고 새 출발 할 각오라도 다지고 싶었던 걸까.

밤 11시에 샤워기를 틀어놓고 운동화를 손으로 빨기 시작했다. 그러자 운동화 코끝에 이는 비누 거품만큼, 상념이 밀려왔다. 멕시코와 페루를 거쳐, 아르헨티나에까지 와서 몇 번째나 운동화를 손세탁하고 있다니. 이러려고 국제선을 여섯 번이나 타고 여기까지 온 건가? 보아하니 신발 밑창의 때는 그럭저럭 씻겨, 이제 세탁기에 넣고 돌려도 다음 숙소 사용자에게 피해를 주진 않을 것 같았다. 하여, 첫날에 나를 맞아준 가정부 '모니카'가 알려준 대로, 세탁기 전원을 켜고, '세까도(Secado)' 버튼을 누르고(이걸 꼭 누르라 했다), 시작 버튼을 눌렀다.

이 세탁기는 매우 꼼꼼한 편이라, 한 번 세탁할 때마다 서너 시간은 걸리는 듯했다. 세탁이 끝난 걸 보고 나가려고 '끝났겠지?' 싶어 보면, 매번 세탁기는 여전히 제 몸을 열심히 돌리는 중이었다.

이 세탁기는 일체형 세탁기다. 그래서 세탁이 끝나면 건조까지 그럭저럭 돼 있어, 한두 시간만 더 말리고 입으면 아무 문제가 없다. 마침 어제 만난 아랫집 할아버지는 '위층에서 아무 소리도 안 들리니, 전혀 신경 쓰지 말라' 했기에, 모니카가 알려준 대로 전원을 켜고 '세까도' 버튼을 누르고, 시작 버튼을 누르니, 그간 한 번도 확인하지 않은 세탁 소요 시간이 액정 화면에 떴다.

4시간 58분

'이야. 녀석, 정말 꼼꼼하구나.'

끈을 끼우는 구멍 속 때까지 다 빠지겠구나, 생각하고 침대에 누웠다.


'새벽 5시쯤 돼야 세탁이 끝나겠구나. 그래, 깨끗한 신발 신고 새 기분으로 브라질에 가자' 하며 눈을 붙였다. 행여나 건조가 덜 되면 공항에 젖은 신발을 신고 가야 한다. 그게 신경이 쓰였는지, 나도 모르게 5시쯤 눈을 떴다. 조금 덜 말랐으면 드라이어로 말리지 뭐, 하며. 이런 가벼운 맘으로 세탁기 문을 열었는데, 그 안에 있는 운동화가 평소와 조금 달라 보였다.

'형, 왜 이제야 왔어?'라는 표정으로 울다 지쳐 아무 말 않는 막내 같다고나 할까.


아직 어둠이 짙게 깔린 새벽이었지만, 꺼낸 신발을 보는 순간 나는 당황하지 않을 수 없었다. 언뜻 보기에도 265밀리미터 신발이 240밀리미터가 돼 있는 게 아닌가.


내 신발은, 아니 이제 죽어버린 내 아우는 4시간 58분 중, 대체 몇 시간인지 가늠조차 할 수 없는 긴 시간 동안 지옥 불 속에서 탈출도 못 한 채 고통받다가, 급기야는 화염을 견뎌야 하는 면적을 줄이기 위해 제 몸을 오그라뜨린 것이다.

마치 구타당하는 아이가 자기 몸을 한껏 웅크리듯이.

악마가 뿜는 화마에 신발 고무가 녹아, 곧게 펴져 있어야 할 앞창이 꼽등이처럼 오그라져 있었다.

불과 한 달여 전에 20만 원을 주고, 입양한 녀석인데……

인공호흡을 하듯 새벽 5시의 찬바람을 재빨리 맞게 해줘도, 내 신발의 영혼은 이미 하늘나라에 도착한 듯, 얕은 호흡을 내뱉을 기미조차 보이지 않았다. 혹시나 해 발을 집어넣어보니, 송나라 전족들이 토해냈을 울음소리가 내 입에서 새어 나왔다.

자부심에 젖어서 하는 말은 아니지만, 고로 나는 송·청·명나라 전족 여인들의 고통을 이해할 수 있는 몇 안 되는 21세기 한국 남성이 된 것 같다. 몇 걸음 걸어보니, 구겨진 발가락 때문에 피가 통하지 않아 마비가 올 것 같았다.

오늘 새벽 5시의 내 심정은 평생 헝겊으로 발을 묶어, 그 길이가 10센티미터밖에 되지 않았다고 하는 양귀비만이 이해할 것이다.

다섯 시간 후면 공항에 가야 하는데, 한겨울이라 맨발로 갈 수

는 없다. 그렇다고 그 시간에 문을 여는 신발 가게도 없다. 울며 겨자 먹기 식으로 해변에서 신으려고 챙겨온 '조리 샌들'을 꺼내 신었다. 밖에 나가니 오늘따라 바람은 왜 이리 세차게 부나. 우버라도 숙소 앞까지 와주면 좋으련만, 공항까지 가는 장거리 우버는 요금을 아무리 많이 주더라도 지정된 '픽업 장소'에서만 승객을 태웠다.

이 한겨울에 조리를 신고, 자갈 깔린 인도 위에서 어찌 캐리어를 끌며, 덜그럭 소리가 나는 만큼 "로시엔또"를 연발하며 1.5킬로미터를 걸어간단 말인가. 게다가 내 숙소는 왜 명동 같은 도심 한복판에 있어, 양복 입고 출근하는 직장인들 사이에서 나를 더 초라하게 만든단 말인가.

얇은 샌들 밑창 때문에 발바닥은 아프고, 양말을 신은 채 발가락 사이에 고무를 끼우니까 발가락 사이의 살이 쓰라려왔다. 대체, 어떤 녀석이 남미의 겨울이 춥지 않다고 했나. 그런 망언을 한 자식은 결코, 한겨울의 남미에서 조리를 신은 채 캐리어를 끌며 공항까지 가본 적이 없을 것이다. 빌딩숲 교차로에서 불어닥치는 맞바람이 얼마나 찬지, 게다가 찬 공기는 무거워서 아래로 내려오기에 발이 얼마나 시린지 모를 것이다.

몸도, 마음도 지친 나에게 구세주처럼, 빈 택시 한 대가 다가왔다. 박물관이나 폐차장에 있을 법한, 출시된 지 50년은 된 듯한 차였지만, 그런 걸 따질 때가 아니었다. 일단 타고 보니, 맙소사. 우버처럼 신용카드로 결제하는 시스템이 아닌데, 나는 현금이 없지 않은가. 이럴 줄 알았으면 어제 환전을 할걸…… 이럴 줄 알았으면 어제 옷을 안 사고 신발을 살걸…… 등의 해도 전혀 도움 되지 않는 후회를 하며, 혹시나 해서 물었다.

　　"저어…… 달러도 받으시나요?"

　　구세주는 쿨하게 답했다.

　　"네. 물론이죠."

　　또한, 시크하게 덧붙였다.

　　"웃돈만 얹어주시면야……."

　　"갑시다. 갑시다. 아니, 가주세요, 세뇨르."

　　지금 찬밥 더운밥 가릴 때가 아니다.

　　'제발 공항만 가주세요, 선생님.'

　　하여, 우여곡절 끝에 비행기에 탄 후, 4만 피트 상공에서 샌들을 신은 채 이 글을 쓰고 있다.

　　물론, "혹시 신발을 도둑맞으셨습니까?"라는 염려 가득한 경찰의 질문과, "도대체 무슨 일을 겪은 거예요?"라며 알 수 없는 아르헨티나식 스페인어로 질문을 백 가지쯤 쏟아낸 면세점 직원의 우려도 받았다. 그 직원의 권유를 따라 '신발을 판다는 곳'에 가보니, '크룩스'밖에 없었다. 차라리, 그 직원이 팔던 보드카를 한 병 사서 병나발을 불어, 체온을 높이는 게 빠를 것 같았다. 부디, 비행기를 갈아타는 상파울루 공항에서는 신발을 살 수 있길.

그나저나, 부에노스아이레스의 사람들은 떠나는 순간까지도 내게 친절을 베풀었다. 내가 좌석을 업그레이드할 수 있도록 못하는 영어로 친절히 안내해주었고, 내가 결제 오류가 난 전화기 화면을 보여주자 탑승권 출력 요금도, 수화물 요금도 요구하지 않았다(그런데, 이메일로 받은 영수증은 비즈니스 좌석 업그레이드 요금 외에, 내가 21만 원에 산 항공권이 90만 5천 원으로 결제돼 있었다. 남미 여행을 한 달 넘게 하면 이 말이 입에 밴다. "Qué Será, Será." 될 대로 돼라. 돈이야 또 벌면 되지. 까짓거. 나한테 웃어줬잖아. 탑승권도 출력해줬고).

숙소 열쇠를 받기 위해 온 가정부 모니카 역시 쪼그라든 내 운동화를 보며, 자기 일처럼 아파해줬다. 그러며, 위축된 내 신발을 보며 한마디 덧붙였다.

"노 세까도."

사전을 찾아보니, '세까도'는 '건조'였다. 내가 행여나 치매에 걸려 한국어를 다 잊더라도, 스페인어 '세까도'는 잊지 않을 것이다.

발이 시리다.
마음도 시리다.
몸과 마음이 모두 지쳐버렸다.
어제 먹은 김치찌개가 백 년 전에 접한 것처럼, 그립고 아득하다.

*

이렇게 쓰고 마치려 했는데, 상파울루 공항에 도착하자마자 샌들 고리마저 떨어져버렸다. 이제 정말 맨발이다.

전족도, 양귀비도…… 아니, 조선인으로 징용당해 일본군이 됐다, 사할린에서 러시아의 포로가 되어 러시아군이 됐다, 결국엔 독일군의 포로가 되어 독일군마저 됐던, 조선인 양경종마저도 나를 이해 못 할 것이다.

지금의 내 심정은 한겨울의 부에노스아이레스 길바닥에서부터 조리 샌들을 신고 와, 브라질 상파울루 공항에서 마침내 맨발이 된 오직 나 자신만이 이해할 것이다.

어제 김치찌개를 먹을 때의 포근함이 백 년 전이 아니라, 천 년, 만 년 전의 일처럼 아득하다.

집으로 가려면 아직 닷새가 남았다.

**38회**

# 시시포스의 굴레

맨발이 된 채 상파울루 공항 환승 구역을 돌아다녀보니, 절망적이게도 신발 파는 곳이 거의 없었다. 공항에 나이키나 아디다스 운동화를 파는 매장이 있을 리 만무하지 않은가.

그런데, 위스키와 향수, 초콜릿, 담배 판매점이 마치 열대우림처럼 빽빽하게 들어온 이 공항에 한 마리 고독한 퓨마처럼, 정말 '퓨마' 판매점이 있었다. 기쁨에 차서, 버선발도 아닌, 맨발로 그곳에 달려갔다.

그리고 브라질이 축구 강국이라는 사실을 절망 속에서 다시 한 번 확인했다. 이 나라는 축구를 얼마나 사랑하기에, 신발이란 신발은 죄다 축구화밖에 없는 건가. 평범한 운동화는 매장에 단 한 켤레도 없으면서, 빨간 축구화, 검은 축구화, 파란 축구화 등, 색상·디자인 별로 축구화란 축구화는 다 갖다 놓았다.

브라질인들은 확실히 축구를 사랑한다는 인상을 준다.

리우데자네이루 시내를 스파이크 소리를 또각또각 내며 걸을 필요는 없으니, 맞은편의 캘빈 클라인으로 갔다. 청바지 판매점에 무슨 신발을 팔겠냐 싶었겠지만, 신발이 있었다. 판매대는 마치 나를 조롱하듯이, 조리 샌들을 잔뜩 걸어놓고 있었다.

'이제 조리 샌들 없잖아?'

이 겨울에 말이다. 브라질인들은 확실히 축구와 비치 발리볼을 사랑한다는 인상을 준다.

그다음 찾아간 곳은 숙녀화 매장. 결국, 멀쩡한 신발을 파는 곳은 아르마니밖에 없었다. 소설가가 아르마니라니. 그것도 옷도 아니고, 아르마니에서 운동화를 사야 한다니. 이 무슨 리바이스에서 새로 나온 주방용품 사는 소리인가. 게다가, 나는 문학가이기 전에, 공동체 사회에 잘 어울리고 싶은 한 명의 구성원으로서, 내가 입고 신고 다니는 것에 브랜드가 큼직하게 박혀 있는 걸 선호하지 않는다. 내가 선물을 받고도 쓰지 않는 몇몇 물건이 있는데, 그건 바로 디자인으로 '나 갱스터요'라고 어필하고 있는 '미쏘니' 같은 것들이다.

그런데, 공항에서 살 수 있는 신발을 모두 수배해본 결과, 내가 살 수 있는 신발은 좌우로 자신이 '아르마니'임을 큼직하게 광고하고 있는, 아니 아예 문신으로 도배해놓은 신발밖에 없었다. 사람으로 치자면, 초면에 "만나서 반갑습니다. 전 하버드를 졸업했습니다"라고 해서, 상대의 말문을 막히게 만드는 부류 같지 않은가(의복에 관해 겸손하고자 하는 내 의견일 뿐이니, 이런 디자인을 선호하는 사람이라면 넓은 아량으로 이해를 바란다).


더 슬픈 건, 그곳에서 제일 작은 신발이 280밀리미터였다는 것이다. 신발을 신고 발가락을 꼼지락거려보니, 내 엄지발가락이 신발 끈을 묶기 시작하는 부분에서 꿈틀거렸다. 한국에 가서 도저히 신지도 못할 이 신발을 거금을 주고 사야 한다니(게다가, 면세는 국제선 환승 구역에서만 적용된다 했다. 공항에서 샀는데, 면세품도 아니었다!).

눈치 없는 직원은 계속 옆에서 "보니따. 보니따(예뻐요. 예뻐요)!"를 외치며 온 김에 한 켤레 더 사고, 점퍼도, 재킷도 입어보라며, 무언가를 계속 들고 왔다.

'아. 저 이런 노골적인 상품 싫다니까요! 소설가라니까요!'

그래도 위안 삼을 사실이 있다면, '조르지오 아르마니'가 아니었다는 점이다. 젊은 층을 겨냥한 '아르마니 익스체인지'라, 그나마 저렴했다. 신발 끈을 아무리 꽉 조여도, 걸을 때마다 발이 빠질 만큼 헐거워, 내가 신발을 신고 있는 건지, 신발을 끌고 있는 건지 분간조차 할 수 없었다. 이건 '고무 고리가 끊어진 또 다른 조리 샌들'이었다. 거대하고 비싸고, 취향에 맞지 않는 '또 하나의 떨어진 조리 샌들'.

더 슬픈 건, 리우데자네이루 공항에 도착한 후였다.

아아. 이곳은 여름이었다.

공항 안에 있어서, 내게 계절 감각이 없었던 것이다. 그래서 상파울루 공항에서 비치 샌들을 팔았구나. 나는 왜 여름인 이곳에서 팔지도 않는 '겨울 신발'을 굳이 찾아, 발에 맞지도 않는 걸 또 꽁꽁 매어 끌고 다닌단 말인가.

부에노스아이레스에서 비행 시간이 세 시간밖에 안 되는데, 대체 이곳은 왜 여름인가.

공항에 내리자마자, 학생들이 실내화로 신는 값싼 슬리퍼가 판매대에 주렁주렁 매달려 있었다. 저런 걸 사서 오늘 밤만 넘기고, 내일 시내로 나가 운동화를 사면 됐는데!

공유 숙소 주인의 말과 달리, 폭포처럼 쏟아진다는 공항의 와이파이 신호는 보슬비보다도 가늘게 내려왔다. 삼십 분을 허비해 겨우 와이파이 신호를 잡아 우버를 타고 오니, 숙소에서도 와이파이가 안 됐다. 주인은 아르헨티나에 있는 내게 연신 '도착해서 체크인했다고 연락을 안 주면, 자신은 걱정이 돼서 잠을 못 자니 곧장 메시지를 보내달라' 했는데, 와이파이 비밀번호를 잘못 입력했다는 메시지만 한 시간째 떴다. 결국, 멀쩡한 아파트를 두고, 와이파이를 쓰기 위해 옆에 있는 5성급 호텔 바에 들어갔다. 주인이 잠을 못 잔다니, 밤 12시인데 사람은 재워야 하지 않는가.

온종일 고생을 해서일까. 와이파이를 쓰기 위해 단지 맥주 한 잔을 주문했을 뿐인데, 브라질 맥주는 왜 이렇게 맛있나. 옆자리에 있는 사람들은 또 왜 내게 와서 '혼자 왔느냐'며 말을 걸며 자꾸 건배하자고 하나. 바텐더는 또 왜 내 농담에 이리 잘 웃나. 그래서 잠깐 와이파이 쓰러 갔다가, 취해서 돌아와버렸다.

숙소 주인은 비밀번호 첫 글자가 '소문자'가 아니라, '대문자'라며 미안하다고 했다. 자기가 바꿔놓고, 깜빡했다고. 세상에 13자리로 된 비밀번호 중, 하나를 대문자로 바꿔 입력해서 성공할 확률이 얼마나 낮은지 아는가. 중학생 수학 경시대회 시 대표 출신인 내가 간단히 암산하더라도……. 말을 말자.

이 주인과의 에피소드는 또 내일로 남겨두자.
아무튼, 브라질에 도착한 순간부터 줄곧 지쳐 있다(이 글을 쓰는 현재는, 브라질에 도착한 지 사흘째다). 그래서 아직도 리우데자네이루의 상징인 '예수상'도 보러 가지 못했다.

집에 갈 날이 나흘 남았다.

＊

전날 맥주를 너무 마시고, 스트레스를 받은 탓에, 또 배탈이 시작됐다. 겨우 나았는데, 다시 이 굴레에 빠지다니.

그리스 신화에서 시시포스는 제우스의 분노를 사서, 바위를 산 위로 올리는 형벌을 받았다. 그런데, 정상까지 바위를 올려놓으면, 매번 바위는 다시 아래로 굴러떨어진다. 결국, 시시포스는 평생 바위를 산 위로 올려야 하는 굴레를 짊어지게 된 것이다.

배탈의 굴레에서 헤어나오지 못하는 나를, 오직 시시포스만이 이해할 것이다.

## 리우데자네이루의 석양

어제 자 기행문에도, 그저께의 일을 썼다.

'세까도의 그림자'가 브라질 여정을 여전히 지배하고 있다는 기분이 든다.


리우데자이네루에서 첫날 밤을 보낸 후 눈을 뜨니, 오랜만에 겪는 숙취 때문에 머리가 아팠다. 숙소 주인에게는 '일어나면 연락을 달라'는 메시지가 와 있었고, 블라인드를 쳐놓았지만 코파카바나의 강렬한 아침 햇빛이 블라인드와 창문 사이의 작은 틈으로 들어와 내 눈을 찔러댔다.

숙소 주인에게 '일어났다'고 메시지를 보내니, 왓츠앱으로 영상통화가 걸려왔다. 어젯밤에 내가 인터넷도 안 되고, TV도 안 나온다고 하니, 그가 연락한 것이다. 나보다 앞서 묵은 투숙객이 TV의 설정을 이것저것 마구 눌러대서, 뭔가 엄청나게 엉켜버린 모양이라고 그는 해명했다.

영상통화로, 그에게 숙소 TV 화면을 보여주며, 그가 지시하는 대로 이것저것 누르며 설정을 다시 하고("아냐 아냐. 포르투갈어로 '냐오'는 '노'야. 그렇지, 그거 그거! 지금 그거 눌러. 아냐 다시 아까 화면으로 돌아가"), 하는 김에 그가 시키는 대로 '넷플릭스'로 접속한 뒤 무려 사십 분 동안 이것저것 누르고 있었는데("아니 아니, 너 틀렸어. 대문자로. 그렇지 재설정 버튼. 그래. 이제 좀 빨라졌네. 잘하네!"), 알고 보니 이 모든 게 그가 인터넷 비밀번호를 변경해놓고, 이에 연동된 TV 설정을 스스로 바꿔놓지 않았기 때문이었다.

'아니 이런 거면, 직접 와서 하시지 그랬어요? 코파카바나 해변을 코앞에 두고, 관광객인 제가 한 시간 반 동안 이래야 합니까.'

덕분에 나는 이제 인터넷 A/S 방문 기사의 심정도 이해할 수 있는 소설가가 됐다.

오랫동안 그려온 코파카바나에서의 첫날을 TV 수리나 하며 보내고 나니, 그가 내게 "굿 잡! 초이. 유아 원더풀 게스트(잘했어, 최. 너는 호구야)!"라며 부장님처럼 칭찬한 뒤, "오늘 날씨가 어떠냐?"고 물었다.

'응. 날씨? 그걸 왜 나한테 묻지'라며 의아해하고 있었는데, 그는 내게 "블라인드를 올려서 창밖을 보여줘"라며 재촉했다. 해서 부장님 지시를 따르는 신입 사원처럼 블라인드를 올리니, 간밤에 보이지 않았던 코파카바나 해변의 숭고하고 경이한 풍경이 눈앞에 펼쳐졌다. 잠시 숨을 고르며, 저 멀리서 쏟아지는 햇빛을 받아 빛나는 바다 뒤의 섬을 봤다. 그런데, 숙소 주인이 "나이스 웨더! 베리 굿(이야. 날씨 좋다. 좋아)!" 하며 감탄하는 게 아닌가.

의아해서 "아니, 어디 사세요?" 하고 여쭤보니, 그는 리스본에 산다고 했다. 그는 포르투갈과 스페인을 오가며 사는 중이고, 리스본에서도 숙소를 운영하고 있으니 포르투갈에 오면 꼭 애용해 달라는 말도 잊지 않았다.

'젠장. 그래서 나를 영상통화로 한 시간 반 동안 부려먹었구나.'

나는 이제 숙박료를 내고 노동까지 해주는 여행자가 된 것이다. 그는 통화를 끝내며, "넷플릭스 설정 마저 부탁해!"라며 새로

만든 계정과 비밀번호를 문자 메시지로 보냈다.

브라질에서는 정신을 똑바로 차려야겠다는 생각이 든다.


그나저나, 이 숙소 주인은 두 명이라 "그럼, 나머지 한 명은 어디에 사냐?"고 물으니, 그는 "아. 내 남편? 당연히 나랑 같이 살지! 우린 못 떨어져"라며 엄지손가락을 추켜세웠다.

공유 숙소 사이트의 게이 호스트들은 확실히, 숙소도 많이 갖고 있고, 사랑도 열정적으로 한다는 인상을 준다.


"리스본에도 놀러와!"

아울러, 영업도 꼼꼼히 한다는 인상을 준다.


코파카바나의 출장 기사로 하루를 시작한 후, 언제나처럼 환전을 하고 유심칩을 사기 위해 나섰다. 오리발 같은 거대한 신발을 끌며 걸어가니, 한 걸음 한 걸음이 노동이 아닐 수 없었다. 쏟아지는 해변의 햇살을 받으며 달리는 시민들, 그리고 바다에서 파도를 온몸으로 맞으며 즐기는 휴양객들을 보며 깨달았다.


'다시 신발을 사야겠구나.'

또 비치 샌들과 러닝화가 필요한 것이다.

하여, 200달러를 환전하고, 그 돈으로 일단 가장 먼저 눈에 띄는 매장에서 비치 샌들을 한 켤레 사고, 물어물어 통신사 대리점에 가서 모바일 유심칩을 사서 브라질 전화번호를 개통한 후, 직원에게 물었다.

"나이키나 아디다스 같은 러닝화를 사려면 어디 가야 하죠?"

그러자 '리오 술(Rio Sul)'이라는 큼직한 쇼핑몰에 가면 다 있다며, 택시를 타고 가라 했다. 하여, 새로 산 유심칩의 혜택을 맘껏 누리며 우버를 불러 타고 '리오 술'에 가니, 운동화가 한국보다 더 비싼 게 아닌가.

'무슨 아디다스 러닝화 한 켤레에 28만 원이나 합니까.'

게다가 직원은 내가 어쩔 수 없이 신고 있는 아르마니 신발을 보고 착각을 했는지, 그 가게에서 라인별로 가장 비싼 신발만 골라 와서 자꾸 신어보라 했다. 그가 가져온 신발 중에는 무슨 프랑스 디자이너랑 협업해서 만든 러닝화가 있었는데, 38만 원짜리였다.

'아. 저는 4일만 때우면 되는 신발이 필요하다고요. 그냥 지금 걷는 게 너무 불편할 뿐이라고요.'

3중 쿠션이 깔린 운동화, 무릎 충격을 완화해주는 운동화, 디자이너 한정판 운동화 따위를 계속 들고 와 신어보라고 하는 직원의 청을 계속 듣다 보니, 뭐라도 하나 안 사고 나가면 중죄를 짓고 내빼는 것 같았다. 어쩔 수 없이, 그럭저럭 발에 맞는 운동화를 한 켤레 사 신고 나왔다.

24시간 동안 신발만 세 켤레 샀다.
브라질에 온 순간부터 줄곧 신발만 사러 돌아다녔다.
배탈과 신발 구매의 굴레에 빠진 기분이다.
역시 시시포스만이 내 심정을 이해할 것이다.

더 슬픈 건, 나는 걷기와 달리기를 통틀어 하루에 2만 보 이상 소화하므로, 제대로 된 러닝화가 또 필요하다는 것이다. 한국에 가면 매일 8킬로미터 이상은 뛰기에, 또 러닝화를 사야 한다는 것이다. 영혼을 쏟아 받는 원고료가 한동안은 모두 신발값으로 나갈 예정이다.

그럼에도, 발에 맞는 신발을 신고 걸으니, 비로소 리우데자네이루를 즐길 수 있다는 기분이 들어 마음이 산뜻해졌다. 내친김에 조깅도 좀 하고(역시 발이 불편했다. 이런 신발을 신고 하루 2만 보를 걸으면 금세 발바닥이 파업할 것 같았다. '주인 양반! 우리 이대로 못 살겠소!'), 비치 샌들을 산 김에 나가서 코파카바나 해변에 몸도 담갔다.

그런데, 나는 혼자가 아닌가. 내가 바다에 들어가면 내 짐을 봐줄 사람이 없다. 하여, 나와 비슷한 처지인 여행객에게 잠시 짐 좀 맡아줄 수 있냐고 하니, 그 프랑스 관광객은 수락하며 내게 엄포를 놓았다.

"조심해야 해. 정말로! 어제 내 친구는 해변에 짐을 뒀다가, 모조리 잃어버렸어. 싹 다!"

그 말을 들으니, 바다에 들어가서도 신경이 쓰여 금세 나올 수밖에 없었다. 애초에 "십 분만 수영하고 나오겠다" 했지만, 십 분도 채우지 못하고 나왔다. 프랑스 관광객에게 내 짐을 맡는 부담감을 지워주는 게 미안했고, 자꾸 신경도 쓰여서였다.

감사의 뜻을 담아 짧은 인사를 한 후, 숙소로 돌아가는데 익숙한 얼굴이 보이는 게 아닌가. 어제 호텔 바에서 함께 술을 마셨던 60대 재즈 가수와 딸인지 매니저인지 알 수 없는 젊은 여성이, 이번에는 해변 의자에 앉아 맥주를 마시고 있었다. 반가운 마음에 인사를 건네니, 60대 재즈 보컬이 내게 "오늘 밤에도 한잔할까?" 하며 물었다. 하지만, 나는 형벌을 받는 시시포스 아닌가. 오늘은 달리는 도중에 배가 아파서 숙소로 돌아오기도 했다.

하여, "마음만으로도 충분히 취한다"라며 고사하고, 기행문을 쓰려고 카페로 가는 길에 노천 펍에서 맥주를 마시고 있는 이 둘을 또 발견했다.

"오! 믿을 수 없어! 또 만나다니!"

이 보컬은 마주칠 때마다, 이렇게 반응하는데 꼭 이렇게 또 첨언을 한다.

"그런데 이름이 뭐였지?"

나도 믿을 수 없다. 열 번이나 넘게 말했는데, 내 이름을 결코 기억하지 못한다는 게…….

브라질에서는 스타벅스는 물론이고, 햄버거집에 가더라도 이름을 꼭 묻는다. 메뉴가 나왔을 때 'OOO번 손님'이라 하지 않고, 고객 이름을 불러주는데 "민숙 초이"를 제대로 발음하는 사람은 단 한 명도 없었다. 하여, 이제는 지쳐서 어딜 가나 그냥 브라질 축구 국가대표팀 공격수인 '네이마르'라고 말한다. 의심쩍은 눈초리를 접하긴 하더라도, 내 이름이 '민수크 초', '미수우흐크 초', '밍 수 초익' 따위로 불리는 일은 없다. 스타벅스에서는 "오, 네이마르(너 또 왔구나)!" 하며 반기기도 한다.

그런데 오늘 만난 점원은 '잠깐, 지금 이 동양인이 뭐라는 거야?'라는 표정으로, "네이마르?!!!" 하며 반문했다.

'어차피 최민석이라 하면 못 알아들을 거잖아요.'

스타벅스 코파카바나점이 잠시 한국어 어학당으로 바뀌는 걸 바라는 걸까. 내가 '네이마르'라는 게 싫다는 건가 싶어, "죄송합니다. 그럼, 메시로 해주세요"라고 하니, 그녀는 일순 정색했다.

"네. 네이마르 손님."

확실히 브라질은 축구에 민감하다는 인상을 준다.

아울러 리우데자네이루에 아르헨티나 이민자가 많지만, 그럼에도 축구에 관해서는 절대 융화될 수 없다는 인상을 준다.

하루 치 기행문을 너무 많이 썼다. 이게 다 신발 탓에 생긴 사연이 길어서 그렇다.


드디어 '구원자 예수상'에 올랐다. 예수상 언덕까지 올라가는 기차를 타고 바라보는 리우데자네이루 도심의 풍경은 실로 아름다웠다. 해는 기울어가고 지상과 맞닿은 하늘의 바닥이 조금씩 오렌지색으로 물들어가는 와중에, 거대한 두 팔을 벌리고 서 있는 예수의 모습은, 이 도시의 이미지로 내 기억에 오랫동안 남아 있을 것이다.


이 정경 때문에 멕시코와 콜롬비아, 페루와 칠레, 아르헨티나를 거쳐, 그리고 소음과 배탈, 고산병과 전족의 고통까지 감내하며, 여기에 왔나 하는 생각이 들 정도였다. 이것 때문에 그토록 많은

원고를 쓰며 자신을 괴롭히고, 이것 때문에 지루하고 반복적인 일상을 버텨왔나 하는 감회가 일었다.

눈앞의 하늘이 밑동에서부터 오렌지색으로 점점 차올라 마침내 붉게 타오르기 시작하자, 내 안에서도 '그래. 이 풍경 하나를 본 것으로 모든 게 됐다' 하는 감정이 차올랐다. 정작 쿠스코에서는 느껴보지 못한 감회가 내 안을 가득 채우자, 속으로 생각했다.

'매번 자연이 좋다고 말하지만, 어쩔 수 없이 나는 도시에 살아야겠구나.'

예수상이 있는 코르코바도 언덕에서 내려오는 마지막 기차를 타고 오니, 도심은 이미 짙은 어둠 속에 휩싸여 있었다. 그사이 매일 식사한 'T.T 버거'에 가니, 직원들이 "네이마르~!"라며 반겨줬다. 버거를 먹은 후 어둠 속에서도 그 빛을 발하는 이파네마 해변을 걸으니, 리우데자네이루의 밤이 아름답다는 걸 절감했다. 아무도 틀지 않았지만, 자꾸만 귓가에서 〈The Girl From Ipanema〉가 들리는 것 같았다.

돌아갈 날이 이틀 남았다.

## 해변에 누워

내일이면 또 공항으로 가서 비행기를 타야 한다. 이번에는 다른 나라가 아닌, 한국으로 간다.

라틴아메리카 여행 중에 잠을 자는 마지막 날을 어찌 보낼까 고민하다, 결국 오랫동안 기행문을 썼다. 다른 어떤 일을 열정적으로 하는 것보다, 얼마 남지 않은 이 여행을 조금씩이라도 정리해두는 게 나을 것 같아서였다.

늦은 오전에 커피숍에 들어와 '네이마르' 이름으로 주문하고, 기행문을 쓰고 나니 거의 오후 3시가 되었다. 얼마 남지 않은 시간을 즐기는 가장 좋은 방법이 무엇일까. 그래, 코파카바나 바다에 다시 몸을 담그고, 돌아와서 이파네마 해변까지 조깅을 하자. 그거야말로, 내가 이곳에 오기 전에 가장 해보고 싶었던 것이니까.

샌들을 모래사장에 벗어놓고 수영하면 잃어버릴 수 있다는 프랑스인의 조언을 떠올리며, 아예 숙소에서부터 맨발로 해변까지 걸어갔다. 행여나 인도에 유리 조각이 떨어져 있을까 봐 한 발 디딜 때마다 바닥을 주시하며 걸었다. 결국, 이리될 거면서, 비치 샌들은 또 왜 샀나? 익숙하다. 지난 20년 동안 여행지에서 항상 필요한 소비라고 생각하고 샀으나, 매번 사자마자 '불필요한 소비'라는 것을 깨달았으니 말이다.

그래서 요즘은 아예 아무것도 안 사려 하지만, 침대에 누웠을 때 매번 '아! 아까 그걸 샀어야 해!'라며 후회한다. 그때엔 꼭 '소비의 요정'이 나타나 내 달팽이관을 울린다.

"어서 돌아가. 네 카드를 3초만 건네주면, 그 물건은 네 삶 속으로 들어오는 거야. 널 만나기 위해 선박 화물칸에 실린 채 대서양을 건너왔다고. 이 세상에서 그 물건만큼 널 애타게 기다리는 건

없어. 네가 1년간 미국에서 지내고 왔을 때 아버지마저도 건조하게 '어. 왔나?' 한마디 했잖아. 물건은 그렇지 않아, 널 만나기 위해 자신이 얼마나 힘든 수련을 겪어왔는지 절절하게 써놓은 보증서가 있어. 그것은 앞으로 적어도 3년은 널 위해 충실히 복무하겠다는 서약서가 되기도 해. 자본주의가 낳은 가장 아름다운 연애편지야. 세상 그 누구도 문서로 너에게 이렇게 충성을 맹세하지 않아. 카드만 그으면 돼. 3초. 내일 아침에 반드시 다시 가!"

해서 차비를 들여 같은 장소에 또 가서 그 물건을 사고 나오면, 곧장 바로 옆 가게에서 더 싸고 좋은 물건을 발견한다. 이 일을 20년째 반복하고 있다. 위안 삼을 게 있다면, 평소에는 쇼핑을 극단적으로 귀찮아한다는 점이다. 그러므로 내가 쓰는 물건의 8할 이상은 이렇게 여행을 와서 '어쩌다 보니 사버린 것들'이다. 이 실수들을 저지르지 않았다면, 내게는 쓸 물건도 아예 없었을 것이다.

어쨌든, 애써 사놓은 비치 샌들을 숙소에 둔 채 맨발로 뜨거운 아스팔트 바닥을 지나, 바다에 들어갔다. 사실 나는 배리 매닐로우의 명곡 〈코파카바나〉를 굉장히 즐겨 듣는다. 가사에 담긴 서사도 좋고, 흥겨운 멜로디와 리듬도 좋고, 느끼한 듯한 배리 매닐로우의 창법과 눈웃음도 좋다. 또한, 수영을 배운 이유가 바로 이

'코파카바나'에서 여유롭게 헤엄치기 위해서였다 해도 과언이 아니다. 하여 '마포 평생학습관'에서 배운 대로 호흡을 위해 속으로 '음―(10초 경과)' 하고 리듬을 탄 후 마침내 '파아' 하며 입을 벌리니…… 대서양의 해수가 온통 입안으로 들어왔다.

'에튀튀튀튀튀튀튀튀튀튀튀튀튀튀튀튀튀튀튀 젠장…… 모래도…… 튀튀튀튀튀튀튀 에튀튀튀튀튀튀…… 아 이번엔 파도가…… 에튀튀튀튀튀튀튀튀튀튀튀튀튀튀튀튀튀튀튀튀튀튀튀튀튀튀튀튀튀튀튀튀튀튀튀튀튀튀튀튀튀튀튀튀튀튀튀튀튀튀튀튀튀튀튀튀튀튀튀튀튀튀튀튀튀튀튀튀튀튀튀튀튀튀튀튀튀튀튀튀튀튀튀튀튀튀튀튀튀튀튀튀튀튀튀튀튀튀튀튀튀튀튀튀튀튀튀튀튀튀튀튀튀…… 선생님…… 왜 안 되는 거죠…… 튀튀튀튀튀튀튀튀튀튀튀튀튀튀…… 으음―파아― 라면서요…… 튀튀튀튀튀튀튀튀튀튀튀튀튀튀튀튀튀튀튀튀튀튀튀튀튀튀튀튀튀튀튀튀튀튀튀튀튀튀튀튀튀튀튀튀튀튀튀튀튀튀튀튀튀튀튀튀튀…… 구청에서 운영하는 데서, 이런 식으로 가르쳐도 되는 건ㄱ…… 튀튀튀튀튀튀튀튀튀튀튀튀튀튀튀튀튀튀튀튀튀튀튀튀튀튀튀튀튀튀튀튀튀튀튀튀튀튀튀

튀튀튀튀튀튀튀튀튀튀튀튀튀튀튀튀튀튀튀튀튀튀튀튀튀튀튀튀튀튀
튀튀튀튀튀튀튀튀튀튀튀튀튀튀튀튀튀튀튀튀튀튀튀튀튀튀튀튀튀튀
튀튀튀튀튀튀튀튀튀튀튀튀튀튀튀튀튀튀튀튀튀튀튀튀튀튀튀튀튀튀
튀튀튀튀튀튀튀튀튀튀튀튀튀튀튀튀튀.'

매일 물을 2리터 마시는데, 오늘 치 수분량을 한꺼번에 다 섭취했다. 염분 섭취도 한꺼번에 다 했다.
'오블리가도, 브라질(고마워요, 브라질)! 따봉(최고예요).'
(방금 아는 포르투갈어를 다 썼다. 뿌듯하다.)

어제도 오늘도 그토록 바랐던 코파카바나 해변에 들어갔지만, 수영은 오 분도 못 했다. 어제는 십 분, 오늘은 한 시간 내내, 거센 파도에 백사장까지 떠밀려 왔다가, 다시 바다로 거슬러 가면 또 다시 파도에 떠밀려 오는 걸 반복했다.

실은, 이게 지난 10년간 내가 작가로서 해온 것이다. 항상 수평선을 향해 간다고 여기고 한 발씩 내디뎠는데, 언제나 제자리였다. 수평선 부근에는 만나본 적도 없는 사람들이 햇빛을 즐기며 여유롭게 '물 위에 떠 있는 삶'을 즐기는 것처럼 보였다. 그런 관념에서 헤어나와 주변을 보니, 정작 파도에 맞서서 앞으로 가는 사

람은 아무도 없었다. 남녀노소 모두가 파도의 힘 탓에 제 몸이 백사장까지 떠밀려 오는 걸 즐기고 있었다.

'그래, 뭐. 나도 즐거웠잖아.'

이번 여행도 그랬다. 이구아수 폭포에도 못 가고, 쿠스코에서는 정작 심드렁해져버렸고, 여행하는 내내 배탈과 스트레스를 겪었지만, 그래도 나는 즐거웠다. 물론, 그렇다고 똑같이 반복할 생각은 없지만 말이다.

전화기도 없고, 안경도 안 끼고, 수영복 하나 걸친 채 모래사장으로 돌아오니, 사진을 찍을 수도 풍경을 제대로 감상할 수도 없었다. 이대로 돌아가기는 아쉽고, 그렇다고 달리 할 일은 없어 그냥 모래사장 위에 누웠다. 안경을 안 낀 탓에, 마치 필터를 끼운 것처럼 시야에 하늘이 희붐하게 펼쳐졌다. 아…… 바다와 경계 없이 하나처럼 이어져 보이는 하늘. 그간 나는 왜 하늘을 안 봤는가. 온종일 모니터와 자판만 바라봤지, 시선을 딴 데 돌려 왜 무언가를 힐끔거릴 생각조차 안 하는 건가. 나도 모르는 사이, 나는 자신을 채찍질하며 '생활이라는 거대한 수레바퀴'를 매일 굴리는 내 불안의 노예가 돼 있었다.

코파카바나의 하늘은 너무나 비현실적으로 느껴졌다. 저 멀리 바다 위에 섬이 떠 있고, 왼편에는 뿌연 물안개 뒤로 산과 섬들이 보이고, 그 위로 햇빛이 희붐하게 쏟아졌다.

눈물이 쏟아질 것 같았다. 풍경이 너무 아름다워서도 아니었고, 한 시간 동안 파도에 역행한 탓에 지쳐서도 아니었다. 지난 10년간 적어도 나 자신에게만큼은 부끄럽지 않도록, 한다고 해왔는데 대체 내가 왜 이러고 지내는지 그 이유를 잊어버린 것이다. 그저 파도에 휩쓸려 떠내려가지 않으려, 발버둥 치는 것만이 내 일상이 돼버렸다.

이번 여행을 왜 왔는가. 중남미가 궁금해서? 한 번은 와보고 싶어서? 여권에 도장을 좀 더 찍고 싶어서? 언젠가 내 소설의 소재가 될 것 같아서? 코파카바나의 하늘을 보고 있으니, 이제야 그 이유를 알 것 같았다. 나는 더 잘 살고 싶어서 온 것이다.

물론, 일상을 사랑한다. 매일 아침 같은 시간에 일어나, 크루아상과 커피로 아침을 때우고, 글을 쓰고, 매일 걷고 달리고, 아이를 돌보고 아내를 일터로 태워다 주고 데려오는 내 일상은 소중하다. 하지만, 어느 순간 왜 이런 일상을 선택했는지 이유를 잊어버린 채, 나는 스스로 만든 공장의 부품으로 살고 있었던 것이다.

단순하더라도, 그 단순한 삶을 좀 더 충실히 살고 싶었다. 그래서 이런 일상을 선택했다. 그런데 그 일상을 지키다 보니, 내가 왜 이런 일상을 구축했는지 잊어버린 것이다. 그래서 스스로 맹목적인 일상의 노예가 돼버린 것이다.

이제 알 것 같다. 돌아가면 어떻게 해야 할지.

그 결심은 부끄러워 쓰지 않겠다. 그리고 역시 안다. 결심을 공표하면, 결심을 바꿀 자유를 잃어버린다는 것을. 그 공표한 결심이 나의 굴레가 되어, 결심한 의미가 퇴색돼버린다는 것을.


궁금할지 모르니, 하나만 밝히겠다. 걸리버에게나 어울릴 법한 거대한 신발은 신세 진 거대한 발을 가진 친구에게 선물하기로 했다. 녀석이라면, 내가 세 시간 신은 것 따위는 개의치 않을 것이다.

그런데, 마음 한편에서 이런 생각도 들었다. 어차피 내 독자들은 내가 대충 사는 걸 아는데, 쓴 대로 사는 것 따위엔 관심도 없잖아. 그럴 거다(여러분도 결심 어기면서 사시죠? 그게 사는 재미죠. 하하하).


마르케스와 보르헤스, 아옌데를 배출한 중남미에 왔으니, 담백하게 끝내버리면 뭔가 여기서 쓴 글 같지가 않다. 그러니 (금세 바뀔 것 같은) 내 결심 하나를 더 쓴다.

산티아고 유랑 악단처럼 지내기로 했다. 그들처럼, 즐겁게, 폼나게, 거리에서건, 노트북 앞에서건……, 함께이건, 혼자이건…….

10년 전 나는 바라는 삶을 좀 더 충일하고, 즐겁게 지내기 위해 사직서를 내고, 이 길을 스스로 택했다.

그러니 그 이유를 잊지 않기로.

수영은 못 했지만, 그래도 코파카바나에 온 이유가 하나 더 남아 있다. 바로 '보사노바 클럽 공연'. (지겨운 배탈 때문에) 술은 못 마시지만, 소다수를 잔뜩 마시며 보사노바에 취해볼 생각이다. 인제 그만 쓰고 가야지.

쇼는 이미 시작됐으니까…….

# 40일간의 남미 일주

보사노바 클럽에 가니 멕시코에서부터 시작해 6개국에 걸친 대장정을 마침내 완성하는 기분이 들었다.

1960년에 개업해 올해로 오픈한 지 60년째인 이 클럽의 이름은 'Beco das Garrafas.' 사전을 찾아보니 '병의 골목'이었다. 당연한 말이지만, 병은 술병일 것이다. 그렇기에 이 클럽에는 공연장이 두 군데 있는데, 그중 하나의 이름이 '보틀 바(Bottle Bar)'였다. '보틀 바'는 전통적인 개념의 보사노바 곡을 연주하는 곳이었고,

다른 무대인 '리틀 클럽(Little Club)'은 점점 진화하는 현대적 보사노바를 연주하는 곳이었다. 나는 두 군데 다 갔다.

'리틀 클럽'에서는 형식에 얽매이지 않는 피아니스트의 격정적인 연주에 맞춰 스캣을 구사하는 보컬의 창법을 즐겼고, '보틀 바'에서는 순수하게 늙어가고 있는 남성 4인조의 아름다운 선율을 즐겼다. 빌리 조엘 같은 피아니스트, 수염을 덥수룩하게 기른 덩치 큰 베이시스트, 한 시간 내내 무표정하게 연주하다 딱 한 번 웃은 흰머리 드러머, 60대에 가까운 듯했지만 말할 때마다 쑥스러운 듯 떨리는 목소리로 말했던 보컬. 이들의 연주를 리우데자네이루에서 듣고 있자니, 갑자기 한국에서 완전히 지구 반대편에 와 있다는 게 실감 났다.

한국에서 이런 연주자들을 본 적 없거니와, 이런 무대를 접해 본 적도 없다. 올해로 60년이 되어가는 이 클럽은 들어오자마자 암모니아 냄새가 났다. 마치 오래된 맥줏집에 들어가면 나무 바닥에서 맥주 냄새가 나듯, 반세기를 넘긴 클럽에서는 화장실 냄새가 상주 직원처럼 바의 곳곳을 열심히 오가고 있었다.

평소의 나라면 '아악, 여기까지 와서 암모니아 폭탄이라니!'라고 투덜대며 장문을 써냈겠지만, 마지막 날이어서 그런지 어째

감상적인 기분에 젖고 말았다. '이것도 하나의 정취잖아'라며 받아들였다.

'암모니아가 뇌 활동을 자극해주잖아.'

아마 돌아가서 글을 잘 쓰게 되면 '보틀 바'에서 맡은 향기 덕분이리라.

긍정적 마인드! 확실히 라틴아메리카 여행을 하고 난 뒤, 배탈과 고산증과 현기증과 식욕 감퇴를 얻었지만, 무엇보다 빼놓을 수 없는 소득은 '긍정적 자세'다. 사실, 긍정적 자세가 없었다면, 이 여행 자체가 불가능했기에, 그저 살기 위해 취한 태도였지만, 때론 어쩔 수 없이 택한 길이 목적지로 이어지기도 한다. 이번 여행에서 내가 얻은 가장 큰 소득은 바로 이것이다.

신발도 많이 생기고 말이야!

마지막 밤을 이렇게 보내고, 아침에 일어나니 어쩐지 달려야 할 것 같았다. 보고타에서 느꼈듯, 역시 남미의 주요 도시는 일요일에 거리 곳곳을 시민들에게 개방한다. 밤새 내렸던 블라인드를 올리니 쏟아지는 햇빛만큼 시민들이 거리로 쏟아져 나와 달리고 있었다.

나 역시 마지막 러닝을 했다. 코파카바나 해변에서 출발해서,

옆으로 이어지는 이파네마 해변까지 달렸다. 왕복 두 시간 정도를 달리고 샤워를 하니, 어쩐지 'T.T 버거'에 가야 할 것 같았다. 네이마르 이름으로 버거를 주문하고 한입 물고 나니, 마침내 떠올랐다.

젠장. 여기까지 와놓고, 패들 보드를 타지 않았잖아! 하와이에서도 못 타고, 제주도에서 못 타고, 가는 곳마다 매번 기회가 안 닿아 아쉬워만 했는데. 허겁지겁 먹고 다시 숙소로 돌아가 수영복을 입고 다시 삼십 분을 달려가서 보드를 타려 하니, "선생. 오늘은 영업 끝났으니, 내일 오시오"라고 했다.

역시나! 내일은 내가 대서양 상공을 날고 있을 예정이다. 하지만, 이런 아쉬움은 좋다. 이구아수 폭포와 콜롬비아 시골의 에메랄드 호수가 나를 다시 중남미로 이끌지도 모르듯, 코파카바나로 돌아올 이유 역시 생겼으니 말이다.

숙소로 다시 돌아가 짐을 꾸리고 공항으로 갔다. 그리고 26시간을 비행하는 동안, 여섯 끼를 먹었다. 대체 항공사는 왜 사람이 탈 때마다 식사를 주고, 식사가 끝나면 '아. 약소하지만 이거라도……'라는 듯 왜 자꾸 스낵과 샌드위치를 주는가. 비행기에서 승객들에게 자꾸 음식을 주는 건, 행여나 조난했을 때 최대한 오래 버티게끔 하기 위해서라던데, 정말 그렇다면 나는 닷새쯤은 버틸 정도로 사육당했다.

게다가, 같은 이유로 되도록 열량 높은 음식을 제공한다고 했기에, 비행기에서만 2킬로그램은 찐 느낌이다(하지만, 한국에 돌아와 보니 한 달간의 배탈로 2.5킬로그램 빠져 있었다. 덕분에 딱 알맞은 체중이 됐다. 이토록 모든 손실에는 득이 있다. 다시 말하지만, 긍정적 마인드!).

리우데자네이루에서 열 시간을 날아 미국 텍사스주 휴스턴으로 가서, 입국 심사와 짐 검사를 받고, 다시 네 시간을 날아 샌프란시스코까지 가서, 다시 열두 시간을 날아 인천으로 가고 있다. 정말 브라질이 멀다는 것을 실감하는 중이다.

일기도 썼고, 잠도 잤고, 밥도 여섯 번 먹었고, 다시 잠도 잤지만, 여전히 열 시간이 넘게 남았다. 이럴 때는 영화가 아니라, 드라마를 봐야 한다. 해서, BBC에서 제작한 일곱 시간짜리 6부작 드라마 〈레 미제라블〉을 꼼짝 않고 봤다.

하지만 빅토르 위고의 서사에 온전히 집중하기는 어려웠다. 이

건 절대 그의 서사가 지나치게 우연적이거나, BBC가 원작을 현기증이 날 만큼 빨리 전개했기 때문이 아니다. 오히려 이 점들은 내 호기심을 더 자아냈다. 그런데도, 내가 드라마에 집중하지 못했던 것은 이제 한국으로 돌아가기 때문이다. 이제 40일간의 여행이 끝났기 때문이다.

그래, 기행문을 총 41일 썼지만, 첫날은 비행기에서 다 허비했으니, 나는 40일간의 중남미 여행을 한 것이다. 쥘 베른의 『80일간의 세계 일주』를 좋아하니, 이 기행문이 만약 책으로 나온다면 제목은 '40일간의 남미 일주'로 해야지. 정확히는 '40일간의 중남미 일주'이지만, 어차피 내 독자들은 그런 정확성을 기대하지 않을 것이다. '80일간의 세계 일주'와 글자 수를 맞추려면 '중'미나, '남'미 중 한 글자를 포기해야 하는데, 그렇다고 '남'미를 포기할 순 없지 않은가. 중미는 멕시코밖에 여행하지 않았으니(중남미의 구분은, 지리적·인종적·사회적 기준에 따라 바뀌는데, 나는 '현지인들의 주장'을 따랐다. 콜롬비아에서부터 현지인들은 자신들이 남미에 산다고 여기고 있었다).

물론, 엄밀히 말하면 내 여행을 남미 '일주'라 할 순 없다. '일주(一周)'의 사전적 정의는 '일정한 경로로 한 바퀴를 도는 것'이니까. 하지만 나는 이 세상의 고정된 의미에 반기를 드는 변칙 작가

이자, 융통성 있는 작가이니까, 이쯤은 일주라 치자. 비록 하늘 위에서이긴 하지만, 나도 비행기를 타고 '일주'하긴 했으니까. 이로 써 쥘 베른의 『80일간의 세계 일주』가 주는 권위와 명성에 살짝 기댈 수 있게 됐다. 후대 작가에겐 선배 작가들이 이미 훌륭한 스 토리를 선점해버린 난관이 있지만, 이처럼 선배 작가들의 공로에 슬쩍 승차할 수 있는 권리 또한 존재한다. 긍정적 마인드!

아까 하던 말로 돌아오자. 이제 십 분 후면 인천에 도착한다. 도착하자마자 나를 기다리는 존재는, 40일간 떨어져 그리움과 눈 물 속에 지내야 했던 가족과 일가친척이 아니라, 밀린 일 더미다. 원고 마감, 교정, 미팅, 녹음이 나를 기다리고 있다. 이것이 내 일 상이다. 쉴 없이 쓰고, 쓰고, 또 써야 하는 나의 일상 말이다.

자, 이제 저 문을 열고 나가자. "최 작가님, 원고가 이상해요." "죄송하지만 이번에도 안 팔릴 것 같은데요." 한동안 듣지 않아, 이런 말도 이제는 반가워질 일상으로. 다시 묵묵히 쓰는 사람으 로 돌아가자.

아차차. 잊을 뻔했다. 내 기행문의 특성상, 아무리 좋게 써줘도 냉소적 시각이 가미돼 결국은 우스꽝스러워질 수밖에 없음에도 등장해준, 공유 숙소 주인들과 기차에서 만난 모자, 싱가포르 출신 호주 이민자 등 모든 등장인물에게 감사를 전한다.

　나는 작가란 이런 사람이라 생각한다. 작가는 자신이 체험한 것을 바탕으로 손가락을 움직일 뿐이다. 작가 자신도 어찌 전개될지 모르는 이야기를 만들어준 이는, 그러니까 사실 손가락을 움직이지 않았을 뿐이지, 진짜 이야기를 써 내려간 사람들은 이 이야기에 등장한 인물들이다. 나는 손가락으로 타이핑했을 뿐이지만, 그들은 몸으로 이야기를 써주었다.
　"또도스, 무차스 그라시아스(모두 고마워요)!"

*

　"아. 이제야 퇴근하네요."
　"선생님은 도둑이세요. 세뇨르 도둑."

　"시간 도둑이요?"
　"아니요. 행사비 도둑이요."

　"모두 졸고 있는 거 보이시죠?"

"죄, 죄송합니다." (긁적긁적.)


"저어…… 이번에도 안 팔릴 것 같나요?"

"……그걸 제 입으로 어떻게……."

(해석: 잘 알면서. 이제는 팔리면 어색하지 않나요?)

전설적인 메이저리그 야구 선수 요기 베라는 말했다.

"끝날 때까지 끝난 게 아니다."

40일간의 기행문은 끝났지만, 아직 후기는 남아 있다. 이 글은 영화로 치자면, 자막이 올라가고 있는 와중에 나오는 '코멘터리 영상' 같은 것이다. 잊었는가. 나는 중남미에 다녀온 후, 말 많은 작가가 되었다.

오랜만에 집에 돌아와 밥을 먹으니, 그야말로 집밥을 먹는 것이었다. 하여, 우리 집의 제1 의사 결정자에게 말씀드렸다.

"오랜만에 집밥 먹네요."

오랜만에 집밥을 먹으니, 정말 낯설어서 한 말이었다.

이제 집이 낯설고, 호텔이 익숙하다. 그래서 여행을 다녀온 후, 종종 낯선 경험을 할 때 이런 말을 하게 됐다. "이야. 이거, 마치 집에서 겪는 것 같네요." 같은 맥락에서 "이야. 이거 호텔에 온 것 같네요"라는 말은 '낯설지 않아서 좋다'는 말이다.

이렇게 낯선 집에 와서 시차 적응을 위해 졸리지도 않지만 애써 눈을 감고 새벽 2시에 침대에 누워 있으니 문자가 왔다.

　　**카드. 해외 승인 150달러. 일시불. 8/13. 브라질 CDE***X

아아. 브라질은 아직도 나를 잊지 않았구나.
(다시 말하지만, 긍정적 마인드!)
그러고 십 분 있으니, 또 전화기가 흔들렸다.

　　**카드. 해외 승인 11달러. 일시불. 8/13. 멕시코 ADY**Z

멕시코도 나를 잊지 않고 있었다니! 떠난 지 한 달이 다 돼가는데.

그리고 십 분 뒤인, 새벽 2시 반경에 카드사 직원에게서 전화가 왔다.

"최민석 고객님. 실례지만 지금 어디에 계신지요?"

"저, 지금 우리 집 침대에 누워 있는데요."

"죄송하지만, 카드가 해외에서 도용된 것 같습니다."

카드사 직원은 마지막으로 멕시코에서 결제한 회사는, 지난 한 달간 내 카드에서 삼십여 차례 야금야금 도용해온 것으로 의심된 다 했다. 내가 콜롬비아에 있을 때도, 페루에 있을 때도, 칠레에 있을 때도, 계속해서 멕시코 택시회사를 하루에도 수차례 이용해서 도용이 의심됐지만, 그간 내 한국 전화가 정지돼 있어서 연락을 못 했다는 것이었다.

그는 내게 재차 확인했다.

"혹시 멕시코 택시회사 우수 고객 아니시죠?"

그럴 리가.

덕분에 나는 멕시코를 더욱 잊지 못하게 됐다. 오래 기억하게 해줘서 고마워(긍정적 마인드!).


국제 분쟁을 거쳐야 하기에, 이 문제가 완전히 해결되는 데는 짧게는 두 달, 길게는 석 달이 걸린다 했다. 덕분에 40일간의 중 남미 여행을 120일 이상 되새길 수 있게 됐다. 확실히 여행의 여운은 뒤처리하며 느끼는 것이다. 아울러, 확실히 집에 오니 '집 같다'는 느낌이 든다.

모든 게 낯설다. 현관 비밀번호도 잊어버렸고, 식당에선 나도 모르게 '그라시아스'라고 말하고 말았다. 언젠가는 다시 '집이 정말 집 같고, 호텔이 다시 호텔처럼 느껴지는 순간'이 오겠지.

그리고 그때가 되면 나는 다시 여행을 가고 싶어지겠지.

하지만, 지금은 꽤 지쳤다. 그래서 김치찌개가 맛있다. 다들, 이맛에 떠났다가, 돌아오는 것 아닌가.

어쨌든, 집에 왔다. 다시 내 삶에 적응해야 한다. 이제 소설을 쓰러 가야겠다.

새로 시작하는 첫 번째 날이다.

**40일간의 남미 일주**

초판 1쇄 2020년 8월 20일
초판 5쇄 2022년 6월 10일

**지은이** | 최민석
**펴낸이** | 송영석

**주간** | 이혜진
**기획편집** | 박신애 · 최미혜 · 최예은 · 조아혜
**외서기획편집** | 정혜경 · 송하린 · 양한나
**디자인** | 박윤정 · 유보람
**마케팅** | 이종우 · 김유종 · 한승민
**관리** | 송우석 · 전지연 · 채경민

**펴낸곳** | (株)해냄출판사
**등록번호** | 제10-229호
**등록일자** | 1988년 5월 11일(설립일자 | 1983년 6월 24일)

04042 서울시 마포구 잔다리로 30 해냄빌딩 5·6층
**대표전화** | 326-1600 **팩스** | 326-1624
**홈페이지** | www.hainaim.com

ISBN 978-89-6574-947-9